Diogenes Taschenbuch 150/I

Sean O'Casey

Ich klopfe an

Autobiographie I

Aus dem Englischen von

Georg Goyert

Mit einer Einleitung von

Kaspar Spinner

Klopfet an,
so wird euch aufgetan
MATTH., 7,7

Diogenes

Titel der englischen Originalausgabe:
›I Knock at the Door‹
(Macmillan & Co. Ltd. London 1939)
Frontispiz: Susan Casside mit ihrem Sohn John
Umschlagzeichnung: Tomi Ungerer

Veröffentlicht als Diogenes Taschenbuch, 1978

Lizenzausgabe mit freundlicher
Genehmigung des Paul List Verlages

60/78/E/1
ISBN 3 257 20394 2

Für Breon und Niall

INHALT

EINLEITUNG

Sean O'Caseys Autobiographie ist das Werk eines Dramatikers, dem es das Schicksal verwehrte, ein Maler zu sein. Sie birgt die Summe seiner Träume und Taten, Hoffnungen und Enttäuschungen, die Stoffe seiner geschriebenen und ungeschriebenen Dramen. Sie ist die Geschichte von der Selbstrechtfertigung des Künstlers vor dem Leben, das er denkend anschaut und aushorcht, um einer im steten Wandel begriffenen Welt, nach dem Maß seines Herzens und dem Rhythmus seines Geistes, bleibende Gestalt zu verleihen. In den verschiedenen Stilebenen seiner Aufzeichnungen spiegeln sich seine wechselnden Stimmungslagen. Da folgt dem nüchternen Bericht die mit wilder Heftigkeit geführte Anklage, dieser der farbige Tanz extravaganter Wortspielereien. Nie aber vergißt er darob sein Hauptanliegen, sein Bekenntnis zur Kunst, die ihm gewährte, was ihm seine Zeit vorenthielt: die Neuerschaffung des Menschen nach seinem eigenen Bilde.

Auf die Imaginationsbühne der Erinnerung, vor seinen Richterstuhl, sie zu erhöhen oder zu erniedrigen, zitiert er Freunde und Feinde. Hier wiederholt er, in eigener Regie, im Beisein der Nachwelt, seine kämpferischen Auseinandersetzungen mit Geschichte und Religion, Politik und Literatur, sein Erleben von Liebe und Tod. O'Caseys Lebensbeschreibung, die er in England begann, in Torquay (Devon), wo er am 18. September 1964 gestorben ist, vollendete, erstreckt sich vom irischen Fin de siècle bis in die Zeit nach dem Zweiten Weltkrieg. Sie vermittelt ein in seiner kraftvollen Subjektivität einzigartiges Dokument dichterischer Welterfahrung.

Als Sean O'Casey Dublin am 5. März 1926 verließ, um in London einer Vorstellung seiner Tragikomödie ›Juno and the Paycock‹ beizuwohnen, rechnete er kaum mit der Möglichkeit, daß aus seinem Besuch ein Exil auf englischem Boden werden sollte. Im Herbst des folgenden Jahres weilte er immer noch in der Weltstadt, die ihn als den neuen Elisabethaner des modernen Theaters empfangen hatte. Eine

Irin, Eileen Carey, war seine Frau geworden. Er wohnte in Chelsea, war Gast im Hause von George Bernard Shaw, und Augustus John malte ihn im blaugrünen Rock mit dem orangenfarbenen Taschentuch. In seiner Werkstatt arbeitete er an seinem jüngsten, für das Dubliner Abbey Theater bestimmten Schauspiel ›The Silver Tassie‹. Das kühn über die Grenzen naturalistischer Konvention in den Bereich expressiver Symbolik vorstoßende Stück wurde in Dublin vom irischen Dichter William Butler Yeats abgelehnt mit der Begründung, O'Casey hätte hier seine ursprüngliche Begabung, in jedem Augenblick aus dem Vergnügen am Leben oder aus dem Bewußtsein seiner Tragik heraus zu schreiben, verleugnet. Man mag Yeats zugute halten, es sei ihm allein um die Wahrung von O'Caseys künstlerischer Integrität zu tun gewesen. Der Schaden aber, den er anrichtete, ohne ihn voraussehen zu können, war groß. Obschon sich O'Casey später wieder mit Yeats versöhnte und nach mehr als zwei Jahrzehnten dem Abbey die Erstaufführung von ›The Bishop's Bonfire‹ anvertraute, beschloß er damals, Irland endgültig den Rücken zu kehren. So verlor das irische Theater die Unterstützung durch seinen fähigsten Dramatiker, O'Casey aber seine Bühne, die ihm keine andere ersetzen konnte. Ob er, wäre er heimgekehrt, sich in Irland seinen Weg in eben der Freiheit, wie er sie in England genoß, hätte suchen dürfen, bleibt ungewiß. Nach seiner eigenen Aussage fühlte er sich schon vor der Kontroverse über ›The Silver Tassie‹ in seiner Heimat nicht mehr recht zuhause.

In Dublin wurde er am 31. März 1880 in eine Welt der Armut und der Not hineingeboren. Sein früh von ihm weggestorbener Vater hinterließ eine tapfere Frau mit fünf Kindern. Sean war ihr jüngster Sohn, schwächlich, empfindsam, fast blind wegen eines Augenleidens, ein Opfer robusterer Kameraden, der Prügelknabe eines hilflosen Schulmeisters. Mit vierzehn erhielt er als Ausläufer seine erste Lohntüte. Zweimal verlor er, weil er sich gegen ungerechtfertigte Demütigungen auflehnte, seine Stellen. Längere Zeit werkte er mit Schaufel und Pickel auf den Bahngeleisen. Seine Schwester hatte ihn lesen und schreiben gelehrt. In eifrigem Selbststudium erwarb er sich bald ein respektables Wissen. Shakespeare und die Bibel bildeten den Grundstock seiner rasch wachsenden Sammlung antiquarischer Klassiker. Vom Wunsche beseelt, an der nationalen Einheit und Unabhängigkeit seines Landes mitzuarbeiten, förderte er tatkräftig die Ziele patriotischer Gesellschaften. Doch sein Glaube an ein wahrhaft heroisches Irland erlitt im blutigen, gegen England gerichteten Osteraufstand von 1916 eine schwere Erschütterung. 1911 hatte er sein erstes Bühnenstück für den Drama-Club verfaßt. Mit Hingabe fuhr er fort, kleine Dramen zu schreiben. Nach dem Tod seiner Mutter, der er in Juno ein unverlierbares Denkmal setzen wird, sandte er nun seine Manuskripte an das Abbey-Theater. Sein politischer Einakter ›Cathleen Listens In‹ wurde akzeptiert, doch beschwor ihn Yeats, er möge seine Stoffe in Zukunft aus dem Leben greifen, das er kenne. O'Casey beherzigte diesen Rat, und mit ›The Shadow of a Gunman‹ begründete er 1923 seinen Ruf eines legitimen Nachfolgers des großen John Millington Synge.

Wie Synge, der Dramatiker von Irlands bäuerlicher Welt, erschloß auch O'Casey dem Theater einen neuen Bezirk irischer Wirklichkeit. Er fand seine Menschen am Nordufer des Liffey, wo unter den Dächern der längst baufällig gewordenen georgianischen Herrschaftshäuser Trauernde und Feiernde, Verräter und Verratene, Eiferer und Dulder, Betrüger und Betrogene miteinander wohnten. Wie von selbst ergaben sich die Voraussetzungen für die eigenartige, an Shakespeares Kunst gemahnende Kontraststruktur der Dubliner Dramen, ›The Shadow of a Gunman‹, ›Juno and the Paycock‹, ›The Plough and the Stars‹, O'Caseys wirklichkeitsnahen, seinem persönlichen Erfahrungsbereich verhafteten Darstellungen einer vom Krieg zerrütteten Epoche. Sie bezeugen des Dichters Wissen um die sowohl fatale wie auch komische Diskrepanz zwischen Schein und Sein, Wort und Tat. In ihnen erkannten seine Zuschauer mit Unbehagen die bedenkliche Verkehrung überlieferter Werte in einer kriegsbedingten Welt. Minnie Powell stirbt für Davoren, ihren traurigen Helden, den sinnlosen Opfertod. Boyle, der großartige Schwätzer, versinkt rettungslos im trügerischen Chaos, in dem sich nur die mütterliche Standhaftigkeit einer Juno zu behaupten vermag. Nora Clitheroes Ehe zerbricht am Wahnsinn der Zeit, und ihr Kind, Irlands Zukunft, kommt tot zur Welt.

O'Caseys Dubliner Dramen sind Abbilder jener Wirrnis und Gewalt, die dem Abbey-Publikum der zwanziger Jahre noch ungemein gegenwärtig waren: die nächtlichen Haussuchungen durch englische

Hilfstruppen, die von Anfang an zum Scheitern verurteilte Osterrevolte, der nur langsam verebbende Bruderkrieg zwischen Freistaatlern und Republikanern. Nicht alle waren mit O'Casey zufrieden. Es gab da Szenen, die den übersteigerten Nationalstolz seiner Landsleute empfindlich trafen. Bei der ersten Aufführung von ›The Plough and the Stars‹, wo die Bürgerfahne in eine Schenke getragen wird, ereignete sich im Abbey ein ähnlicher Aufruhr wie 1907 anläßlich einer Vorstellung von Synges ›The Playboy of the Western World‹. O'Casey wurde des Verrats an der irischen Sache bezichtigt. Er war verärgert und empört. Zum ersten Mal in seinem Leben habe er Cathleen-Ni-Houlihan', Irlands doppelgesichtige Königin, gehaßt, gesteht er in ›Inishfallen Fare Thee Well‹, dem vierten Band seiner Autobiographie. Dann kam der Bruch mit Yeats, dem ein Streit um die Aufführungsrechte von ›Juno and the Paycock‹ vorausgegangen war. Er fühlte sich von Irland mißverstanden und verkannt. Zurückblickend lernte er seine Reise nach London als eine Flucht, einen Sprung aus der Dunkelheit ins Licht begreifen.

Das Gespenst des Krieges, welches ihn während Jahren quälte und verfolgte, hatte er in ›The Silver Tassie‹ erfolgreich gebannt. Sein nächstes Werk, ›Within the Gates‹, ein reigenartiges Sinnspiel vom Sieg der dichterischen Lebenskraft über die Mächte des Todes, wurde zum thematischen Fundament seines gesamten späteren Schaffens. Trotz der Verschiedenheit ihrer Formen und Fabeln sind die in England entstandenen Dramen eindringliche Bekräftigungen seiner mit Überzeugung vorgebrachten Forderung nach einem volleren, nützlicheren, farbigeren und froheren Dasein. Er glaubte zuversichtlich, daß der allein auf sich selbst bauende Mensch sich aus der lähmenden Bevormundung durch Kirche und Staat befreien werde, daß Krankheit, Elend und soziale Ungerechtigkeit verschwinden müßten, und er prophezeite künftigen Generationen ein besseres Leben im irdischen Paradies eines universellen Tir-nan-Og, dem Land der Jugend, von dem die Sage berichtet, daß es weder Hunger noch Kälte, keinen Zerfall und keinen Tod kenne. Das war sein Kommunismus, den, seinen Blick über die Schulter auf die grüne Insel gerichtet, er zu verkünden nicht müde wurde, sei es mit revolutionärer Energie, wie in ›The Star Turns Red‹, sei es mit heiterer Beredsamkeit, wie in ›Cock-A-Doodle-Dandy‹ oder ›The Bishop's Bonfire‹.

Es war O'Casey nicht vergönnt, sich das englische Theater im Sturm zu erobern, wie er sich zuvor des irischen bemächtigt hatte. Doch ließ er sich nicht verdrießen, die ihm aufgetragene Sendung als Dramatiker, Essayist und Kritiker treu zu erfüllen. Daß er noch im Exil mit Leib und Seele Ire geblieben ist, beweist sein autobiographisches Selbstportrait, welches hier dem deutschsprachigen Leser in den entscheidenden Phasen seines Werdens sichtbar entgegentritt.

Kaspar Spinner

EIN KIND WIRD GEBOREN

In Dublin, am letzten Märztag, irgendwann anfangs der achtziger Jahre, biß eine Mutter in Kindsnöten die Zähne zusammen, bohrte die Knie tief ins Bett hinein, schwitzte, keuchte und stöhnte, wurde gespannte, lebendige Masse aus Todesangst und Anstrengung, ächzte und preßte und ächzte und preßte und preßte einen kleinen Jungen aus ihrem Schoß hinein in eine Welt, in der weiße und schwarze und braune, schwarzweiße und braunweiße Pferde trapp trapp trappetitrapp über das holprige Pflaster trabten, eitel, wenn sie einen Landauer, einen Ein- oder Zweispänner, schwerfällig, wenn sie einen Wagen der Pferdebahn, keuchend und geduldig, wenn sie einen beladenen Last- oder Rollwagen oder einen Viehkarren zogen, und froh, wenn sie vor dem lustigen, unbeschwerten Gig einhertrabten;

wo Soldaten wie Figuren aus einer Spielzeugschachtel paradierten: in roten Mänteln mit gelben Aufschlägen, in blauen Röcken mit weißen Aufschlägen; in engen Hosen mit roten, weißen oder gelben Biesen, die sich über die ganze Länge des Beines erstreckten; sich an jedem königlichen Geburtstag der Königin in den Phönixpark zu einer Parade und einem Scheingefecht begaben, mit Gewehren und Lanzen und Säbeln und Kanonen; im Laufschritt, Trab oder Galopp, mit donnernden Hufen und rasselnden Kanonen am Achtungspunkt vorbeizogen und alle Herzen in der Hoffnung auf einen neuen Krieg erbeben ließen; und wo die Soldaten nach Beendigung des Spaßes in ihre Kasernen zurückkehrten, die schweißtriefenden Pferde abrieben, ihre Gewehre putzten und auf die Geburtstage aller Königinnen schimpften, denen sie diesen Mist verdankten;

wo ein großer Dichter namens Tennyson, Hollywood vorwegnehmend, im Studio seines Geistes sein ›Komm in den Garten, Maud, denn die finstere Nacht entwich‹ geschaffen, seine Könige und Krieger aus Pappkarton und seine unbeugsamen Jungfrauen hinausgeschickt hatte auf die Landstraße und die Pfade, die die Rasenplätze der Reichen sprenkelten, Männer, die sich tief vor den Rittern verbeugten, wenn sie schnell wie der Wind vorbeigaloppierten, und Mädchen, die lächelten und winkten und seufzten, wenn die Ritter durch die Rosen und Stockrosen jagten und mit der Spitze ihrer Lanzen liebliche Sträußchen aus Rosmarin und Immergrün auflasen;

wo Tatkraft vertan wurde in Bibeln und Traktaten und Hymnen; und kleinen, süßen Geschichten, die kleine Jungen und Mädchen hinauf in den Himmel trugen oder in die Hölle stürzten; wo sich die himmlischen Heerscharen zum Kampf auf einem Krocketplatz versammelten und aufstellten, und alle Leidenschaft und Angst, alles Lachen und Ringen, Tränen und Friede, Niederlage und Sieg, Todesröcheln und blutiger Schweiß himmlischen Krieges mit der Hölle in einem zart duftenden, leicht sich bewegenden, süß plaudernden, rosa-, malven- und cremefarbenen Gartenfest versanken;

wo man glaubte, daß Kinder, die an Krupp oder Auszehrung oder Fieber starben, einfach nicht dawaren, weil Gott sie zu sich nahm;

wo Ruskin mit seinem zartbesaiteten Geist und seinen christlich geschickten Händen aus Dreck und Tand seine Redefiguren schuf; und Mr. Poynter, der Präsident der Akademie, seine ganze Phantasie aufbot und alles, was jemals in der Kunst gewesen war oder sein würde, zusammenraffte und als Glanzstück und Sackgasse den ›Besuch bei Äskulap‹ malte;

wo fast alle an Sonntagen ganz aufgingen in Gott und an den Wochentagen ganz aufgingen in Betriebsamkeit, Bibeln und Babywagen; in Krakeel, Kerker und Koserei; in Valentinstagherzen, Victoriakreuzen und Vakzinen; in Teegesellschaften, Tennis, Transsubstantiation; in Zauberlaternen und Zauberbuden; in Tingeltangel, Theater und Tischdecken; in Melodramen, Moden und Mondscheinüberfällen; in Feniern, Finanzen und Festen; in Moschus, Macht und Monarchie;

wo in jedem Gebüsch jedes von Gott gesegneten Hauses ein Affe lauerte, den Darwin dorthin gezaubert hatte, ein Affe, der unversehens die Pfote ausstreckte, um ein Stück duftiger Spitze vom Unterrock der Dame zu reißen, die sich bückte, um einen Lavendelzweig zu pflücken, so daß alle Damen voller Angst in die Kirche flohen, die Glocken zogen und alle Geistlichen auf die Kanzeln eilten und Ruhe geboten, denn alles, was offenbart würde, könnte auch wieder verborgen werden. Und so vergruben die Königin und ihr Gemahl, die Peers, die Geistlichkeit, die Parlamentsmitglieder und das Volk diesen Affenknochen unserer Knochen und dieses Fleisch unseres Fleisches ganz tief und stellten so Millionen von Jahren zwischen sich und andere Menschen und Gott und räumten jedes Gefühl der Verwandtschaft aus dem Wege und gaben jedem Katholiken und Protestanten einen Schlüssel, damit er selbst die Himmelspforte öffnete.

Und die Frau in Kindsnöten biß die Zähne zusammen, bohrte die Knie tief ins Bett, wurde gespannte, lebendige Masse aus Todesangst und Qual, schwitzte und keuchte, preßte und stöhnte und preßte und preßte, bis ein männliches Kind aus ihrem Schoß auf die Welt kam. In eine Welt, die voll war von Bedürfnissen und Ehrgeiz, von Begehren und Unwissenheit, um beiseitegeschoben, zurückgedrängt zu werden von Bevorrechtigten, die ihm überlegen und ein paar Stunden früher auf die Welt gekommen waren. Die Bevorrechtigten aber waren böse und reizbar; doch der neugeborene Nachzügler mit dem dicken Bauch, dem Wackelkopf und den schmächtigen Beinen rannte an gegen den Ehrgeiz, die Bedürfnisse und das Begehren der andern, schuf sich ein wenig Raum inmitten der stampfenden Füße und greifenden Hände; wurde gewaschen, gewindelt und genährt; nahm jede Woche drei, vier oder fünf Unzen zu, nahm das meiste davon der Mutter und nur wenig dem Leben, das ihn umgab; und so wuchs er langsam heran und eignete sich die Macht, die Unwissenheit, das Begehren und den Ehrgeiz des Menschen an.

Die Frau war vierzig Jahre alt, als der Junge drei zählte. Sie hatte rabenschwarzes, in der Mitte gescheiteltes Haar, das ein paar Haarnadeln in einem einfachen Knoten zusammenhielten; eine kleine Nase, die sich nach unten etwas verbreiterte, und tiefliegende, sanfte, braune Augen, die funkelten, wenn sie lachte, denen aber die vielen Sorgen ein hartes, unheilbares, stetiges Glühen verliehen. Augen, die, wenn man sie lange betrachtete, in ihrer Tiefe das intensive Leuchten vieler Träume zu verbergen schienen, Träume, die verschleiert wurden durch die näherliegende, sichtbare Wirklichkeit in Gestalt von Mann, Kindern und Heim. Besonders fesselnd aber war ihr Mund, der ihr Hauptcharakteristikum war: er bebte vor Kampfeslust, Festigkeit, Humor, offenbarte die ganze Fülle ihres liebenswerten Wesens.

Kleine, starke Hände, die vorsichtig eine eiternde Wunde bähten oder einen Fußboden säuberten – zuerst ein nasses Tuch, dann die von Seife schaumige Bürste, die den Schmutz entfernte, dann wieder das nasse und schließlich das trockene Tuch, mit dem sie durch Hin- und Herreiben und kreisförmige, rhythmische Bewegungen den Boden Fleck um Fleck aufwischte. Stämmig, aber voller Anmut und Entschlossenheit; beweglich und zufrieden in dem einfachen, schwarzen Serge-Kleid mit der kleinen weißen Krause um den noch faltenlosen Hals. Ein Lachen, das mit lustigem Gekräusel begann und mit einem Strom wohlklingender Freude endete, in das jeder, der es hörte, unwiderstehlich einstimmte.

Aber all das wurde nicht damals, sondern viele Jahre später erkannt, als der tänzelnde Zauber und das pulsierende jugendliche Leben vergangen und ihre Bewegungen etwas steif geworden waren. Aber selbst dann noch war sie voller Anmut und Kraft inmitten jener, deren Lebenslicht trüber brannte und die immer tiefer in Dunkelheit versanken. Und geradezu lebhaft und voll Todesmut, als sie ruhig den letzten müden Schlägen ihres sterbenden Herzens lauschte.

Sie wußte, daß es ihr letztes Kind war. Sieben Kindern hatte sie schon das Leben geschenkt, von denen drei Jungen und ein Mädchen noch lebten und ein Mädchen und zwei Knaben gestorben waren. Die zwei toten Jungen hatten John geheißen, und ihr Mann wollte, daß der letzte Junge auch diesen Namen erhielte. Sie dachte lange darüber nach. Ihr kam es wie eine Herausforderung Gottes vor, dem neuen Kind den Namen John zu geben. Es war sicher ihr letztes Kind, und sie wollte, daß das Kind lebte. Die zwei vorher gestorbenen hatten beide John geheißen und waren beide gestorben, an der gleichen Krankheit, am Krupp, gestorben.

Sie erinnerte sich genau, wie der erste John gestorben war, bevor sie noch ahnte, daß er starb, am Krupp starb. Nach zwei Jahren war dann wieder ein Junge gekommen, und sie hatten ihn wieder John genannt. Ihr Mann hatte gesagt: »Wir müssen einen Jungen haben, der John heißt.« Verbissen hatte er darauf bestanden, und voll böser Ahnung hatte sie nachgegeben. Es war ein kräftiges Kind gewesen, hatte sich zwölf Monate lang gerekelt und gestrampelt, dann bekam es eine Erkältung mit Fieber, etwas Husten und tränende Augen. Als sie eines Abends an sein Bett ging, hörte sie hartes, erstickendes Husten. Erschrocken blieb sie stehen. In ihrer Angst wollte sie zuerst umkehren, wollte das Husten nicht hören. Dann aber ging sie doch langsam in das Zimmer an sein Bett und sah, wie sich das Kind unter der Bettdecke wand, mit den Armen um sich schlug, mit starren Augen und bläulichem Gesicht nach Atem rang. Sie erinnerte sich, daß sie außer sich vor Angst eine Haube aufgesetzt und einen Schal um die Schultern geworfen, den Jungen in eine Decke gewickelt und das Haus verlassen hatte, auf die Straße gelaufen, in eine Droschke gestiegen war und den Kutscher gebeten hatte, schnell, schnell, schnell nach dem Abercorn-Hospital zu fahren.

»Er kann helfen, wenn Er will«, sagte sie während der Fahrt zum Hospital immer wieder vor sich hin. »Er kann das Kind retten. Das andere starb. Aber dieses soll nicht sterben. Soll, soll, soll nicht sterben. Gott kann ihm den Klumpen, der es erstickt, aus dem Hals nehmen, damit es wieder gesund und glücklich atmet.«

Und immer mühsamer rang das Kind nach Atem, und seine Atemnot füllte ihre Seele mit Todesangst. Sie jagte die Treppen des Krankenhauses hinauf, klingelte, klingelte, klingelte, stürzte hinein in die Halle, als die Tür geöffnet wurde.

»Schnell, holen Sie den Arzt«, keuchte sie dem Pförtner zu. »Schnell. Er soll mein Kind sofort untersuchen und behandeln. Schnell! Das Kind stirbt. Der Arzt kann es noch retten, wenn er sofort kommt. Bringen Sie mich schnell zu dem Arzt, oder holen Sie ihn. Es ist allerhöchste Zeit. Das Kind hat den Krupp, es stirbt, wenn der Arzt sich nicht beeilt. Holen Sie schnell den Arzt, schnell, schnell!«

Sie war in der Halle auf und ab, ab und auf gegangen, hatte gewartet, daß der Pförtner den Arzt brächte. Sie hatte Angst vor dem kleinen verzerrten Gesicht unter dem Schal und versuchte die keuchenden Takte röchelnden Hustens nicht zu hören, der das kleine Wesen in ihren Armen schüttelte.

Der Pförtner kam zurück und sagte, der Arzt behandle gerade einen Patienten, würde aber gleich kommen.

»Das Kind kann nicht warten«, erwiderte sie drohend. »Es muß sofort behandelt werden. Der andere Patient soll warten; das Kind kann jeden Augenblick ersticken, Mann. Wo ist der Arzt? Ich will ihm das Kind bringen.«

Sie eilte auf eine vorbeikommende Schwester zu, preßte das Kind mit der einen Hand an die Brust und packte mit der andern den Arm der Schwester.

»Schnell einen Arzt für das Kind, ehe es zu spät ist«, flehte sie. »Das Kind hat den Krupp und ist dem Tode nahe. Sehen Sie nur, sein Gesicht ist schon ganz schwarz. Schnell, Schwester, das Kind bekommt immer weniger Luft. Ich mache das Hospital für alles, was dem Kind passiert, verantwortlich. Ich warte schon lange, viel zu lange hier. Das Kind erstickt, und kein Mensch kümmert sich darum. Das Kind hat den Krupp, und ich fürchte, es stirbt.«

Die Schwester führte sie freundlich zu einer Bank in der Halle.

»Setzen Sie sich«, sagte sie gütig. »Ich hole den Arzt.« Sie aber hatte hinter der Schwester hergerufen: »Es ist mein zweiter Junge, der am Krupp stirbt, wenn Sie sich nicht beeilen.«

Und wieder betete sie zu Gott, er möchte ihr helfen und den Arzt schicken, damit ihr Kind nicht in ihren Armen stürbe.

Plötzlich hielt sie den Atem an. Sie hatte ein seltsam raschelndes Seufzen gehört, und ein Schauer faßte sie, als sie fühlte, wie sich der kleine Körper in ihren Armen streckte. Sie wußte, daß das, was sie verhindern wollte, doch eingetreten war. Sie drückte einen kostbaren Besitz, der leblos geworden war, an die Brust. Regungslos, wie erstarrt, hatte sie ein paar Augenblicke dagesessen, dann hatte sie den kleinen Körper auf die Bank gelegt und das starre, rotgefleckte Gesicht betrachtet. Sie hatte die Lider über den starren Augen geschlossen und einen Penny auf jedes Lid gelegt und dort mit dem Taschentuch festgebunden.

Kurz darauf war der Arzt in Begleitung der Schwester durch den Korridor gekommen, und sie hatte ihm zugerufen: »Sie kommen zu spät, Gott kam eher und nahm mir das Kind.«

Der Arzt war auf sie zugegangen, hatte die Hand auf des Kindes kleines Herz gelegt und gesagt: »Das Kind ist tot. Aber kein Arzt hätte es retten können.«

Und sie hatte bitter geantwortet: »Keiner hat es versucht.«

Sie hatte das tote Kind in ihre Arme genommen und zum Arzt und zu der Schwester gesagt: »Machen Sie die Tür auf, damit ich jetzt gehe und Sie nicht weiter belästige.«

Der Arzt hatte seine Hand auf ihren Arm gelegt und gesagt: »Sie können das tote Kind nicht so nach Hause tragen. Lassen Sie es vorläufig hier in der Leichenkammer.«

Wütend hatte sie entgegnet: »Ich nehme es mit nach Hause, bahre es dort auf und beerdige es von dem Hause aus, wo es sein kurzes Leben verbrachte. Daran kann niemand mich hindern.«

Sie hatten die Tür geöffnet, und als sie das Haus verließ, fragte die Schwester: »Haben Sie Geld genug für die Droschke?« Aber ohne ein Wort des Dankes war sie weitergegangen.

Sie winkte eine Droschke herbei, die auf der andern Straßenseite stand. Vorsichtig stieg sie ein, preßte die kleine Leiche an die Brust, legte sie auf der Bank gegenüber nieder, streckte die kleinen Beine, legte die Arme dicht an den Körper, anstatt sie über der Brust zu kreuzen, wie die Katholiken es tun. Mit liebevollem Druck legte sie ihre Hand auf die Brust des Kindes, denn das Rattern des Wagens über das holprige Pflaster rüttelte es hin und her. Sie hatte nicht geweint, hatte die Lippen fest aufeinandergepreßt und mit den Fingern der anderen Hand das helle Haar aus der todkalten Stirn des Kindes gestrichen. Wieder eine qualvolle Station in ihrem und ihres Mannes Leben. Alles würde nun stillstehen, bis auch dieses wieder überwunden war. Wäre sie in einer Victoria, einem Einspänner, einem Landauer vorgefahren, alle Leute im Hospital wären herbeigeeilt. Selbst das Essen würde ihr und ihrem Mann nach Sorge schmecken, bis die kleine Leiche beerdigt war, bis sie wußten, daß die Seele des kleinen Jungen sich an Gott gewöhnt hatte.

In ihrer Erregung versuchte sie, an eine Bibelstelle zu denken, die ihr Trost in ihrer furchtbaren Not bringen könnte. Aber ihr fiel nur die Witwe ein, der Witwe kleiner Junge und Elia. Aber es war kein Elia da, der ihr den kleinen Jungen aus den Armen genommen, sich dreimal über ihn gebeugt, dreimal den Namen des Herrn ausgerufen und die lebendige Seele in den toten Körper zurückgebracht hätte. Nur ein Arzt, der nicht zur rechten Zeit gekommen war, und ein Leichenhaus.

Und er war doch ein so reizender Junge gewesen. Jeder gab zu, daß er den meisten Kindern seines Alters weit voraus war. Seine Augen verrieten besondere Intelligenz. Er war seltsam lebendig und aufgeweckt. Jetzt aber bewegte er sich nicht mehr. Sie war von Herzen froh, daß er getauft worden war, wenn auch die katholische Vorstellung von der Erbsünde lächerlich und lachhaft war. Sie konnte sich nicht vorstellen, daß das kleine, vor ihr liegende Kind zur Hölle oder Vorhölle verdammt sein sollte, wenn es nicht mit ein paar Tropfen Wasser besprengt worden war. Eine furchtbare Religion, die diesen Glauben verlangte.

Unbewußt vernahm sie das Spiel einer Kapelle, den Klang vieler Stimmen und den rhythmischen Lärm marschierender Füße. Und dann hielt die Droschke. Lauter tönte die Musik, und die Stimmen und die marschierenden Füße kamen näher. Der Kutscher kletterte vom Bock und kam ans Wagenfenster.

»Wir müssen einen Umweg machen«, sagte er, »oder hier, wer weiß wie lange, warten. Durch diese Menge kommt keine Fliege hindurch, wie viel weniger ein Pferd. Man begleitet Charlie Stewart Parnell mit Musik und Fahnen in die Rotunda, wo er über die Homerule für Irland spricht. Die Kapelle versteht ihr Geschäft. Keine spielt ›Grün über Rot‹ so gut wie sie. Sie hat den besten Trommler im ganzen Land. Sehen Sie nur mal, wie der die Stöcke wirbelt. Das reinste Genie.«

Dann hörten sie minutenlang Hochrufe. Der Kutscher schwenkte auch den Hut und stimmte begeistert in die Hochrufe ein.

»Das ist Parnell selbst«, sagte er, als der Lärm verklungen war. »Irlands größter Sohn. Für den gehe ich durchs Feuer. Alles gebe ich für ihn her: meinen Hut, mein Pferd, meinen Wagen und mich selbst dazu. Sogar meine Seele, wenn er es verlangte. Der wird Ihre Ladyschaft Victoria schon ’rankriegen. Die wird auf ihrem Thron bald Augen machen.«

Sie verkroch sich in das Dunkel des Wagens und betrachtete ihr totes Kind, das stumm und steif auf dem beschmutzten Wagenkissen lag. Stumm wartete sie, daß sich die Menge verlaufe, sehnte sich nach Hause, damit ihr Mann an ihrem Kummer teilnehme.

»Die Soldaten sind in den Kasernen«, fuhr der Kutscher fort. »Und das ist gut so, denn wir haben keine Lust, die Rotröcke mit den Rosen und Kronen an ihren Mützen zu betrachten, die uns nur Aufruhr und Verfolgung bringen. Parnell hat England einen Teil seiner Macht genommen. Sein Name hat in Irland einen guten Klang, und alle beten ohne Unterlaß, daß Gott ihm weiterhin Kraft gibt.«

»Ich bin eine treugesinnte Frau«, hatte sie geantwortet, »und alle meine Hoffnungen gelten der Königin und dem Thron.« Und sie hatte dann weiter gedacht: Wenn ich auch nicht viel davon gehabt habe. Allmächtiger Gott, himmlischer Vater, warum hast du mir meinen kleinen Jungen genommen?

Sie war eine gute Frau gewesen, sie hatte ihre Pflichten treu erfüllt und dabei nur wenig gemurrt. Sie hatte Ihn im Geist und in der Wahrheit angebetet. Sie hatte festgehalten am Glauben, der den Heiligen einst verkündet worden war. Ihr Mann kannte die Bibel gut, das meiste dem Buchstaben und alles dem Geiste nach. Immer wieder hatte er betont und bewiesen, daß das Pfaffentum gefährlich und dem Wort der Heiligen Schrift entgegen wäre, daß der Sünder, ungeachtet aller Engel und Heiligen, allein den Weg zu Gott fände, denn nur Jesus Christus wäre der Mittler zwischen Gott und dem Menschen. Warum hatte Er, der die straft, die Er liebt, ihr harmloses, unschuldiges Kind getroffen?

Ja, wenn Er den kleinen Jungen zu sich genommen hätte, als er zu Hause war, zusammen mit Vater und Mutter, oder im Krankenhaus, wo Arzt und Schwester sich vergeblich um ihn bemühten! Das wäre erträglicher gewesen als sein einsamer Tod in ihren Armen. Niemand war zugegen gewesen, niemand hatte ihr Mitleid bekundet, kein Verwandter, kein Freund.

»Der Zug ist gleich zu Ende«, sagte der Kutscher, »und wir können ihm langsam folgen.«

Er kletterte wieder auf den Bock, trieb das Pferd an und fuhr langsam weiter, hielt wieder, wenn der Zug ins Stocken geriet, der stolz und herausfordernd in seiner Mitte den Führer mit sich führte, der Leib, Seele und Geist der marschierenden Leute symbolisierte. Langsam kroch die Droschke weiter, folgte Hunderten von flammenden Fackeln, die die erregten Gesichter der Marschierenden röteten und deren Schein um ihre Köpfe einen großen, rauchigen, goldenen Hof bildete. Weiter kroch die Droschke hinter den mächtigen gelben und grünen Bannern her, die die einzelnen Abteilungen der Menge trugen, und die Kapellen dröhnten rücksichtslos mit Pauken und Trompeten und ließen viele an die Posaunen des Jüngsten Gerichts denken, die die Menschen vor Gottes Thron riefen.

Schließlich konnte die Droschke in eine Seitenstraße einbiegen. Sie fuhr noch durch mehrere andere Straßen und hielt dann vor ihrem Haus. Sie stieg aus, bückte sich und nahm die kleine, in den Schal gehüllte Gestalt in ihre Arme und fragte den Kutscher, was sie zu zahlen hätte. »Anderthalb Schilling«, sagte er. Er fügte hinzu: »Hoffentlich ist das Kind nicht sehr krank.« Als er dann das Gesicht des Kindes zwischen den Falten des Schals sah, rief er: »Jesus Christus, das Kind ist ja tot!«

Still nahm er das Geld in Empfang, lüftete den Hut, kletterte auf den Bock, nahm die Zügel in die Hand und trabte schnell davon.

Sie trug die Leiche ins Haus, legte sie auf das Bett und ging dann zu ihrem Mann. Er hatte sie angesehen und gesagt: »Geht's ihm nicht gut?« Dann waren sie zusammen in das Zimmer gegangen. Sie hatte das Taschentuch, mit dem sie das Gesicht des Kindes bedeckt hatte, abgenommen, und beide hatten schweigend das starre kleine Gesicht betrachtet.

»Er hat sich ziemlich gestreckt«, sagte sie.

»Wann ging er von uns?« fragte er.

»Im Hospital, in meinen Armen, ehe noch jemand kam und nach ihm sah«, antwortete sie.

Sie fühlte den zärtlichen Druck seines Armes.

»Liebe Sue«, sagte er, »meine arme, liebe Sue.«

Sie hatte ein wenig gebebt und gestammelt: »Nun haben wir den zweiten Johnny verloren. Vielleicht hätten wir ihm nach dem Tode des ersten Johnny einen anderen Namen geben sollen.«

Der Druck seines Armes wurde fester. Sie hob den Blick und sah, daß sein Gesicht härter und strenger geworden war.

»Sue«, sagte er, »vielleicht wird uns noch ein Kind beschert. Vielleicht ist es ein Junge. Wenn wir wieder ein Kind bekommen und dieses Kind ein Junge ist, dann soll es John heißen.«

DIE ERSTEN ANZEICHEN

Trotz der Starrköpfigkeit seines Vaters und der abergläubischen Angst seiner Mutter krabbelte der dritte Johnny weiter hinein ins Leben. Vorsichtig und körperlich unentschlossen kroch er seines Weges. »Er hat ein starkes Herz«, sagte seine Mutter, »die ersten fünf Jahre sind die schlimmsten, und wenn er die übersteht, ist alles gut.«

Sie umgab das Kind mit immer wacher Aufmerksamkeit, schloß es ein in ihre Sorge, und die geringe Muße, die ihr dann und wann ihre Hausarbeit ließ, galt ganz dem Gedanken an Johnnys Gedeihen in der Welt. Mühsam hatte sie ihn durch eine Bronchitis gebracht, als er ein halbes Jahr auf der Welt war. Kein Husten war zurückgeblieben, und er lief und lachte wie andere Kinder. Wo Leben war, da war auch Hoffnung, und Gott war gut. Die anderen murrten. Immer wieder hieß es ›Johnny hinten, Johnny vorn‹. Aber sie machte die anderen darauf aufmerksam, daß sie schon festen Fuß in der Welt gefaßt hätten, während Johnny noch am Beginn der Reise stand. Doch Gott hatte nicht vergessen, und schließlich suchte er sie heim.

Als Johnny fünf Jahre alt war, sah seine Mutter, daß etwas mit seinen Augen nicht stimmte. In den Augen brannte ein quälender Schmerz. Immer wieder rieb sich der Junge die Augen. Immer wieder weinte und jammerte er während der sonnigen Stunden des Tages und der langen, dunklen Stunden der Nacht. Kleine, perlartige Flecke zeigten sich auf den Augäpfeln. Er begann das Licht zu fürchten, hielt die Augen geschlossen und saß stöhnend da, wo es dunkel war. Wochenlang wurde das Leben ein Ort der Dunkelheit, durch die wie ein Blitz der Schmerz zuckte. Man verband ihm die Augen mit einem großen weißen Tuch, um sie vor dem Sonnenlicht zu schützen, das durch die kleinen Fenster des kleinen Hauses fiel.

Johnny aber ahnte weder die ihm drohende Gefahr, noch, daß sich etwas vorbereitete, das jahrelange Qual bedeutete und ihn für sein ganzes Leben grausam behindern sollte. Er empfand nur etwas wie Groll, daß er nicht war wie die andern Kinder seines Alters, die herumtobten, schrien und sich freuten, wenn die Sonne schien, die müde und voller Schlaf zu Bett gingen, wenn die Sonne unterging, und am nächsten Morgen frisch und munter aufstanden, wieder tobten und lachten und sich, von der Sonne ermutigt, ihres Lebens freuten. Damals legte man Augenleiden ebensowenig Bedeutung bei wie anderen körperlichen Schwächen, solange diese den Körper nicht ans Bett fesselten. Ein bißchen Goldcrème, Zinksalbe, Zink- und Rosenwasser waren die Heilmittel bei Augenleiden, es sei denn, das Auge wäre durch einen Unfall schwer verletzt worden.

Blattern, Typhus, Diphtherie und Scharlach waren die einzigen Krankheiten, die die Ärzte auf die Beine brachten. Dann rannten sie los mit wirrem Haar und ohne Rock, bliesen Alarm, zwangen die Leute, ihre Häuser zu schließen, sich der frischen Luft fernzuhalten und Schwefel in ihren Wohnungen zu verbrennen, der die Räume mit Rauch füllte wie Weihrauch, der von einem Altar in der Hölle aufsteigt.

Es war eine Zeit, zu der jedes Kind an einem bestimmten Wochentag Rizinus und Meerzwiebelsirup einnehmen mußte, nachdem ihm der wunde Hintern mit einem Puder scharf wie pulverisierter Stahl eingerieben worden war. Eine Zeit, zu der sich nur wenige Tapfere von diesem Dunghaufen aus Unwissenheit lösten und sich lieber in die Einsamkeit zurückzogen, um mehr über die Geheimnisse des Lebens, der Krankheit und des Todes zu lernen, als bei der Menge Sicherheit zu suchen, die sich gemütlich und leicht durchs Leben schlängelte, mit keck sitzendem Hut, roten Gewändern und schwarzen Gewändern die Gesetze der Menschen, mit schneeweißen Chorhemden die Gesetze Gottes, in seidenen, duftenden Gewändern die Gesetze der Liebe verkündend.

Seine Augen wurden schlimmer, und die Schmerzen nahmen zu. Aus einem Eierbecher mit Zink- und Rosenwasser bähte ihm die Mutter mit einem Läppchen dreimal täglich die Augen, und für die Nacht bestrich sie die Augenlider dick mit Goldcrème. Aber keine Kraft trat an die Stelle der Schwäche, und nichts linderte den Schmerz. Die andern, die sein Geschrei reizte, sagten zu der Mutter, das Schreien mache alles nur schlimmer, und zu dem Jungen, seine Augen sähen aus wie zwei in eine Decke gebrannte Löcher. Auf Anraten einer Nachbarin machte die Mutter heiße Umschläge aus feuchten Teeblättern, die ein Kind in der Nachbarschaft von einer schweren Lidentzündung befreit hatten. Aber keine Kraft trat an die Stelle der Schwäche, und nichts linderte die Schmerzen.

Dann riet der Freund eines seiner Brüder, der Junge solle den Kopf mit geöffneten Augen mehrere Male täglich fünf Minuten lang in einen Eimer mit kaltem Wasser tauchen. Auf diese Weise würde auch das hartnäckigste Augenleiden beseitigt. Johnny wurde gepackt, und trotz seines Geschreis wurde sein Kopf in einen Eimer mit eiskaltem Wasser getaucht, bis er die Augen bedeckte. Immer wieder wurde ihm zugerufen, die Augen zu öffnen, verdammt, er solle die Augen öffnen, damit das Wasser sie erreiche. Je mehr Johnny sich voller

Angst wehrte, desto tiefer tauchten sie ihn ins Wasser, das ihm Nase und Mund füllte, so daß er fast erstickte. Nach Atem ringend, stand er bebend und naß da, umgeben von Vorwürfen und Geschimpf, weil er im Wasser die Augen nicht geöffnet hatte. Drohungen, Püffe in den Rücken brachten ihn nicht zu dem Versprechen, die Augen unter Wasser zu öffnen. Alle gaben die Hoffnung auf und sagten, es wäre reine Zeitverschwendung, wenn er die Augen nicht unter Wasser öffnete. Und solange er das nicht täte, hätte alles keinen Sinn. Und wenn er blind würde, dann wäre es nur seine eigene Schuld. Währenddessen stand Johnny mit gesenktem Kopf zitternd und bebend da. Das Wasser rann ihm aus dem nassen Haar, über den Hals, den Rücken, über die Backen und den Bauch. Und immer wieder schrie er: »Tu mir doch die Binde um. Die Augen tun so weh!« Wieder trat keine Kraft an die Stelle der Schwäche, und nichts linderte den Schmerz.

Und dann ließen sie ihn in Ruh. »Wer nicht hören will, muß fühlen. Der Bursche ist zu verwöhnt. Mit dem kann man kein Mitleid haben.« Nur die Mutter überlegte immer wieder, wie sie ihm helfen könnte. Nur sie stand mit tiefem Mitleid und unerschütterlicher Geduld zwischen ihm und der Möglichkeit, daß er das Augenlicht verlor und damit hilflos den Menschen ausgeliefert und Gott nicht näher war. Nur sie zeigte das Banner ihrer Angst um ihn jedem, dem sie begegnete, und überall schaute sie aus nach Hilfe, um ihn vor ewiger Finsternis zu bewahren.

Eines Tages fiel dann der Mutter plötzlich ein, daß ihre Schwester einmal von einem augenkranken Kind erzählt hatte, das geheilt wurde. Sie machte sich mit Johnny auf den Weg zu ihrer Schwester, fuhr ein Drittel des Wegs mit der Trambahn und ging dann zu Fuß weiter, bis sie ein weißes Haus mit niedrigem Dach in Tentersfield in der Nähe der Dolphin-Scheune erreichten, wo die Wäsche gebleicht wurde. Sie und Johnny wurden mit Tee und selbstgebackenem Kuchen bewirtet, der einem im Munde zerging, bevor man noch darauf gebissen hatte.

»Johnny muß in ärztliche Behandlung. Fahre mit ihm in die St.-Markus-Augen-und-Ohrenklinik am Lincolnplatz, gleich neben dem Hintereingang des Trinity College. Jeder, der nicht Unterstützungsempfänger ist, zahlt für den Ausweis, der einen Monat gültig ist, einen halben Schilling und wird dafür wöchentlich dreimal behandelt. Gehe am Montag, Mittwoch oder Freitag, denn da hat Story Sprechstunde, und der ist ein besonders tüchtiger Augenarzt. Geh ziemlich früh, um neun, dann kommst du schnell dran. Es wird dort jeden Tag voller, und alles geht der Reihe nach. Und manchmal dauert die Untersuchung lange, besonders wenn es sich um die Ohren handelt. Am besten nimmst du Johnny gleich mit und läßt dir genau sagen, wie dem Jungen geholfen werden kann.«

Und Johnnys Mutter stand auf, dankte ihrer Schwester und sagte, sie müsse jetzt aufbrechen, und gleich am Montag morgen würde sie mit Johnny in die Klinik gehen. Und die Schwester von Johnnys Mutter küßte den Jungen, steckte ihm einen blanken Penny in die Tasche und sagte zu ihm, Gott würde alles schon so einrichten, daß er wieder sehen könne.

Und dann machten sich beide auf den Heimweg, gingen durch die ›Freiheiten‹ und erreichten die Kreuzung der Meath- und Thomasstraße. Hier stiegen Johnny und seine Mutter in die Tram, die lustig bis zum Corkhügel ratterte, wo eine große Menge den Weg sperrte.

»Heute ist der Ball«, sagte der Schaffner, »der Ball des Vizekönigs, und alle Dubliner Laffen begaffen die Notabenilitäten, die herbeiströmen, um im Dubliner Schloß gut zu essen und eine lustige Nacht zu verbringen.«

»Und wir müssen hier stundenlang stehen und warten.«

»Ist doch mal ganz nett, all die Herrlichkeit zu sehen, die das Land in Schwung hält, bevor Mister Parnell und seine Narren alles kaputt machen«, sagte ein vornehm aussehender Mann mit feuchtem Mund und hängendem Schnurrbart, der in der Mitte des Wagens saß. Er stand auf und kletterte vorsichtig aus dem Wagen auf die Straße.

»Der Tag ist nicht mehr fern«, sagte der Schaffner, »an dem der Gent, der eben ausgestiegen ist, ganz anders redet oder so hoch baumelt wie Gilderoy.« Er lehnte sich an die Tür der Tram und summte vor sich hin:

»Schwarz ist dein Herz, Clan Oliver, eiskalt und
starr gefroren!
Hoch steht dein Kopf, Clan Sassenach, seit Sarsfield
den seinen verloren!

Du liebst uns nicht nach allem, was zwischen uns geschah.
Doch hüte dich, denn Irland kämpft, denn Irland ist noch da!«

Johnnys Mutter stand auf, kletterte aus dem Wagen und half dann Johnny beim Aussteigen.

»Kleine protestantische Jungen dürfen nicht zuhören, wenn die Fenier ihre Lieder singen«, sagte sie zu ihm. »Und wenn du jemals ein solches Lied hörst, dann sage still vor dich hin: ›Gott schütze den König.‹«

Sie mischte sich in die Menge und kam nicht wieder aus ihr heraus, wurde von ihr bis neben den Schloßeingang gedrängt, wo sie Ella und Archie trafen, die fröhlich zusahen, wie all die Pracht einzog zu dem herrlichen Mahl und prunkvoll-fröhlichen Tanz.

»Stelle dich vor mich«, sagte Ella und zog Johnny neben sich. »Verhalte dich ganz ruhig und rühre dich nicht, bis alle die feinen Damen und Herren in das Schloß getrabt oder getrippelt sind.«

»Ich bringe Johnny am Montagmorgen in die Augen-und-Ohrenklinik«, sagte Johnnys Mutter zu Archie.

»Das ist gut, denn sein Geschrei bei Tag und Nacht kann keiner mehr aushalten.«

»Als ich nach hier unterwegs war«, sagte Ella, »erstreckten sich die Wagen vom Schloßhof über die Damenstraße, Westmorelandstraße, durch die Sackvillestraße bis in die Cavendishzeile. Sieh doch nur den alten Kauz in dem leuchtenden Blau, mit den goldenen Schnüren auf der Brust und der Mädchenschleife dicht unter dem Knie, in dem Einspänner, der gerade vorbeifährt.«

»Der kann sich vor lauter Hochnäsigkeit bestimmt nicht freuen«, sagte Archie.

»Ich bringe Johnny auf jeden Fall am Montag in die Klinik«, sagte die Mutter.

»Der alte Affe«, sagte Ella, »trug über den goldenen Schnüren einen mit Juwelen besetzten Stern am blauen Band. Sicher den Hosenbandorden.«

»Nein, nicht den Hosenbandorden. Außer den Prinzen von Geblüt bekommt den so leicht niemand. Purpurne, mit Seide gefütterte Mäntel tragen die Ritter. War sicher der St.-Patricks-Orden, den du da gesehen hast. Er wird an blauem Band getragen und hat das Motto: *Quis separabit?* Wenn diese Leute nur ein bißchen Verstand hätten, dann hätten sie das Band grün gemacht.«

»Schade, daß ich erst jetzt von der Klinik erfahre«, sagte die Mutter. »Bei rechtzeitiger Behandlung hätte er sicher weniger Schmerzen gehabt.«

»Seht doch mal die Kinder da drüben«, rief Ella. »Mit bloßen Füßen und sozusagen nichts am Leib. Die Mütter sollten sich schämen, sie bei einem solchen Ereignis so herumlaufen zu lassen.«

»Mancher verdient dabei«, sagte Archie. »Selbst die Photographen kommen dabei auf ihre Kosten. Denn jeder will ein Photo haben, wenn der Ball vorbei ist, wenn der Morgen graut, die Tänzer das Schloß verlassen und die Sterne verblassen. Jeder will, wenn er alt ist, sich noch einmal in all seiner Pracht und allem Staat betrachten.«

»Ein halber Schilling pro Monat für drei Behandlungen wöchentlich ist nicht viel, wenn Johnny geholfen wird«, murmelte die Mutter.

»Von den Kleidern der Herzoginnen kosten einige bestimmt Hunderte und aber Hunderte Pfund«, sagte Ella.

»Wenn wir die Homerule haben, ist alles vorbei, das Reich und die Kraft und die Herrlichkeit«, fügte Archie hinzu.

»Ja, müssen mal abwarten, was am Montag mit Johnny geschieht«, sagte die Mutter und legte dem Jungen schützend die Hand auf den Kopf.

»Da kommen schon wieder neue«, sagte Ella aufgeregt. »Eine ganze Menge, schnell und flink, in dichtem Gedränge, durch Wälder und Felder, durch Straßen und Gassen zum

Ball im Schloß.«

So weit das Auge sehen und der Geist wandern konnte, waren die Straßen Dublins ein großer Strom aus Landauern und Victorias, aus Coupés und Einspännern, aus Kutschen und Droschken, die sich einen Weg bahnten nach dem Schloßhof, und jedes Gefährt trug die edlen Leiber und Seelen von Grafen, Baronen, Bischöfen, Gesandten und Richtern, Staatsräten, Ehrwürden und Hochehrwürden, von Erzdiakonen, Seelenhirten, von Herren und Herrinnen.

Der Seemann prangt in Blau, Weiß und Gold,
Und der Soldat in Schwarz, Scharlach und Gold,
Das Haupt beladen, würdig und ernst,
Mit Tschako oder mit Kalpak, mit Bärenmütze und Helm,
Und oben die Hahnenfeder darauf, die Kugel, die Spitze,
der Federbusch,
Kein Fleckchen Staub auf Haut und Gewand.
Und alle die anderen, kniebehost, verwegen behutet und
schwertumgürtet,
Sie strömten freudig zu ihrem Herrn,
Mit Damen in Seide oder Satin
Oder in Popeline gehüllt, von allerfeinstem Brokat
umsäumt,
Und in reichen Spitzen aus Valenciennes,
Hochnäsig, weil ihre Familien so alt.
Sie alle strömten hin nach dem Schloß,
Leicht plaudernd von dem, was ist und was war.
Und Soldaten grüßten und standen stramm,
Standen steif stramm,
Mit geschlossenem Mund diese Bande verfluchend,
Den Rummel verfluchend, der zum Strammstehn sie zwang.
Und Polizisten in Mattblau und Silber,
Das blanke Koppel zu eng um die Bäuche,
Sie keuchten und schwitzten und rannten umher,
Umkreisten ihre nervöse Herde,
Die menschlichen Schaustücke, die sie betreuten,
Und geleiteten sicher den kostbaren Haufen quer durch den
Hof,
In die Arme von feinen, umsichtigen Dienern
In goldenem, rotem und pflaumfarbenem Samt,
In Röcken aus Kirschrot und warmem Braun,
Die dicken Waden in weißester Seide,
Und die Köpfe perückt und mit Bändern geschmückt.
Und sie trieben devot die Schafe zum Schäfer,
Zu einem Mann, den Gott in aller Eile, schon müde, gerade
noch geschaffen hatte, um auch damit endlich
fertig zu sein;

Von Menschen ward er dann umgemodelt und ausgestattet
mit Macht,
Seine schiefe Gestalt ward weggeschneidert in einem Anzug
aus bestem Samt.
Kniehosen trug er.
Auf dem schneeweißen Hemd glänzten vielfarbene Bänder,
Und kalt hing ihm zur Seite ein Schwert, der Griff mit
edlen Steinen besetzt.
Das Gesicht war ihm blaß vor Bedeutung und Stolz,
Er watschelt' einher im Paradeschritt
Und wankte, den hellen Stab in der Hand.
Wie ein Bote Gottes ging er voraus
Und zeigte und winkte und wies sie voran;
Es lebe O'Donnell, kämpft weiter den Kampf,
Söhne von Tirconnell, tapfer und treu!
Dem falschen Sachsen Erins rächenden Stahl!
Kämpft für die Heimat, O'Donnell voran!
(sang jemand ganz nah' um die Ecke herum)
Und zeigte und winkte und wies sie voran:
Gesandte mit Grüßen aus fernem Land,
Und blaubehutete Blaublutbarone, und höllehetzende
Bischöfe auch,
Mit einem Schwanz von Erzdiakonen,
Und Ehrwürden alle, und Hochwohlgeboren,
Sie schritten einher, vor Erregung ganz heiß,
Gespannt und schmuck, Kopf an Kopf mit den Richtern,
Den Seemannslaffen, Soldatenaffen,
Mit den Damen in Popeline, Seide, Satin,
Mit Krausen und Fächern, sie folgten dem Stab
Hoch erhoben von der Hand der Gestalt
In dem reichen Gewand aus dem besten Samt,
Folgten ihm schnell
Auf einem blitzsaubern karminroten Teppich,
Auf, Marmion, auf, die Treppen hinauf!
Und weiter und weiter hinauf bis zum Thronsaal,
Wo der Mann in dem Anzug aus bestem Samt
Laut die großen Namen des Landes verkündet',

Und die Männer sich tief auf die Bäuche neigten,
Und die Damen Knie und Taillen beugten,
Im Hofknicks versanken, so tief sie nur konnten,
Vor der vizeköniglichen Majestät, die erregt und düster
am Throne stand.
Und die verzärtelten Geister der Krausen und Fächer, die
vornehmen Fräulein, sie fiebern vor Angst,
Denn der kleinste Fehler hier, wo sie zeigen wollen,
Daß sie sich halten, sich verhalten können,
Vor dem hosenbandorden-beordeten Dummkopf,
Würde vor Scham sie versinken lassen
Vor dem hosenbandorden-beordeten Dummkopf,
Dessen Kopfnicken Knicks und Verbeugungen aufwog.
Und die klugen Gesandten und Erzdiakone,
Die großen Barone, die Richter, die wußten,
Daß Nehmen doch seliger ist denn Geben,
Lavierten mit allen Ehr- und Hochwürden,
Soldatenlaffen, Marineaffen,
Eilten heiter, eilten befreiter, eilten weiter zum Ballsaal,
Wo Satin und Seide die Rocksäume schwenkte
Im chippengedaleten, bepalmten, belüsterten Saal,
Wo die Paare in wilder Gavotte sich drehten.

Meine Frau und ich, wir lebten allein
In einem Hüttchen, das ihr war und mein.

Beine fliegen und Röcke wehen und Hintern prallt an Hintern beim Drehen.

Ich liebte Rum, sie liebte Gin,
So ging für uns beide die Zeit dahin,

während die Ehrwürden und die Hochwürden traurig herumsaßen auf den chippengedaleten, sheratonten Bänken des Saales, geistig tot für die übermütige Musik der rotberockten, goldbeschnürten, engbehosten Militärkapelle mit den schweren Schulterstücken, die alles lustig und fröhlich machte in der Welt,

Ha, ha, ha, du und ich,
Mein lieber Krug, ich liebe dich,

während die, die wegen ihrer gelehrten und frommen Gespräche bekannt waren, am Ufer dieses Stromes der Freude entlangwanderten, eine fromme Vision verbargen vor freiherrlichen, ehrwürdigen und hochehrwürdigen Augen, vor Soldaten- und Seemannsaugen, die sprühten und funkelten und immer größer wurden beim Anblick nackter Schultern und süßer und weißer Brüste, die in den herausfordernden Miedern der lieblichen Fräulein auf und ab hüpften, der Fräulein, die sich schamvoll freuten, ihren Partnern so schöne Dinge zu zeigen, an die man sich gern erinnert, wenn der Spaß vorbei ist,

Ach! Wenn ich ein Mädchen hätt',
Ein Mädchen hätt'!
Und dazu ein Kuschelbett!
Haken und Ösen
Würd' ich schnell lösen.

Ha, ha, ha, du und ich,
Mein brauner Krug, ich liebe dich.

Alles würd' ich sehn,
Vom Kopf bis zu den Zeh'n,
Es würde ein herrlicher Ritt,
Im Galopp, im Galopp, nicht im Schritt,

und während Beine fliegen und Röcke wehen, sitzen die geistlichen Hirten und die Alten unter den Palmen und überlegen rastlos, *dum spiro spero*, daß der einzige Weg, ihre Herden fernzuhalten vom Feuer der Hölle, der ist, ihnen immer und ewig ein rotglühendes Eisen untern Arsch zu halten, während draußen unter der Milchstraße und der Plejade die Landauer und Einspänner, die Victorias und die Coupés, die Kutschen und Droschken durch die Schloßtore fuhren in den Schloßhof, der gepflastert war mit guten und bösen Vorsätzen wie der Weg zur Hölle, geschützt durch Reiterei und Fußvolk und Artillerie, Bollwerk von Englands treuer Garnison im Erin der Heiligen und Gelehrten, der Lehnsherren und der glorreichen Rundtürme und des lieben grünen Klees mit dem Schäferhund, der sich niedergelegt hat, und der Harfe ohne Krone und dem Durchbruch der Sonne Irlands zwischen uns, bei Gott, was soll aus dem Lande werden zwischen den beiden, während dicke Polizisten in dunklem Mattblau und hellem

Silber und mit Lederriemen um die Taille sich hierhin bewegten und dorthin, schwitzten und stöhnten und die prunkvollen Freudengenießer der irischen Gesellschaft sorgsam begleiteten, sorgsam geleiteten über den schmalen, roten Weg, der sie sicher führte in die Arme der Gestalt in bestem schwarzen Samt, die sie weiterführte zu dem Stuhl und zu dem, der auf dem Stuhl saß, welcher anzusehen war wie der Stein Jaspis und Sardis, und einen Regenbogen um seine Füße hatte, gleich anzusehen wie rote Rubinen, weiße Perlen und blaue Saphire, während von vielen Ältesten, die Kronen auf ihren Häuptern hatten und um den Stuhl saßen, Donnerstimmen ausgingen, die sangen: »Herzen aus Eichen sind unsere Schiffe, Köpfe aus Eichen sind unsere Männer, stetig und immer bereit, denn wir werden kämpfen und siegen, immer wieder und wieder«, und die Soldaten salutierten und standen stramm und fluchten, wenn ihre Lippen auch nie sich bewegten, hielt das bezaubernde Gewirr sie wach, und sie standen stramm. Bis der Tag anbricht und das Dunkel flieht, doch jetzt könnten wir gehen, denn die letzte Droschke ist eingefahren, und die Tore sind geschlossen und dunkel, aber die Tänzer, die sich vergnügen, sieht niemand, und die Stimmen derer, die sich erfreuen, hört keiner. »Schluß, aus, raus ist die Maus, und nun sind wir wieder da, wo es losging«, sagte Archie, als sie nach Hause schlenderten.

Noch zwei qualvolle Nächte vertickten langsam für den kleinen Johnny, der aufrecht im Bett saß, sich wand vor Schmerzen und mit den Zähnen knirschte, während seine Mutter mit einem alten Mantel um die Schultern sich über ihn beugte beim trüben Licht der Kerze. Sie legte ihm nasse, kalte Tücher auf die Augen, versuchte den Schmerz zu lindern. Ihr Gesicht wurde blaß vor lauter Mitleid, wenn er sie anflehte, doch etwas zu tun, was den Schmerz nähme, und sie ihm zuredete, noch zwei kurze Tage auszuhalten, in der Klinik würde alles gleich gut werden. Und wenn viele Stunden langsam und beschämt vergangen waren, dann lullte Erschöpfung den Schmerz ein, der müde Kopf des Knaben sank tiefer in die nassen Kissen, und die Mutter legte den Arm um ihn und summte ein Lied: »Hoch überm blauen Himmel der Freund der Kinder wohnt, er liebt sie ohne Wanken, er segnet, tröstet, lohnt. Die Freunde hier auf Erden sich wandeln mit der Zeit, doch jener Freund bleibt ewig, ist stets für uns bereit.« Und dann schliefen sie beide zusammen ein.

Morgens um halb acht war Johnny gewaschen und fertig angezogen. Er hatte eine dicke Binde vor den Augen und aß nur wenig von dem Frühstück aus Brot und Tee, denn er würde nun bald einer Macht ausgeliefert werden, die ihm weh tun, ihn erschrecken und ihn zwingen konnte, noch mehr Schmerzen zu ertragen.

Er ging mit der Mutter, die ihn bei der Hand hielt, langsam durch die Straße, um das, was ihn erwartete, hinauszuzögern. Am Ende der Straße hörte er eine Straßenbahn halten. Er fühlte, wie die Mutter ihn in den Wagen hob und zu ihm sagte, wenn er artig wäre und täte, was der Arzt sagte, würde sie ihm ein Stück Mürbekuchen kaufen, und dann würden sie beide mit der Tram wieder nach Hause fahren. Die Tram, die von muskelmüden Pferden gezogen wurde, ratterte los, hielt dann und wann, um neue Fahrgäste aufzunehmen und andere aussteigen zu lassen. Es kostete die Pferde eine große Anstrengung, wenn sie den Wagen wieder anzogen und in Bewegung setzten. Der Schaffner kam mit der Geldtasche und der blanken Knipszange und sammelte das Fahrgeld ein, zwei Pennys für die Mutter und einen Penny für ihn. Er hörte das Knacken, als der Schaffner die Fahrscheine lochte. Die Mutter gab Johnny die Fahrscheine in die Hand. »Ein roter für mich«, sagte die Mutter, »ein gelber für dich. Und wenn wir wieder nach Hause fahren, kannst du die Scheine vielleicht sehen, denn die Ärzte helfen dir vielleicht so gut, daß du die Klinik ohne Binde verlassen kannst.«

An der Westlandzeile stiegen sie aus, und die Mutter führte ihn über den Lincolnplatz und dann weiter, bis sie die Klinik erreichten, ein schüchternes, schäbiges Haus, zu dem ein schmaler, betonierter Weg führte. Vor dem Eingang, der nicht größer war als die zwei Frontfenster eines Krämerladens, ein paar Beete mit kümmerlichen Geranien. Über den zwei ladenähnlichen Fenstern standen in großen Buchstaben die Worte: St.-Markus-Augen-und-Ohrenklinik. Sie betraten das Haus und befanden sich in einem langen, engen Flur, der durch eine Schranke aus blankem Tannenholz in zwei Teile geteilt war. Am oberen Ende des Flurs zwei Türen. Die eine führte in das Sprechzimmer, das die Patienten nach der Behandlung durch die andere wieder verließen. Im Flur standen blanke, goldfarbene Bänke aus Tannenholz, auf denen mehrere Männer, Frauen und Kinder nebeneinander saßen. Von hier aus erreichten sie der Reihe nach die Tür zum Sprechzimmer des Arztes. Neben dem Eingang stand ein großer Ofen und neben dem Ofen ein Tisch, auf dem, wie eine Opfergabe auf einem Altar, ein dickes Buch lag, in das die Patienten – Name, Adresse und Beruf – eingetragen wurden. An dem Tisch saß ein großer, stattlicher Mann von etwa fünfundsechzig Jahren. Er hatte einen weißen Bart, einen kurzen, dicken Hals und hustete dauernd. Sein großer, kahler, rötlicher Schädel war genauso blank wie die Bänke aus Tannenholz. Er hieß Francis.

Johnnys Mutter machte die betreffenden Angaben: Alter, Wohnung, Augenleiden. Als Francis erfuhr, daß Johnnys Vater gestorben war, schrieb er das Wort ›Waise‹ in die für den Beruf des Vaters vorgesehene Spalte. Sie bezahlte einen halben Schilling und erhielt einen Krankenschein, auf den der Arzt später die verordneten Medikamente eintrug. Die Medikamente erhielten die Patienten in der Apotheke, einem kleinen, kastenähnlichen Raum mit Schiebetür in einer Ecke der Halle. Sie erhielt ferner ein großes Blatt in einer Schutzhülle aus Karton. Das Blatt zeigte mehrere Darstellungen des Auges, so daß der Arzt Ursprung, Natur und jede Veränderung des Leidens ohne große Mühe eintragen konnte. Diese Blätter wurden in Aktendeckel geheftet und für spätere Behandlungen sorgfältig aufbewahrt. Mutter und Johnny setzten sich auf die Bank zu den andern Patienten und warteten, bis sie an die Reihe kamen. Die Patienten wurden zu fünf oder sechs aufgerufen. Sie erhoben sich von den Bänken, und die andern rückten nach. Während sie warteten, nachrückten und wieder warteten, las die Mutter, was auf dem Schein stand:

St.-Markus-Augen-und-Ohrenklinik

Patienten der ambulanten Abteilung werden von
Mr. Story
am Montag, Mittwoch und Freitag
vor zehn Uhr behandelt.

Jeder Patient (abgesehen von den Wohlfahrtsempfängern) bezahlt für den Behandlungsschein, der vom Tage der Ausgabe an einen Monat gültig ist, einen halben Schilling. Der Schein ist sorgfältig zu verwahren und bei jedem Besuch geöffnet vorzulegen.

Johnny hörte die Patienten in seiner Nähe von ihren Beschwerden, ihren Schmerzen und ihrer Hoffnung auf Besserung erzählen.

»Bei mir dauert's noch Monate«, hörte er eine Stimme sagen, »bis eine Besserung eintritt. In einer Gießerei flogen mir Stahlsplitter ins Auge. Mit einem Magneten hat man sie rausgezogen. Das war nicht so einfach. Hab' allerlei dabei ausgestanden.«

»Bei mir mußte der Nerv durchschnitten werden«, sagte die andere Stimme, »um das gute Auge von dem blinden zu trennen und auf diese Weise zu retten. Und jetzt will er das blinde Auge ganz rausnehmen; mit einem blinden Auge könnte ich sowieso nichts anfangen. Aber da bin ich anderer Meinung. Ein blindes Auge entstellt weiter nicht, wenn man es nicht genau betrachtet.«

»Es ist geradezu wunderbar«, murmelte eine andere Stimme, »was nach Ansicht der Ärzte ein Blinder alles tun kann.«

»Mancher von den Brüdern würde auf die Hochzeitsnacht mit einer netten Frau verzichten, wenn er einen eine halbe Stunde lang quälen könnte.«

»Endlich spürt man den Frühling«, sagte eine sanfte Stimme etwas weiter unten. »Im Volkspark waren die Hauptbeete gestern eine einzige Masse aus gelben Narzissen. Während ich meinen Tee trank und ein Stück Brot dazu aß, habe ich sie mir andauernd angeguckt.«

»Geranien, rote Geranien habe ich lieber«, antwortete eine Stimme, »immer nur rote Geranien.«

»Ich weiß doch nicht so recht«, antwortete die sanfte Stimme. »Mir kommen rote Geranien, überhaupt alle Geranien, so eingebildet vor, während die Narzissen einen geradezu auffordern, dazwischen spazierenzugehen.«

Einen Augenblick lang herrschte Schweigen. Dann vernahm Johnny wieder die zweite Stimme. »Vielleicht haben Sie recht, aber ich bleibe doch bei den roten Geranien.«

»Sehen Sie mal nach dem Mann uns gegenüber, aber ganz unauffällig«, sagte eine Frau zu seiner Mutter. »Sein Schein ist rot bedruckt.«

»Ja«, hörte er die Mutter antworten. »Ja, rot bedruckt, unserer ist schwarz bedruckt. Weshalb?«

»Weil er Wohlfahrtsempfänger ist und umsonst behandelt wird.«

Johnny empfand etwas wie Stolz. Er war kein Wohlfahrtsempfänger. Er hielt den Krankenschein so, daß jeder sehen konnte, daß er schwarz bedruckt war.

Und dann waren sie auf einmal im Sprechzimmer. Eine Schwester ließ sie auf einer besonderen Bank Platz nehmen, wo sie auf Mr. Story warteten. Es war ein Raum voll erschreckenden Lichts, denn die ganze Nordwand war ein einziges großes Fenster, vom Fußboden bis zur Decke. Unaufhörlich klapperten und klirrten Instrumente, die von Tischen genommen und wieder auf sie gelegt wurden. Klingelingeling machten die Instrumente, und Johnny trat der kalte Schweiß auf die Stirn. An den Wänden furchtbare Bilder von kranken Augen und Ohren. Eine Schwester in blauweißgestreiftem Kittel eilte hin und her und half den Ärzten. Überall tiefe Stille, die von dem Stöhnen eines Mannes, dem Schrei eines Kindes unterbrochen wurde. Johnny spannte sich in empörter Abwehr.

Endlich kam Mr. Story, ein großer, hagerer Mann mit scharfgeschnittenem Gesicht und rötlichem Spitzbart, auf sie zu und befahl, mit dem Jungen an das Fenster zu kommen. Johnny wurde an das Fenster geführt, und die Binde wurde ihm von den Augen genommen: das Licht, das Licht, das verdammte, verfluchte, blendende Licht! Man setzte ihn auf einen Stuhl, er saß zwischen den Beinen des Arztes. Sein Kopf wurde nach hinten geneigt. Er fühlte, wie die Finger des Arztes auf die Wangen, direkt unterhalb der Augen, drückten. Das Licht, das Licht, das verdammte, verfluchte, entsetzlich blendende Licht!

»Mach die Augen auf«, sagte Story, »und sieh aus dem Fenster. Sei lieb und mach die Augen auf.«

»Mach die Augen auf, Johnny. Tu, was der Doktor sagt«, ermutigte ihn die Mutter.

»Mach die Augen auf«, wiederholte Story barsch. »Mach sofort die Augen auf.«

Aber das verdammte, verfluchte, blendende Licht strömte schmerzvoll durch die Lider und hielt sie fest geschlossen. Die Mutter ergriff seinen Arm.

»Mach endlich die Augen auf, Junge«, sagte sie.

Aber steif und starr saß der Junge da und hielt die Augen geschlossen.

Story winkte zwei Studenten heran. Der eine packte von hinten Johnnys Kopf, während der andere die Arme festhielt. Aber immer noch hielt Johnny, starr und steif, die Augen geschlossen. Seine Starrköpfigkeit machte die andern wild. Sie hoben ihn von dem Stuhl, während seine Mutter ihm verlegen allerlei Strafen androhte, sobald sie wieder zu Hause wären. Sie legten ihn wie einen Frosch rücklings auf den Fußboden. Studenten hielten seine Beine, Schwestern seine Arme, während Story, neben ihm kniend, die Finger fest und doch vorsichtig unter die Augen drückte, bis Johnny sie, wütend aufschreiend, öffnete. Aus einem kleinen Glasbehälter spritzte Story etwas in die Augen, das wie Wasser aussah und sich wie kühlender Balsam über die brennende, vereiterte Oberfläche seiner Augäpfel breitete.

Ohne Widerstand ließ er sich eine genauere Untersuchung in einem dunklen Raum mit vielen kleinen Zellen, in denen eine Gasflamme flackerte, gefallen. Mit einem spiegelgleichen Instrument, das am Kopf des Arztes befestigt war, untersuchte Story das Innere des Auges, um das Leiden zu erkennen, das so qualvoll sein Sehvermögen zerstörte. Storys Untersuchung und Behandlung dauerte zwei Stunden. Er kehrte an seinen Tisch zurück und winkte Johnnys Mutter zu sich. Langsam und voller Angst kam die Mutter näher und hörte, was der Arzt sagte.

»Blind wird der Junge nicht«, sagte er, während er schnell Eintragungen auf das Krankenblatt machte. »Aber bis er wieder gesund ist, dauert es lange. Bähen Sie die Augen mit heißem Wasser, so heiß er es vertragen kann, und hinterher mit einer Flüssigkeit, die man Ihnen in der Apotheke gibt. Vor allem aber muß etwas von der Salbe, aber nicht mehr, als die Fingerkuppe bedeckt, jeden Morgen und Abend unter die Lider – nicht auf die Lider, hören Sie, sondern unter die Lider – gestrichen werden. Außerdem muß der Junge noch lange die Binde tragen. Dazu gute Ernährung und nach jeder Mahlzeit einen Teelöffel voll Parrishs Malzextrakt.«

»Kann der Junge in die Schule gehen, Herr Doktor?« fragte die Mutter.

»Nein, ausgeschlossen«, erwiderte der Arzt barsch. »Seine Augen müssen in jeder Weise geschont werden.«

»Aber wenn er nicht in die Schule geht, lernt er nichts und bleibt ein Dummkopf.«

»Lieber dumm als blind«, entgegnete der Arzt. »Der Junge muß jeden Montag, Mittwoch und Freitag zur Behandlung kommen, bis die Besserung so weit vorgeschritten ist, daß *eine* Behandlung wöchentlich genügt. Holen Sie sich diese Medikamente in der Apotheke«, fügte er hinzu und gab ihr die Rezepte, »und tun Sie genau, was ich Ihnen sagte. Verlieren Sie nicht die Geduld, und in die Schule darf der Junge auf keinen Fall.« Darauf eilte Mr. Story mit den schmalen, weißen Händen und dem roten Spitzbart davon, gefolgt von einer Herde Studenten, um einen anderen Patienten zu behandeln.

»Meine Augen müssen doch sehr schlecht sein«, sagte Johnny zu seiner Mutter, als sie in der Apotheke die Medikamente holte, »wenn ich nicht einmal in die Schule darf.«

Daß er nicht in die Schule durfte, bedrückte ihn nicht. Kein Lehrer, keine Schulaufgaben, keine Quälerei mit Rechnen, Lesen und Schreiben. Er blieb davor bewahrt, ein Sklave der Schiefertafel und des Ranzens zu werden.

»Schön ist's ja nicht«, sagte er leise zu der Mutter, »wenn ich später nicht lesen und schreiben kann.«

»Nein«, entgegnete die Mutter. »Das wäre furchtbar. Aber wenn Gott will, kannst du bald in die Schule gehen. Blind sein ist vielleicht genauso schlimm wie nicht lesen und schreiben können.«

Dann verband ihm eine Schwester die Augen, und seine Mutter führte ihn aus der Klinik. Das war seine erste Bekanntschaft mit einem Institut, das ihn in Zukunft so gründlich kennenlernen sollte, daß sich seine Tore gleichsam von selbst öffneten, wenn sie ihn kommen sahen.

SEIN PAPA, SEIN ARMER PAPA

Und schon viele Monate vor dieser ganzen Zeit lag der, der Michael hieß, der alte Mann, der Mann seiner Mutter, der Vater, der ihn gezeugt hatte, in einem großen, mit Roßhaar gepolsterten Sessel, als verkröche er sich vor etwas, an das jeder dachte, von dem aber niemand sprach.

Aus Limerick war er gekommen, war weit gewandert auf der Suche nach Arbeit und hatte sich dann in Dublin niedergelassen. In Limerick hatte ein katholischer Mann ein protestantisches Mädchen geheiratet; alle Kinder waren im Dickicht der katholischen Religion erzogen worden. Aber der katholische Vater starb, als Michael noch klein war, und die Mutter hatte die Gelegenheit wahrgenommen und ihr letztgeborenes Kind im wahren protestantischen Glauben erzogen. Als Michael erwachsen war, wurde seine Mutter von Gott abberufen. Seine katholischen Geschwister und er stritten sich über das, was Jesus gesagt und getan hatte, über die Bedeutung seines Tuns und seiner Worte, und Michael hatte dabei keinen leichten Stand. Es war eine schwere Zeit für ihn. So machte er sich dann eines Tages, ohne lange Abschied zu nehmen, auf den Weg nach Dublin und wandte der Stadt Limerick den Rücken, für alle Ewigkeit. Amen.

Brandenburgh hat den Graben genommen
Und mit wenig Verlust unsere Flanke gewonnen.
Die Bastion ist gefallen, die Stadt ist verloren.

Ach, du arme Stadt Limerick, Limerick.
Brüllend stürzten die Iren heraus,
Schlugen England zurück im Saus,
Bis William mitsamt seinen Lords
Aus Limerick mußte fliehen.

So wurde die glorreiche Schlacht geschlagen
Von Iren, in jenen so schweren Tagen,
Für Irlands Recht, in der ruhmreichen Schlacht
Von Limerick, von Limerick.

Er kam nach Dublin und heiratete Susanne, die die Mutter seiner Kinder wurde, und Johnny war das letzte Kind. Seine Nachbarn kannten ihn gut. Er trug einen einfachen Anzug, einen halbhohen Hut, einen Schwarzdornstock in der Hand und brachte wöchentlich, pünktlich auf die Minute, seiner Frau zwei Pfund nach Hause. Bei vielen beliebt, ein wenig gefürchtet von allen, die ihn kannten, war er in seiner Kritik manchmal milde, zuweilen aber auch hart und streng. Und bekannt war er als jemand, der kein Blatt vor den Mund nahm, sondern rücksichtslos sagte, was er dachte. Alle hielten ihn für einen Gelehrten, der dauernd über dicken Büchern hockte. Er konnte Latein und wünschte nur eins: daß alle des Wissens wegen lernten, wie er es tat.

Und nun hockte er in einem mit Roßhaar gepolsterten Sessel, als verkröche er sich vor etwas, an das jeder dachte, über das aber niemand sprach.

Eine Leiter, auf der er stand, war unter ihm weggeglitten. Beim Sturz war er mit dem Rücken auf einen Stuhl geschlagen und hatte sich dabei das Rückgrat verletzt. Ärzte kamen, untersuchten ihn und befragten ihn, was ihm fehle. Und er ärgerte den Arzt durch die Bemerkung, man hätte ihn geholt, damit er es feststellte. Der Arzt verordnete Einreibungen mit Schmalz und verließ den Kranken genauso schlau, wie er gekommen war. Und so wurde das feine Gesicht, das ein dünner, brauner Bart umrahmte, täglich blasser und hagerer, die weißen, wohlgeformten Hände bewegten sich rastloser auf den Armlehnen des Sessels, und das Lesen in seinen geliebten Büchern wurde für ihn eine schwere Last. Ella sollte ihm Shakespeare vorlesen, denn Sue, seine Frau, hatte es nur bis Dickens gebracht (wenn sie auch über Falstaff genau Bescheid wußte). Aber Ella wollte das nicht. Sie wollte Lehrerin werden und hatte viel zu arbeiten, und der Vater war irgendwie dem Grabe zu nahe, als daß er für sie erfreulich oder interessant hätte sein können. Und Tod war Tod, und Leben war Leben, und Ella war Ella.

Seit seine Herrschaft sich auf den Sessel beschränkte, war manches anders geworden. Die Jungen blieben länger aus, kamen, nach Alkohol riechend, nach Hause, pflanzten sich breitschultrig und stolz vor der Mutter auf, denn sie wußten, daß die Augen in dem Zimmer nebenan trübe waren und doch die Dunkelheit zu durchdringen versuchten, die in ihrer stillen Schwärze den kommenden Ruf Gottes verbarg. Und daß die Lippen, die Worte zorniger Verachtung gesagt hatten, jetzt traurige Botschaften formten, die Verbindung suchten mit Jesus, dem Menschensohn und dem Gottessohn, der in die Welt kam, die sündige Menschheit zu erlösen.

Einen Trost hatte er: Wenn er starb, starb er inmitten seiner Bücher. Sie standen in dem großen Regal, in der Ecke neben dem Kamin. Dicht zusammengedrängt standen sie da, die Bücher, die er mit Vorliebe las, über denen er brütete und die er gründlich studierte. Ein Regiment aus theologischen Streitschriften, angeführt von d'Aubignés ›Geschichte der Reformation‹, Milners ›Ende des Streites‹, Chillingworths ›Protestantismus‹, der behauptete, die Bibel, und nur die

Bibel sei die Religion der Protestanten, mit einem Stich des fetten Gesichts dieses alten Kauzes; Foxes ›Buch der Märtyrer‹, voll von Blut, Feuer und Schwefel, ›Pfaffentum, angewandtes Heidentum‹, ›War der heilige Petrus jemals in Rom?‹ mit einem Bild, auf dem die Geistlichen mit Büchern aufeinander einschlugen und Peter und Paul aus den Wolken des Himmels hinunterschauten und über die Kämpfer lachten und zu sagen schienen: ›Los, Jungens, immer drauf!‹ Wie Inspektionsoffiziere standen die englische Bibel, die lateinische Vulgata und das Douai-Testament pomphaft nebeneinander, und rechts davon spielte Crudens ›Konkordanz‹ den Ordonnanzoffizier. Und dazu in sauberer Uniform eine Kompanie aus Dickens', Scotts, George Eliots, Merediths und Thackerays Romanen; Shakespeares Dramen; Burns', Keats', Miltons, Grays und Popes Gedichten. Auf dem obersten Regal sechs oder sieben dicke Bände wie dicke Generäle ›Verfall und Untergang des Römischen Reiches‹. Und daneben in Muße und Ruhe Lockes ›Versuch über den menschlichen Verstand‹. Und dann eine ganze Reihe Schulbücher, die von den Jungen und Ella benutzt worden waren, mit einer Anzahl von Schlachtenbummlern, Preise, die sie in der Sonntagsschule gewonnen hatten: ›Ich und Jesus bei den Zulus‹; ›Kleine Kronen und wie man sie gewinnt‹; ›Knaben und Mädchen der Bibel‹; ›Fromme Girlanden für kleine Mädchen‹; ›Die Belagerung von Gibraltar‹; ›Von Crécy bis Tel-el-Kebir‹; und still für sich in einer Ecke: ›Die Schöpfung legt Zeugnis ab für Gott‹. In einer Schublade, die nur das Familienoberhaupt öffnen durfte, lag ein geheimnisvolles Buch, das, wie der Vater sagte, die gefährliche Lehre des Bischofs Berkeley enthielt, die, wie die Mutter hinzufügte, behauptete, es gäbe nichts Wirkliches, alles, was wir sähen, wären nur Bilder unserer eigenen Gedanken, und solche Bücher könnten nur von denen gelesen werden, deren Verstand sie als dummes Zeug erkannte.

Ihr Mann hatte den größten Teil seines Lebens mit seinen Büchern verbracht; und wenn es auch ganz angenehm ist zu wissen, wie sehr der Vater als großer Gelehrter von seinen Nachbarn geachtet wird, weil er Latein kann, sagt Ella, was hat er davon, wenn's ans Sterben geht? Lockes ›Versuch über den menschlichen Verstand‹ wäre Quatsch, sagte Mick, und man brauchte nur mal drin zu blättern, um sofort den lieben Gott zu bitten, er möchte den menschlichen Geist nie so werden lassen, wie er in dem Buch dargestellt wäre.

Johnny war bisher nur wenig mit seinem Vater in Berührung gekommen. Als er zu denken anfing, war der Vater schon krank. Und er hatte die böse Augenkrankheit. Und sein Vater konnte sich nicht mit dem Gedanken abfinden, daß sein Sohn seiner Augen wegen ein Dummkopf bleiben würde. Das bedeutete für den Vater etwas so Unerhörtes, daß er sich nur selten um den Jungen kümmerte. Eines Tages, als außer der Mutter, die im Krankenzimmer zu tun hatte, niemand zu Hause war, mußte er eine Unze Cavendish-Kautabak holen.

»Der Dummkopf vergißt, was er holen soll, sobald er die Tür hinter sich zugemacht hat«, hatte der Vater gesagt, während die Mutter dem Jungen, der vor Aufregung und Wichtigkeit zitterte, die Mütze aufsetzte.

»Er vergißt es schon nicht«, hatte die Mutter entgegnet, »denn so dumm, wie du glaubst, ist er nicht.« Sie hatte sich über den Jungen gebeugt und ihm ins Ohr geflüstert: »Vergiß nicht, was du holen sollst, sage es unterwegs immer wieder vor dich hin: ›Eine Unze Cavendish-Kautabak, eine Unze Cavendish-Kautabak...‹«

Und er war schnell und voller Angst nach dem kleinen Laden gelaufen, der drei Straßen weiter lag, hatte das Geld in der festgeschlossenen Hand und sagte immer wieder atemlos vor sich hin: »Eine Unze Cavendish-Kautabak, eine Unze Cavendish-Kautabak, eine Unze Cavendish-Kautabak.« Dann war er ebenso schnell, ebenso ängstlich und atemlos nach Hause, zu der Mutter, gelaufen. Sie hatte sorgfältig das kleine Paket geprüft und dann gesagt, es wäre richtig. Sie nahm ihn mit zum Vater, damit er selbst ihm das Päckchen gäbe, und der Vater in seinem Sessel hatte es ihm, ohne ein Wort zu sagen, müde aus der Hand genommen. Johnny stand mit geneigtem Kopf da, sah hinab auf die knochigen Knie, die die Hose ausbeulten, auf die kleinen Füße in den Pantoffeln, die nebeneinander auf einem schwarz-roten Teppich vor dem Feuer standen.

»Nun?« sagte die Mutter erwartungsvoll, »er hat's richtig gemacht.«

Dann hob sich die hagere Hand von der Armlehne, und Johnny fühlte sie auf seinem Kopf, während der Vater sanft und traurig sagte: »Ja, er ist ein braver Junge, seines Vaters lieber Junge.«

Scheu, ohne die Kraft, den gesenkten Kopf heben und den Vater ansehen zu können, verließ Johnny freudig und triumphierend das

Zimmer und murmelte vor sich hin: »Eine Unze Cavendish-Kautabak, eine Unze Cavendish-Kautabak.«

Ein andermal, als er an der offenstehenden Tür des Wohnzimmers vorbeikam, hatte Johnny einen Blick hineingeworfen. Dort saß Vater still in dem großen, mit Roßhaar gepolsterten Mahagonisessel, der nach seinem Tod dann zusammenbrach. Johnny sah nur eine hagere, weiße Hand auf der Lehne des Sessels und etwas von dem tiefschwarzen Haar, das unter einer rotweißblauen Kricketmütze hervorschaute. Da saß sein armer Papa oder sein Vater, wie die Mutter ihn seinen Geschwistern und ihm gegenüber nannte, saß mit dem Gesicht nach dem Feuer, und neben ihm stand eine kleine bunte Wassernixe in dem Glasbehälter auf einem kleinen Tisch rechts, und links von ihm hing ein Bild der Königin Victoria im Krönungsstaat an der Wand.

Als fühlte er, daß der Junge ihn ansah, wandte er den Kopf mit der Kricketmütze plötzlich zur Seite, und der Junge sah einen Augenblick lang ein weißes, vom Tode gezeichnetes Gesicht, aus dem böse, tiefliegende Augen ihn anfunkelten. Johnny sah, wie die blauen Adern auf der hageren Hand, die auf der Armlehne lag, anschwollen, und seine Ohren erschraken beim Klang der tiefen, schwachen Stimme, die ihm zuzurufen versuchte: »Scher dich fort, scher dich fort – und mach die Tür zu. Kleine Jungen haben hier überhaupt nichts verloren.«

Schnell hatte Johnny die Tür geschlossen, war durch den Flur auf die Straße gelaufen, voller Angst vor etwas Seltsamem, während sein Papa, sein armer Papa, in dem Sessel hockte, als verkröche er sich vor etwas, an das jeder dachte, von dem aber niemand sprach.

SEIN VATER AUF DEM TOTENBETT

An einem kalten Morgen weckte die Mutter Johnny und sagte: »Steh auf, steh auf, mein Junge. Es gibt allerlei zu tun, und du mußt schnell gewaschen werden und etwas eher frühstücken als sonst.«

Er rieb etwas von dem Eiter, der seine Augen verklebte, ab und zitterte in seinem dünnen Hemd.

»Ich friere«, sagte er, »ich friere.«

»Wir werden noch öfters frieren«, antwortete die Mutter. Sie half ihm in die Hose und glättete die Augenbinde. »Ella soll dir eine saubere Binde umtun.«

»Nein, nicht Ella. Ella ist immer so roh und nimmt sich nicht in acht.«

»Heute morgen muß Ella es mal tun«, entgegnete die Mutter, »ich muß bei deinem armen Vater bleiben.«

Er tastete sich nach der Küche. Ella faßte seinen Arm. »Komm mit, ich bähe deine Augen und wasche dir das Gesicht.« Mit dem Schwamm und heißem Wasser entfernte sie den Eiter von den Lidern und schimpfte dabei dauernd vor sich hin.

»Das ewige Bedienen hat nun aufgehört. Das gibt's nicht mehr. Mußt nun sehen, wie du selbst fertig wirst.«

Sie wusch ihm nicht gerade behutsam Hals und Gesicht, kämmte ihm das Haar, verband ihm das linke Auge, tat ihm einen Kragen um, half ihm in die Jacke und bürstete sie gründlich ab.

»Jetzt frühstücke und danke dem lieben Gott, daß du noch was zu essen hast.«

Er setzte sich an den Küchentisch aus Tannenholz, dessen Platte durch das ewige Scheuern abgenutzt war. In der Mitte des Tisches standen ein weißes Brot, auf einem Teller ein Stückchen Butter, eine Tasse mit Untertasse und auf dem Herd eine braune Teekanne; sie funkelte im Widerschein der Flammen, die aus dem Kohlenfeuer aufzuckten. Tom stand verdrießlich neben dem Kamin, den einen Arm auf das Sims gestützt. Archie trommelte leise mit den Fingern gegen das Fenster, das auf den Hinterhof hinausging. Eine seltsame Stille schien im Hause zu herrschen, eine Stille, die ein- und ausflutete, wenn eine Tür sich öffnete, eine Stille, die dem ganzen Hause etwas Feierliches verlieh.

»Vier Minuten nach drei, heute morgen«, sagte Archie. »Er sagte gerade zu Mutter: ›Halte mich, Sue‹, und bevor sie noch jemand rufen konnte, war er tot.«

»Gut, daß Mutter einen geschlossenen Leichenwagen bestellt hat«, sagte Ella. »Leute, die was auf sich halten, nehmen nur einen geschlossenen Wagen.«

»Wir haben ein Erbbegräbnis«, sagte Archie, »in dem nur wir begraben werden dürfen.«

Etwas hatte sich gegen sie erhoben, hatte sie aus einer Unsicherheit in die andere gestoßen. Sie wußten nicht, wie sie es hinnehmen sollten, und so nahmen sie es schweigend hin. Die wenigen Worte, die sie sagten, waren unsichtbare Finger, die in die Stille zeigten. Mit Wort und Gebärde wälzten sie ihre Not und ihre Stille ab auf Gott, wenn Sein Name auch nicht genannt wurde. Gott würde gegenwärtig sein und ihnen helfen, solange dies alles sie bedrückte, denn Er war doch Hilfe in Zeiten der Not. »Komme am Morgen, komme am Abend, komme, wenn du gerufen wirst, oder auch, wenn dich niemand erwartet.«

Was sich ihnen entgegengestellt hatte, lag in dem kleinen Wohnzimmer, das immer so sauber aufgeräumt war für besondere Besucher, die ein Recht darauf hatten, das Beste zu sehen, was die Familie besaß. Das Zimmer mit den Polsterstühlen, dem blanken Mahagonischrank, dem zierlichen, von Säulen getragenen Spiegel auf dem Kamin, naturfarbenen Vorhängen, von roten Kordeln in der Mitte gerafft, vor den Fenstern. Auf einem kleinen Tisch in der Nähe des Fensters ein großes Glasgefäß mit sauberem Wasser, in dem eine Wassernixe aus buntem Glas schwamm. Die Nixe hatte gelbes Haar, ihre Augen waren schwarze Flecke, die Brüste waren dick und hatten scharlachrote Warzen. Sie hatte einen blaugelbgrünen Schwanz, der wie der eines Fisches geformt war. In der Hand hielt sie einen goldenen Kamm, und aus dem Glasbehälter heraus starrte sie jeden an, der das Zimmer betrat, und hinter jedem her, der es verließ. Jetzt aber starrten ihre schwarzen Augenpunkte auf etwas, das regungslos auf einem Bett an der anderen Seite des Zimmers lag. Über dem Bett hing ein großes Bild: Nelson auf der Fahrt nach Trafalgar. Alle seine Orden glitzerten auf seiner Brust. Er sah ganz aus wie jemand, der auszieht in den letzten großen Kampf. Neben ihm ein Mann mit weißem Biberhut, in grünem Frack und braunen Kniehosen aus Plüsch. Er sah Nelson voller Verehrung an, denn er, der Große, hatte die Verse inspiriert: ›Allein an Bord der Knabe stand; die andern alle flohn. Das Totenschiff erglänzt im Brand; die Flammen züngelnd drohn.‹ Auf demselben Bild schob der Mann in dem grünen Frack und den braunen Kniehosen ein begeistertes, kräftiges Fischweib beiseite, das versuchte, sich dem Seehelden zu nähern, der auf dem Weg war, für sein England, seine Heimat, die letzte Schlacht zu schlagen. Nelson gegenüber, an der anderen Wand, hing ein Bild der Königin Victoria im Krönungsornat. Aus ihren freudlosen, vorquellenden blauen Augen schauten der Pomp und die Macht, der Reichtum und die Pracht ihrer Kolonien und ihres Indischen Reiches.

Hier, in dem gleichen Raum, unter dem Blick der papiernen Gesichter von Lord Nelson und Königin Victoria, geschützt von der Nachhut seiner geliebten Bücher, lag Michael O'Casside aus Limerick. Ausgestreckt lag er da, die festgeschlossenen Augen starrten nach innen, Arme und Hände an den Körper gepreßt, der dunkle Bart so sauber geschnitten, daß kein Haar hervorstand, sauber und bereit für den Himmel, unter schneeweißen Laken, eine scharfumrissene Gestalt aus erstarrtem Fleisch und Knochen: Gedanken, Bildung, Arbeit, Lachen, Tränen, Geschlecht, alles in Staub und Asche verwandelt.

Kalt und steif und still lag er da, während das Leben draußen weiterging, alles für ihn erledigte; aufs Standesamt eilte; das Grab besorgte; den Sarg auswählte, schwere Eiche, mit Messingbeschlägen und Griffen; den vierspännigen Leichenwagen bestellte; dem Geistlichen die Zeit der Beerdigung mitteilte, damit er rechtzeitig an Ort und Stelle wäre und das Gerücht von der Wiederauferstehung verbreitete. Wer den Toten gesehen, verließ das Zimmer, und wer ihn noch nicht gesehen, betrat es. Leise Fragen und ebenso leise Antwort.

Kaum verändert, obwohl er länger als zwölf Monate gelegen hat. Gott sei Dank, der ihm ein friedliches Ende bescherte, denn er war ein guter Mensch, und wo er jetzt auch ist, er fühlt sich dort sicher wohl. War doch reinste Heuchelei, hatte er gesagt, den Katholiken wegen ihrer Heiligenverehrung Vorwürfe zu machen, wenn wir selbst uns um Taschentücher rissen und jeder ein Stück davon als Andenken wollte, nur weil Moody und Sankey sich damit die Stirn abgewischt und die Nase geputzt haben nach all dem Gerede und dem frommen Gesinge in der Rotunde oder in den Gebäuden der Christian Union, wo sie eng zusammenstanden wie die Heringe in der Tonne und eifrig beteten, daß ihre roten Sünden schneeweiß würden; und wenn ich ihn genauer ansehe, scheint mir die Nase doch ein wenig schmaler, nur ein ganz klein wenig, aber das sieht man nur von hier, wo ich stehe; er legte Sue den Arm um den Hals, so sagt sie, sagte liebe Sue, liebe, liebe Sue, seufzte, reckte sich, reckte sich und seufzte wieder ein wenig und ging dann dahin, wo die guten Neger etwas blaß und verstört aussehen; aber sie trägt alles bewundernswert, es war ein harter Schlag, aber der Herr wird ihn schon mildern in Seiner Weise, wenn die Zeit dazu gekommen ist, ich dachte, mich rührte der Schlag, als ich sie das zu einer Frau sagen hörte, die doch gerade vor ein paar Minuten erst ihren Mann verloren hat, und dabei hielt sie noch Sues Hand so etepetete, das gehört sich nicht und ist dumm, löscht das Mitleid aus, das man mit all der Not empfindet, die einen anstarrt. Na, die mit ihrem ›die Anger sind voll Schafe, und die Auen stehen dick mit Korn, daß man jauchzet und singet‹, die macht ein Rätsel aus dem, was sie sagt, und dem Geheimnis der starren Gestalt, die ausgestreckt daliegt unter der Schneeweiße des Leichentuchs, ohne auf das zu hören, was Sue da eben erzählt, daß die Schmerzen das Rückgrat ergriffen und daß die Ärzte nichts feststellen konnten, gleich wären die Schmerzen gekommen, nachdem er sich in das Bett gelegt hatte, auf dem er jetzt tot lag, und seine Beine wären immer schwächer und dünner geworden, und Sue, seine Frau, hätte ihn unermüdlich gepflegt, hätte jeden Abend seine Glieder mit Schmalz eingerieben, in der Hoffnung, daß wieder Leben in sie käme, weil der Arzt gesagt hatte, man könnte nie wissen, was käme, wenn man es gründlich täte, aber was sollte sie anfangen mit dem unmündigen Kind, wenn er sterben sollte, und immer wieder hätte er sich geweigert, einen Geistlichen in seiner letzten Stunde um sich zu haben, denn er war davon überzeugt, daß es zwischen Gott und den Menschen nur einen Mittler, Jesus Christus, gibt; redete doch nur dummes Zeug, versuchte die Gedanken des Menschen auf nichtige Dinge zu lenken, der sanft und langsam in die Arme Christi gleitet wie die Winde, die aus dem Süden wehen, sanft und mild ihre süßen Geheimnisse flüstern, und ich soll wissen, daß er seine Kinder regelmäßig in die Kirche schickte, in die Bibelstunde und die Sonntagsschule, sie davon abhielt, den Sabbat zu entweihen, und fromme Lieder singen ließ in der Dämmerung, wenn das Licht erlischt und die flackernden Schatten leise kommen und gehen, wenn das Wetter sie abhielt, Gott in Seinem Heiligen Tempel zu verehren, und dadurch zeigte, daß er im Geist und in der Wahrheit anbetete, wo zwei oder drei in Seinem Namen versammelt sind, drängte die Kinder auf den Weg des Herrn, der allein der Fels ist und nicht Petrus, der sich vergaß, sobald etwas sein Vertrauen und die Ruhe seines Geistes störte, und fluchte, daß anderen Aposteln die Haare zu Berge standen, und auf das Krähen des Hahns lauschte, während er sich am Feuer wärmte und dem kleinen Mädchen zuhörte, das sagte, seine Stimme verriete, daß er aus Galiläa käme, und er wollte nicht zeigen, wer er war, und das ist genauso schlimm wie etwas sein wollen, was man nicht ist, wie die Katie Johnston da drüben, die immer nur Aufmerksamkeit erregen will mit ihrer Turnüre auf dem Hintern, das ist unanständig in einem Haus, in dem ein Toter liegt, beeinträchtigt sogar die Feierlichkeit der Bilder Nelsons und der Königin Victoria, und sie kam vor ein paar Jahren aus Ballina und tat so, als hätte sie immer in Dublin gelebt, obwohl ein städtischer Rock auf ein Paar ländlichen Hüften nur den Unterschied unterstreicht, hustet dauernd und hat fiebrige Backen, redet von Auflösung, die die gegenwärtige Generation schon bald erleben wird, und deshalb sollte sie doch den Wärter des Irrenhauses heiraten, der selbst einen Stich hat, weil er dauernd mit den Verrückten zusammen ist, und ihre Mutter macht viel Wesens aus ihm, und Katie hält ihn sich vom Leibe und möchte doch so gern, daß er ihr den Schuhriemen bände unter dem leichtgeschürzten Rock und ein Bein sähe, das in einer Wolke aus weißen Spitzen verschwindet, oder die Brosche befestigte, die sich von ihrer Brust löste, damit er verrückt wird und mit ihren Peppen spielt, und wenn sie ihn dann so weit hat, daß er keine Luft mehr kriegt, dann macht sie die Spange selbst fest, bedankt sich und lacht ihm ins Gesicht; am liebsten hätte er ihr jeden Fetzen vom Leibe gerissen und sie trotz aller Anwesenden auf den Boden geschmissen; verlegen trotz vierundfünfzigjähriger Erfahrung, die sich in wilder Erregung äußert, die weiter nichts ist als die Wiederbelebung einer verdorrten Nachahmung des Jugendfrühlings; läuft einem Mädchen nach, das gut und gern seine Tochter sein könnte, und einem schlankbeinigen Mädchen kann man es nicht übelnehmen, wenn es sich zweimal überlegt, ob es sich die lahmen, leblosen Umarmungen solch eines Kerls gefallen lassen soll, der seines Alters wegen nicht mehr richtig lieben kann; aber solche Gedanken sind unpassend; wir sitzen auf harten Stühlen, und der Hintern brennt uns und sehnt sich nach etwas Weichem, und wir warten auf die Männer mit dem Sarg, damit der Tote fertig gemacht wird für die lange Reise dahin, wo er an nichts mehr teilnimmt, das unter der Sonne geschieht, und hoffentlich scheint sie, wenn er seine letzte Fahrt durch die Straßen macht, hinter den Pferden her, die sich nicht umsehen, während sie ihre kleine Last ziehen, die einmal ein Mensch war wie ich, wenn ich auch eine Frau bin und ganz anders, wenn ich eine Menge Tee getrunken habe, und ich will versuchen, mich nach vorn zu drängen, um ein wenig mehr in der Nähe des Pfarrers zu sein, der am Rande des Grabes das Notwendige tut, um mit Gott klarzukommen, und Ihm mit den Worten Seiner eigenen Apostel sagt, daß der Tod seinen Stachel und die Hölle den Sieg verloren hat.

DES VATERS BEGRÄBNIS

Johnny beobachtete die Droschken, die in die Straße fuhren, um die aufzunehmen, die am Begräbnis des Vaters teilnahmen: rote Droschken mit schwarzem Polster, schwarze Droschken mit gelbem Polster, grüne Droschken mit rotem Polster und blaue Droschken mit braunem Polster. Der erste Wagen hielt in der Nähe des Hauses, in dem sein toter Vater lag, und die anderen reihten sich ihm an, einer nach dem anderen, erstreckten sich wie eine lange Kette durch die Straße, warteten auf den Zug der Leidtragenden, sobald die Leiche aus dem Hause getragen und in den Leichenwagen geschoben würde, der noch nicht da war. Die Kutscher der Droschken kletterten von den Böcken und lehnten sich zu zweit oder dritt gegen die Hauswände, bildeten einen grotesken, rohen, taumelnden Fries vor den von der Sonne gebleichten und dem Regen gefleckten Backsteinen der Häuser. Eine Menge von Freunden und Nachbarn hatte sich in der Nähe der Haustür versammelt und wartete still und schweigend. Leises Gemurmel, als der Leichenwagen, wie ein großer, schwarzer, geschmückter gotischer Sarg, von vier schwarzen Pferden gezogen, von denen jedes eine schwarze Feder am Kopfgeschirr trug, langsam in die Straße einfuhr und würdevoll vor den wartenden Droschken hielt. Der Kutscher des Leichenwagens und sein Gehilfe, die schwarze Zylinder und lange, schwere, blaue Mäntel mit silbernen Knöpfen trugen, kletterten von ihrem hohen Bock und stellten sich in der Nähe der Haustür auf, warteten darauf, daß sie ins Haus gerufen würden, um den Sarg zu schließen.

Plötzlich kam eine Droschke um die Ecke, trabte durch die Straße und hielt dann neben dem Leichenwagen. Der Kutscher sprang vom Bock, trat zu zwei anderen Kutschern, die rauchend und plaudernd an der Hauswand in der Nähe des Fensters lehnten. Der Neuangekommene nahm seinen steifen Hut ab und wischte sich den Schweiß von der Stirn.

»Der Sattelgurt ist unterwegs gerissen«, sagte er, »und ich glaubte schon, bis ich den mit einem Stück Bindfaden geflickt hätte, wäre er längst unter der Erde, und alle Gebete wären gesprochen.«

Der eine der beiden anderen Kutscher nahm die Pfeife aus dem Mund, spuckte auf die Straße und sagte: »Zeit genug, Jim. Der Sarg ist noch nicht geschlossen. Seltsam, wie lange es dauert, bis man sich von einem Toten verabschiedet hat.«

»Meinetwegen kann's noch länger dauern«, sagte der dritte Kutscher, der einen gelben Schal um den Hals trug, »wenn ein guter Jesuit vorbeikäme und mir einen Schoppen Malz brächte, den ich mir – Bierlein rinn – Bierlein rinn – in den Bauch rinnen ließ.«

»Ich und Jack«, sagte der Kutscher, der zuletzt angekommen war, »haben uns gestern einen lustigen Abend gemacht. Wir haben die Pferde versorgt, und dann fing's mit ein paar Schoppen bei Dempsey an, dann noch drei in der Traube und noch fünf bei Henessey und zum Schluß noch drei in der Königseiche, kurz bevor der Ausschank um elf geschlossen wurde.«

Der Mann mit dem gelben Halstuch rieb sich die Hände, und Neid funkelte in seinen Augen.

»Allerhand – als Schlaftrunk«, murmelte er. »Bierlein rinn – Bierlein rinn ...«

Johnny, der neben dem Kopf der Pferde vor dem Leichenwagen stand, sah den jungen Connor, der mit ihm zusammen die Schule besuchte. Er stand neben seiner Mutter, beobachtete ihn und grinste jedesmal, wenn er Johnnys Blick begegnete. Johnny näherte sich ihm, damit Connor ihn besser sähe. Stolz stand er neben den Pferden vor dem Leichenwagen, die ungeduldig mit den Hufen scharrten, und bei jeder Bewegung des Kopfes wackelten die schwarzen Federn. Connor ging auf Johnny zu, bis er neben ihm stand, hielt sich dabei aber ängstlich am Rock der Mutter fest, den er so weit dehnte, wie es möglich war. Johnny fühlte Connors Kopf neben seiner Schulter und hörte ihn leise sagen: »Faß doch mal das Pferd an, wenn du nicht zu bange dazu bist.«

Johnny richtete sich stolz auf und faßte nach dem Trauerflor an seinem Arm, während andere Kinder in der Menge ihn und Connor beobachteten. Ängstlich streckte er die Hand aus und streichelte die Hinterhand des Pferdes, das ihm am nächsten stand. Das Pferd erschrak und wurde unruhig, der Leichenwagen wackelte, und Johnny sprang schnell zur Seite.

»Dummer Bengel«, schrie der Kutscher mit dem gelben Halstuch, »laß das Pferd in Ruh', oder ich verhau' dir den Hintern.«

Johnny ging ein wenig beiseite und wandte Connor den Rücken zu, so daß dieser sein beschämtes und ängstliches Gesicht nicht sehen konnte.

»Fünfzehn Schoppen zwischen acht und elf«, sagte der Kutscher mit dem steifen Hut. »Das war das richtige für mich. Als wenn meine älteste Tochter Hochzeit gehabt hätte. Wir gingen dann nach Hause«, fuhr er fort, »nach Hause, aber das dauerte zwei Stunden. Und sonst braucht man für den Weg kaum zwanzig Minuten. Zwei mühevolle Stunden, aber dann haben wir es doch geschafft.«

»Könnten den alten Mann längst warm verpackt haben«, sagte der Mann mit dem gelben Halstuch. »Bierlein rinn...«

»Waren sternhagelvoll«, sprach der Kutscher mit dem steifen Hut weiter. »Torkelten durch die Gegend, er half mir, und ich half ihm, wenn Hilfe notwendig war. Unterwegs sangen wir: ›Wenn das Herz so tränenschwer‹, fielen hin und standen wieder auf. Eine tolle Nacht, wenn ich mir's richtig überlege.«

»Die vergangene Woche war für mich schlecht«, sagte der dritte Kutscher, »nur ein paar Fuhren mit alten geizigen Weibern, die genau aufpassen, ob man auch richtig herausgibt.«

Johnny fühlte Connor wieder neben sich und hörte ihn wieder leise sagen:

»Mutter sagt, du würdest dich bald nicht mehr so dicke tun.«

»Du kommst jedenfalls nicht mit«, erwiderte Johnny, »meine Mutter hat gesagt, hoffentlich kommen die Connors nicht zur Beerdigung.«

»Gib doch nicht so an«, höhnte Connor, »weil dein Vater tot ist, kommst du dir weiß Gott wie vor in dem schwarzen Anzug. Aber meine Mutter sagt, der Anzug ist gar nicht neu, sondern nur aufgefärbt.«

Johnny drehte sich halb um, sah Connor an und sagte leise: »Wenn mein Vater nicht gestorben wäre, dann ginge ich mit dir in die Gasse und schlüge dir die Knochen kaputt.«

»Auf dem Heimweg«, fuhr der Mann mit dem steifen Hut fort, »begegneten wir zwei prallen Weibern, aber wir konnten einander nicht loslassen, und so wurde nichts draus.«

»Und ihr seid nicht mitgegangen?« sagte der dritte Kutscher.

»Wir waren so voll«, antwortete der mit dem steifen Hut, »daß wir kaum noch unsere Namen wußten. Dazu waren wir nicht voll genug.«

»Ich wäre schon mitgegangen«, sagte der Mann mit dem gelben Halstuch. »Bierlein rinn...«

Eine Frau erschien in der Haustür, blickte um sich, sah Johnny, winkte ihm aufgeregt zu und rief dann: »Sollst reinkommen, Johnny. Sollst den Vater noch einmal küssen, bevor der Sarg zugeschraubt wird.«

Johnny rührte sich nicht. Am ganzen Leibe zitternd, starrte er die Frau in der Haustür an. Er machte ein paar Schritte rückwärts und faßte Frau Connors Rock.

»Ich will nicht«, sagte er, »ich will nicht ins Haus gehen.«

»Komm sofort«, rief die Frau in der Tür barsch, »und erweis dem Vater die letzte Achtung. Er ist jetzt im Himmel und sieht alles, was du tust, und hört auch alles, was du sagst.«

»Ich komme nicht«, erwiderte Johnny kläglich, »ich habe Angst. Ich bleibe hier.«

»Ich hätte keine Angst«, hörte Johnny Connor sagen. »Ich würde meinen toten Vater küssen. Nicht wahr, Mama?«

»Brauchst keine Angst zu haben«, sagte Frau Connor und streichelte Johnnys Kopf. »Dein Vater tut dir nichts. Und wenn du mal groß bist, wirst du es bedauern, ihm nicht einen letzten Kuß gegeben zu haben.«

»Komm rein, du Bengel«, schrie die Frau an der Tür, »alle warten nur noch auf dich.«

Sie kam auf ihn zu. Aber er entwischte ihr und lief die Straße hinunter, rannte gegen den Mann mit dem gelben Halstuch, trat ihm auf die Füße und stieß ihm mit dem Kopf gegen den Bauch.

»Verdammt!« schrie der Mann. »Verfluchter Bengel, wo willst du hin?«

»Er ist der Junge des Verstorbenen«, antwortete die Frau, die Johnny am Arm hielt. »Er soll seinen Vater noch einmal küssen, bevor der Sarg geschlossen wird.«

»Und er haut ab und rennt anderen Leuten vor den Bauch. Eine nette Art, die Liebe zu seinem Vater zu zeigen.«

»Laß mich los, laß mich los«, schrie Johnny und trat der Frau vor die Schienbeine, während sie ihn nach Hause zerrte. »Ich will nicht. Ich will ihn nicht küssen.«

»Deine Mutter wird's mit dir nicht leicht haben, Bürschchen«, sagte die Frau und zog ihn mit Gewalt ins Haus. Sie hielt ihn fest, als er inmitten der Menge im Zimmer stand, die auf das Schließen des Sarges wartete.

Seine Mutter drehte sich um, als er wieder zu schreien begann, ging auf ihn zu und faßte seine Hand.

»Lassen Sie den Jungen los, Frau Saunders«, sagte sie zu der Frau. Dann beugte sie sich über Johnny, legte die Arme um seinen bebenden Körper und küßte ihn immer wieder. Sie flüsterte: »Sei doch ruhig, es passiert dir nichts.«

Er umfaßte sie, drückte sein Gesicht gegen ihren Rock, und sie fühlte, wie seine Finger sich durch den Rock hindurch in das Fleisch ihrer Schenkel krallten.

»Ich kann es nicht. Ich kann es nicht«, schluchzte er. »Verlange nicht von mir, daß ich ihn küsse, Mutter. Ich habe Angst davor, einen Toten zu küssen.«

Er fühlte den sanften, liebevollen Druck ihres Armes, und sein Schluchzen ließ nach.

»Das sollst du auch nicht. Ich küsse ihn für dich. Berühre du nur den Sarg mit den Fingerspitzen.«

Sie faßte sanft seinen Arm, und er zitterte, als seine Hand das kalte, glatte Holz des Sarges berührte.

»Bist ein lieber Junge«, flüsterte die Mutter. »Und jetzt gebe ich dem Vater einen Kuß von seinem lieben Jungen.«

Sie beugte sich über den Sarg, und er hörte sie flüstern: »Auf Wiedersehn, mein lieber Michael! Meine Liebe begleitet dich hinab ins Grab und hinauf zu Gott.«

Sie trat vom Sarg zurück, und er fühlte das Beben ihres Körpers. Er blickte auf und sah das Zittern ihrer Lippen, als sie zu den Trägern sagte: »Sie können den Sarg jetzt schließen.« Die Träger traten vor und nahmen den Sargdeckel, der hinter dem Sarg an der Wand lehnte. Legten ihn schnell auf den Sarg, nahmen Werkzeug aus der Tasche und begannen die Schrauben zu drehen, füllten die spannungsvolle Stille mit dem harten Knirschen der Schrauben, die sich in das harte Eichenholz des Sarges fraßen. Als der Sarg geschlossen war, verließen die Männer das Zimmer und stellten sich draußen neben den Leichenwagen. Sechs Männer, zwei vorn, zwei hinten und zwei in der Mitte, hoben den Sarg auf ihre Schultern und trugen ihn mit leichtgebeugtem Körper, das Fußende voran, aus dem Haus nach dem Leichenwagen, der draußen wartete, den Toten in sein Grab zu bringen.

Der Mann mit dem gelben Halstuch rieb sich vergnügt die Hände.

»Nun ist's soweit. Bald rollen wir nach dem Leichenacker«, sagte er leise. »Bierlein rinn...«

Die drei Kutscher sahen das Fußende des Sarges in der Tür erscheinen. Sie nahmen die Hände aus den Taschen, eilten nach ihren Wagen und suchten sich ihre Fahrgäste aus der Menge, die dem Sarg folgte. Schneller Lärm sich öffnender Wagentüren, schnellerer und lauterer Lärm sich schließender Türen, als die Fahrgäste eingestiegen waren. Die sechs Männer, die den Sarg trugen, hatten den Kopf zur Seite geneigt, damit der Rand des Sarges ihren Hals nicht streifte. Langsam, im Gleichschritt näherten sie sich dem hinteren Teil des Leichenwagens. Die zwei ersten bückten sich, stellten das Ende des Sarges im Leichenwagen auf Rollen. Das mittlere Paar bückte sich und schlüpfte unter dem Sarg weg, und das letzte Paar schob den Sarg, der auf den Rollen in das Innere des Leichenwagens glitt; einer der Männer schloß die Tür.

Johnny wurde von seiner Mutter, die nach ihm einstieg, in die Trauerkutsche gehoben. Dann folgten seine drei Brüder und seine Schwester. Die Kutscher kletterten auf ihre Böcke, nahmen die verschossenen blauen, grünen und roten Decken von den Rücken der Pferde, legten sie sich mit schneller Bewegung um die Knie, setzten sich, ergriffen die Zügel, warteten, bis der Leichenwagen und die Trauerkutsche die Mitte der Straße erreicht hatten, riefen den Pferden ein »Hü!« zu und fuhren dann in langer, trabender Reihe durch die Straße, fuhren durch die erste Nebenstraße, dann durch die zweite, bis sie die Hauptstraße wieder erreichten, ließen die Pferde Schritt gehen, als sie am Sterbehaus vorbeikamen, und trabten dann weiter, Meile um Meile, nach dem Friedhof.

Johnny, der eingeklemmt zwischen der Schwester und den Brüdern saß, wollte sich an das Fenster stellen, aber seine Schwester zog ihn zurück, als er versuchte, das Fenster zu öffnen.

»Bleib endlich mal ruhig sitzen«, sagte sie. »Du kannst beim Begräbnis deines Vaters nicht aus dem Fenster schauen. Halte doch die Füße still, du zerreißt mir noch mein Kleid.«

»Setz dich neben mich«, sagte die Mutter. »Hier sitzt er besser und kann dabei aus dem Fenster schauen.«

Die Mutter rückte zur Seite, und wenn er sich ein wenig vorbeugte, konnte er sehen, wie die Welt an ihm vorüberglitt. Langsam fuhren sie an dem leeren Grundstück am Ende der Straße vorbei, auf dem ein Zelt stand. Er sah ein langes rotes Spruchband über dem Eingang mit den Worten ›Herzlich Willkommen!‹ in großen Buchstaben. Er dachte an den Abend, an dem er schüchtern die Zeltklappe hochgehoben hatte, um die Menge zu sehen, die im Halbdunkel trüber Öllampen das Zelt füllte. Er erinnerte sich, wie er sich damals gewehrt und geschrien hatte: »Laß mich los, laß mich, oder ich sag's meiner Mutter«, als ein kleiner Mann mit dunklem Bart, blassem Gesicht und trüben Augen ihn beim Arm packte und in das Zelt zu zerren versuchte und mit seltsam öliger Stimme sagte: »Wieder ein Lämmchen für Jesus Christus.«

Leichenwagen, Trauerkutsche, Droschken und Wagen fuhren durch die von Mietshäusern eingefaßten Straßen, wo Schwärme von Jungen und Mädchen vor den düsteren Häusern spielten oder sich balgten, in denen, wie seine Mutter ihm erzählte, einst die vornehmen Herren und Damen des Landes gewohnt hatten. Weiter in die Cavendishzeile, wo die Häuser noch hoch und mächtig waren, mit stattlichen Türen und blitzenden Fenstern. Vor einigen von ihnen Mädchen in schwarzen oder blauen Kleidern, mit weißen Schürzen und bebänderten Hauben. Sie putzten Messingschilder oder die Klappen von Briefkästen und die schweren Klopfer aus Bronze oder Messing.

»Hier wohnen die reichen Landedelleute, wenn sie in die Stadt kommen«, sagte die Mutter.

»Eines Tages müssen auch die sterben, genau wie wir«, sagte seine Schwester Ella. »Sie sind Staub und werden wieder Staub.«

»Es wäre nicht nett vom lieben Gott, wenn Er sie ewig leben ließe«, sagte seine Mutter. »Wir fahren jetzt durch die Aungierstraße«, fügte sie, aus dem Fenster schauend, hinzu.

»Ist es noch weit?« fragte Johnny.

»Nein, weit ist es nicht mehr.«

»Aber es dauert doch noch lange, bis wir dort sind?«

»Wir werden viel zu schnell dort sein«, sagte sie leise.

»Ziemlich starke Beteiligung«, sagte Ella.

»Drei Kutschen, sechsundzwanzig Droschken und sechs Ausflugswagen«, sagte Michael.

»Die vielen Leute beweisen, wie sehr er von allen geachtet wurde«, sagte Ella.

»Und doch sprach er nur selten und verkehrte eigentlich mit niemand«, entgegnete die Mutter leise.

»Wir werden bald seinen Verlust spüren«, sagte Archie.

»Wenn wir zusammenhalten, ist's leichter«, entgegnete die Schwester.

»Nur mir wird er fehlen«, erwiderte die Mutter, »mir und Johnny.«

»Für euch beide sorgen wir schon«, sagte Ella. »Deswegen brauchst du dir keine Sorge zu machen.«

»Standhaft, Schulter an Schulter, standhaft, Schwert an Schwert«, fügte Tom hinzu.

Die Kutsche hielt dem Friedhof gegenüber. Sie stiegen aus, und einen Augenblick später füllte die Menge, die aus den Droschken und den Ausflugswagen stieg, den Pfad. Aus dem Wagen, der unmittelbar der Trauerkutsche gefolgt war, stieg ein großer, hagerer, schwarzköpfiger Geistlicher und eilte in die Sakristei, um den Talar anzuziehen.

Der Leichenwagen fuhr durch das Haupttor auf den Hauptweg, der den Friedhof in zwei große Felder teilte. Einer von Johnnys Brüdern nahm mehrere Papiere aus der Tasche und gab sie einem dicken, pomphaft aussehenden kleinen Mann, der einen Zylinder und schwarze Handschuhe trug und dessen Gesicht aussah, als wäre es vor Kälte erstarrt. Der kleine Mann nahm die Papiere, las das Messingschildchen am Sarg und stellte fest, daß die im Sarg liegende Leiche die in den Papieren genannte Person war. Er nickte zustimmend, und der Sarg wurde auf einen niedrigen Karren mit schwarzen, wehenden Draperien gestellt, den ein gutmütig aussehendes schwarzes Pferd zog. Es trug eine schwere schwarze, mit Silber bestickte Decke, so daß man nur die Ohren, die Augen und die Füße des Tieres sehen konnte. Eine große schwarze Feder an seiner Stirn ließ es aussehen wie das Streitroß des Schwarzen Prinzen in der Schlacht bei Crécy. Über ihnen an einem grauen Himmel, den schüchterne blaue Flecke tüpfelten, wurden dunkle, schwere Wolken von stetigem Nordwind hin- und hergeschoben, der dann und wann an Stärke zunahm und wild dahinbrauste und den Friedhof mit dem irren Rauschen und Geraschel sich biegender Baumzweige füllte. Dann wieder schoß ein mürrischer Strahl der sich zimperlich verbergenden Sonne aus einer Ecke des Himmels, überflutete Stellen des Friedhofs mit höhnendem Licht, taumelte über die Grabsteine und den Blumenschmuck, den Christen über einen Friedhof streuen, damit er möglichst lustig, fröhlich und sorglos aussieht. Dann zog sich die Sonne wieder in sich selbst zurück, verkroch sich hinter den Wolken, und düstere Trauer legte sich wieder bedrückend auf alles. Schlanke Buchen, mit Efeu bewachsene Eichen, schön geschnittene Zypressen, die wie Ordnungswächter aussahen, und fächerzweigige Eiben, die an schüchterne, fromme Damen aus der guten alten Zeit erinnerten, wie sie ein stilles Menuett tanzten, säumten Wege und Pfade. Große, vierschrötige, viereckige und runde alte und neue Grabsteine standen überall, und sie überragte hier und da ein schlanker Obelisk wie ein großer Junge, der über die Schultern der andern hinwegschaut. Sie schienen enger zusammenzurücken, sich zu strecken und zu recken, um den neu Ankommenden zu betrachten, der beerdigt werden sollte, schienen sich zu fragen, wer er wohl wäre, woher er käme und ob er der Würde des Staubes wert wäre, der hier begraben lag.

Weiter bewegte sich der Zug, geführt von dem Mann mit dem Zylinder und dem starren Gesicht. Mit den Papieren in der Hand wies er den Weg nach Feld F, Abteilung B, Grab OX 5432/2345, wo die Ladung aus verfaulendem Fleisch der Auferstehung der Toten entgegenharren würde. Hinter der schwarzverhüllten Bahre, die von dem schwarzverhüllten Pferd gezogen wurde, gingen die Mutter und Ella und zwischen ihnen Johnny, und dicht hinter ihnen folgten die Verwandten des Verstorbenen, dann in langem Zug die Freunde der Familie, still und mit feierlichem Gesicht. Sie gingen über den Hauptweg, auf die Sakristei zu, wo der Geistliche im Talar stand, bereit, die Leiche seines Bruders zu empfangen, um sie der Erde zu übergeben. Nur der schwere Hufschlag des Pferdes, das Gurren einer Taube, das Rascheln der Blätter oder das Rauschen der sich biegenden Zweige, wenn der Wind stärker wehte, unterbrach die tiefe Stille.

Der schwarzbärtige Geistliche in weißem Chorhemd und schwarzer Stola hielt ein Gebetbuch in der Hand, das an der Stelle geöffnet war, wo die Begräbnisgebete standen, und wartete, bis die Bahre näher gekommen war. Dann trat er neben den kleinen dicken Mann mit dem starren Gesicht und verkündete mit lauter, ernster Stimme:

»Ich bin die Auferstehung und das Leben, sagt der Herr. Wer an mich glaubt, der wird leben, ob er gleich stürbe; und wer da lebet und glaubet an mich, der wird nimmermehr sterben.

Ich bin nacket von meiner Mutter Leibe gekommen, nacket werde ich wieder dahinfahren. Der Herr hat's gegeben, und der Herr hat's genommen; der Name des Herrn sei gelobt!«

Als der Leichenzug Feld F erreicht hatte, verließ er den Hauptweg, bog nach rechts in einen Pfad, hielt vor einem Erdhaufen neben einem offenen Grab. Der Sarg wurde von vier trauergesichtigen Totengräbern von dem schwarzverhüllten Wagen gehoben. Sie zogen die Stricke unter ihm hervor und stellten den Sarg neben dem offenen Grab auf den Boden. Der schwarzbärtige Geistliche, der vorsichtig zwischen den Gräbern ging, um auf keins zu treten, glitt auf dem feuchten Gras aus und wäre beinahe in das Grab gerutscht, wenn ihn nicht einer der Totengräber erwischt, gehalten und wieder auf die Beine gestellt hätte.

»Ist noch mal gut gegangen«, sagte der Mann, während der Geistliche mit hastiger Hand die Lehmspuren zu entfernen versuchte, die der Griff des Totengräbers auf dem Chorhemd hinterlassen hatte.

Johnny sah Angst in dem Gesicht des Geistlichen, als er ausrutschte, und stellte sich vor, wie spaßig es gewesen wäre, wenn der Geistliche ins Grab gefallen wäre, und wie lustig, wenn man ihn in seinem weißen Chorhemd und der schwarzen Stola wieder herausgezogen hätte. Er kicherte. Seine Mutter packte ihn empört bei dem einen und seine Schwester bei dem anderen Arm. Er errötete vor Scham und Angst.

Ihre Gesichter verrieten ihm, daß es in keiner Weise spaßig wäre, wenn ein Geistlicher mit weißem Chorhemd und schwarzer Stola in ein offenes Grab rutschte. Der Geistliche reckte sich, öffnete das Buch wieder an der richtigen Stelle und begann zu lesen, während eine Taube gurrte und die sich biegenden Zweige der Bäume ein Rauschen hören ließen, wenn der Wind stärker wehte:

»Der Mensch, vom Weibe geboren, lebt nur kurze Zeit und ist voll Unruhe; gehet auf wie eine Blume und fällt ab; fleucht wie ein Schatten und bleibt nicht.«

Die Totengräber ließen den Sarg langsam ins Grab und zogen dann die Stricke ein. Der eine von ihnen stand etwas zurück, während der andere am Rand des Grabes wartete, barhaupt, mit etwas Erde in der Hand. Der Geistliche fuhr fort:

»Da es Gott dem Allmächtigen in seiner unendlichen Güte gefallen hat, die Seele unseres verstorbenen Bruders zu sich zu nehmen, übergeben wir seinen Leib der Erde. Erde zu Erde« (der Totengräber warf etwas Erde auf den Sarg), »Asche zu Asche« (wieder fiel Erde auf den Sarg), »Staub zu Staub.«

Der Totengräber warf den Rest der Erde in seiner Hand auf den Sarg. Dann trat er vom Rand des Grabes zurück zu seinem Kollegen. Sie blickten beide um sich, um, wie Johnny später hörte, den ausfindig zu machen, der ihnen vielleicht hinterher ein Trinkgeld geben würde. Der Geistliche fuhr fort:

»Ich hörte eine Stimme vom Himmel zu mir sagen: Schreibe, selig sind die Toten, die in dem Herrn sterben von nun an. Ja, der Geist spricht, daß sie ruhen von ihrer Arbeit.

Der Herr sei uns gnädig,
Jesus Christus sei uns gnädig.«

Die Totengräber schaufelten schnell den Lehm in das offene Grab. Überall wieder tiefe Stille, die nur von dem Gurren der Taube und dem Rauschen der sich biegenden Zweige unterbrochen wurde, wenn der Wind stärker wehte. Johnny schaute die Mutter an, die den Totengräbern zusah, wie sie das Grab zuschütteten, und er sah, wie ihr die Tränen übers Gesicht liefen. Er stellte sich dichter neben sie, legte seinen rechten Arm auf ihren linken und drückte und drückte ihn, nahm ihre Hand in die seine und drückte, drückte, drückte sie.

Der Geistliche schaute hinab auf den Lehm, der auf den Sarg fiel, die Hände gefaltet. Wenn doch endlich alles zu Ende wäre! Die Feuchtigkeit des Grases drang durch die dünnen Sohlen seiner Schuhe, ließ seine Füße erstarren. Wenn er sich nur nicht erkältete! Er zitterte ein wenig, wenn die Zweige der Bäume raschelten, sobald der Wind stärker wehte. Dachte an das helle Feuer in seinem Studierzimmer, wo Leben und Wärme jede Ecke füllten und heißer Tee in bunte Tassen strömte und seine Frau das Leben in zwei Teile teilte, indem sie von den Dingen sprach, die ihr Heim betrafen, und von denen, welche die Pfarre ihres Mannes angingen.

Das Grab war fast zugeschüttet – die Männer arbeiteten schnell –, noch ein paar Minuten, und es war zu, und dann konnte er gehen, und er dachte an das Steigen der Aktien, das ihm einen Gewinn von hundertfünfunddreißig Pfund und einigen Schillingen eingebracht hatte, und das war schon allerhand – und am Donnerstag abend mußte er die Putzfrau der Kirche gehörig vornehmen, die die zwei Kniekissen versetzt hatte, und dabei waren sie erst vor ein paar Tagen neu überzogen worden. Wer weiß, was sie noch alles stahl – nur noch ein paar Fuß bis zum Rand zu schaufeln, kalte Füße und starre Hände und überall diese Feuchtigkeit, Verfall und Tod und Dunkelheit – nun schlagen die Schaufeln den Boden fest – also vorläufig adieu, liebe, kummervolle Schwester in Christo, und vergiß nicht, daß Er Trost spendet, denn dein Mann ist im Himmel und dort viel glücklicher, als wir es hier sein können, wir, die wir eine verborgene Stadt suchen, und Zion ist ihr Name, in Ewigkeit leuchtend in Licht, älter als die Sonne und der Mond und die Sterne, die am Tage glänzen und nachts glitzern, und vergiß nicht, wenn Gottes Stadt leuchtet, dann sind die Sonne, die Sterne und der Mond nur Staub in den Straßen, Staub in den Straßen der Stadt Gottes – so treibe denn deine Gedanken durch deinen Kummer dem Tage entgegen, an dem Christus wieder auf den Wolken durch den Himmel von Seinem Vater kommt. Dann werden die Toten, die gesegnet waren durch ihre Vereinigung mit Ihm, ihre Gräber verlassen und ihren Herrn begrüßen, und wenn sie das getan haben, dann suchen sie den Geliebten, den sie verloren und die andern, die sich weiter des Lebens im Fleisch erfreuten, und vergiß nicht, bist du stark und ungebrochen im Glauben, dann wirst du den Geliebten in die Arme schließen, wirst dich seiner erfreuen in neuer

Gestalt, unbeschwert von Gedanken an die Vergangenheit oder die Zukunft, denn diese werden in der Sonne, dem Mond und den Sternen versinken, die nur Staub sein werden in den Straßen der Stadt Gottes. Seine Gnade werde dir zuteil. So lebe denn vorläufig wohl, liebe Schwester in Christo, denn der Tee ist bereit und auch der Kuchen, und nun muß ich gehen.

Schwer, denn seine Füße waren geschwollen und wie abgestorben infolge der Feuchtigkeit, die durch die dünnen Sohlen seiner Schuhe gedrungen war; steif, denn die Kälte hatte seine Gelenke erstarren lassen, entfernte sich der Geistliche durch die Gräberreihen, überquerte den Hauptweg und verschwand in der Sakristei. Während die Mutter noch am Grabe zögerte und die Blumen ordnete, die hastig dort niedergelegt worden waren, sah Johnny den Geistlichen die Sakristei verlassen. Er schwang einen kleinen Lederkoffer in der rechten Hand und eilte weiter, bis die Bäume ihn den Blicken entzogen.

Ella berührte den Arm ihrer Mutter und sagte: »Komm jetzt, Ma, und nimm dich zusammen.« Aber die Mutter ordnete wortlos die Blumen auf dem Grab, und Ella folgte den Brüdern, die langsam auf den Hauptweg zugingen.

Lange wartete Johnny, bis seine Mutter das Grab verließ, und er sah, daß ihr die Tränen übers Gesicht strömten. Immer dichter drängte er sich an sie heran, während sie langsam weitergingen, ergriff ihre Hand, drückte sie, drückte sie. Tiefe Stille um sie, die nur vom Gurren der Taube und dem Rascheln der sich biegenden Zweige unterbrochen wurde, wenn der Wind stärker wehte.

WIR ALLE GEHN DEN GLEICHEN WEG NACH HAUSE

Sie gingen den Hauptweg entlang, bedrückt und voller Angst vor der Veränderung, die das Scheiden eines vertrauten Wesens in den Gedanken, dem Leben und Tun der Familie mit sich brachte. Der Tod hatte in das Familienleben eingegriffen und es vorläufig gelähmt. Nie würde es wieder werden, wie es war. Alles mußte neu geordnet und neu gestaltet werden.

Plötzlich sah Johnny die rote Uniform eines Soldaten in der Menge der talarartig dunklen Anzüge.

»Sieh mal den Soldaten, Ma, sieh mal den Soldaten mit der Trommel und den goldenen Gewehrläufen auf dem Ärmel«, rief er.

Johnny sah, wie Ella errötete, seine Brüder grinsten, während die Mutter ihm Schweigen gebot und sagte, auf dem Kirchhof dürfte man nicht laut sprechen.

Johnny betrachtete immer noch den Soldaten in der roten Uniform mit den halbmondförmigen Epauletten auf den Schultern, mit den weißen Schnüren, den kleinen roten Kronen, mit den Schnüren auf der Brust und den Armen, die ebenfalls mit kleinen roten Kronen verziert waren. Und über Rücken und Schulter verlief eine Schnur bis nach der linken Brust und endete in zwei großen, blaugelbgrünen Quasten.

Er ist sicher Trompeter, dachte Johnny, der jeden Morgen die Reveille bläst, damit die andern Soldaten aus dem tiefen Schlaf erwachen, wie eines Tages der Engel Gabriel seine Posaune bläst, damit die Toten, die hier zu Tausenden liegen, wieder wach werden: ›Lieber Trompeter, blase dein Horn, die Kuh ist auf der Wiese, und das Schaf ist im Korn.‹

Er sah seinen Bruder Tom auf den Soldaten zugehen und ihm die Hand schütteln. Er sah Ella wieder erröten, als der Soldat nach ihr und der Mutter blickte.

»Er hätte der Beerdigung fernbleiben sollen«, hörte Johnny die Mutter zu Ella sagen. »Denke nur daran, was dein Vater gesagt hätte, wenn er gewußt hätte, daß du ihn kennst. Er hätte nie seine Einwilligung gegeben. Sprich um Gottes willen hier nicht mit ihm.«

Johnny sah, wie Ella den Kopf schüttelte, aber sie sagte nichts.

Tom näherte sich ihnen wieder. Johnny drehte sich um und sah, daß der Soldat ihnen von weitem folgte.

»Herrlich saftiges Gras auf dem Friedhof«, sagte Tom.

»Nirgendwo gibt es so gutes Gras«, erwiderte Archie. »Vorzügliches Heu, das gut bezahlt wird. Hier ist alles Geld, und nichts geht verloren. Noch nie hat jemand die Bilanz eines Friedhofs gesehen.«

Als sie das große Tor hinter sich gelassen hatten und die Trauerkutsche erreichten, blieb Tom stehen, während die andern in die Kutsche stiegen.

»Ich gehe zu Fuß mit Trompeter Benson«, sagte er, als die andern in der Kutsche saßen. »Habt dann mehr Platz.«

»Nein, Tom«, erwiderte die Mutter. »Steig ein. An diesem Tage wenigstens wollen wir zusammen nach Hause gehen.«

Johnny summte vor sich hin, während Tom enttäuscht in die Kutsche stieg und sich in eine Ecke klemmte.

»Wir gehn den gleichen Weg nach Hause,
Wir alle, wie ein großer Schwarm
Und fest verbunden Arm in Arm.
Wir gehn den gleichen Weg nach Hause,
Was soll uns da der Trennungsschmerz,
Wie Efeu an die Gartenmauer
So schmiegen wir uns Herz an Herz.«

Der Kutscher kletterte auf den Bock. Johnny, der nach dem Fenster der Kutsche blickte, sah, daß ein Vorhang aus funkelndem blauem Himmel sich davor ausbreitete, den eine tiefschwarze Pappel in zwei Teile teilte. Wie ein dunkler Engel in einem engen Gewand aus tiefschwarzem Samt stand sie da und hütete den Schlaf der Toten.

Die Kutsche setzte sich in Bewegung, und er betrachtete die anderen, die schweigend dasaßen und an die Veränderung dachten, die der Tod in die Ordnung der Dinge gebracht hatte. Er glaubte zu fühlen, daß alle Sorge, die die Kutsche füllte, allein im Herzen der Mutter war. Der Tod war doch etwas Seltsames. »Wer hat Rotkehlchen getötet?« – »Ich«, antwortete der Sperling, »mit meinem kleinen Pfeil. Ich habe das Rotkehlchen getötet.« Er sah das Bild in dem Buch vor sich. Das Rotkehlchen lag auf dem Rücken, die Beine hochgezogen bis an die rote Brust, aus der böse ein Pfeil herausragte. Der kleine Schnabel war weit geöffnet. Und in einer Ecke, auf einem Baum, auf einem Ast, der böse Sperling, mit frechen Augen und geziert vorgestrecktem Bein, als hätte er eine große Tat vollbracht. Da saß er in dem Baum und schaute höhnisch hinab, saß auf einem Ast und hatte unter einem Flügel einen kleinen Bogen verborgen.

»Ein so tiefes Grab habe ich noch nie gesehen«, sagte Ella.

»Es muß so tief gegraben werden, damit es vier Tote aufnehmen kann«, sagte Michael. »Soviel sind bei einer Erbgruft gestattet.«

»Die Gruft gehört doch uns?« fragte Tom.

»Ja«, antwortete Archie. »Für alle Zeit.«

»Mutter«, sagte Johnny plötzlich, »wenn ein Vogel einen Jungen mit einem Pfeil erschießen wollte, wie tüchtig müßte er dann den Bogen spannen?«

»Das weiß ich nicht«, antwortete die Mutter.

»Red doch nicht solchen Unsinn. Überlege dir, was du sagst«, sagte Archie zu Johnny. »Du meinst natürlich: Wie sehr muß ein Junge den Bogen spannen, wenn er einen Vogel mit einem Pfeil totschießen will.«

»Nein«, erwiderte Johnny. »Ich sag's schon richtig. Wie sehr muß ein Vogel den Bogen spannen, wenn er einen Jungen mit dem Pfeil erschießen will. Ein Junge, der einen Vogel mit dem Pfeil töten will, braucht den Bogen nicht besonders stark zu spannen.«

»Zu blöde«, entgegnete Tom, »ein Vogel kann doch nicht schießen.«

»Woher weißt du das?« fragte Johnny.

»Sei endlich still«, sagte Ella.

»Woher weiß er, daß ein Vogel nicht schießen kann?«

Tom sah ihn an und antwortete: »Das weiß doch jeder Mensch.«

»Wenn er es aber doch könnte«, fuhr Johnny fort, »wie stark müßte er den Bogen spannen?«

»Das kommt ganz darauf an, ob der Vogel ein Männchen oder ein Weibchen ist«, sagte Archie und lachte.

»Nettes Gespräch, so kurz nach Vaters Beerdigung.«

»Hättest den Jungen zu Hause lassen sollen«, brummte Michael. »Er ist für seine Jahre doch sehr zurück.«

»Mußt dich jetzt ein paar Tage lang ganz ruhig verhalten«, sagte die Mutter, »dein Vater muß erst mal eine Weile beim lieben Gott sein.«

»Weshalb eine Weile?« fragte Johnny. »Der Lehrer in der Sonntagsschule hat gesagt, ein Augenblick und Millionen Jahre seien für den lieben Gott dasselbe.«

»Halt doch endlich mal den Mund«, sagte Ella gereizt.

Johnny schwieg. Er haßte, haßte alle diese Menschen, alle, nur nicht die Mutter, haßte ihre dicken Köpfe und dicken Gesichter, ihre großen Hände und großen Füße. Er war wütend auf sie alle. Aber was konnte er gegen sie machen? Sie waren viel zu groß. Schon einer von ihnen allein konnte ihn unter seine großen Füße treten. Am liebsten hätte er sie angespuckt, ihnen frech geantwortet, aber er schloß fest den kleinen Mund und sagte kein Wort. Doch im Herzen sagte er, ganz laut: ›Und die Vögel in der Luft seufzten und schluchzten, als sie vom Tode des armen Rotkehlchens hörten.‹ Wenn sein Papa wirklich so glücklich war, wie die andern behaupteten, wieder warm wurde in Abrahams Schoß, und dort, wohin er gegangen war, alles hatte, weshalb saßen sie so still und steif und versteinert da? Und wie gern sie ein Kind um alles betrogen, was es sich ausgedacht hatte. Ja, wenn sie nur wüßten, daß ›Wer hat Rotkehlchen getötet?‹ ein Grablied war. Das war es doch. Natürlich war es das. Selbstverständlich.

Vom Fenster aus sah Johnny die Pferdebahn durch die Straße klappern. Die Kutscher hielten in der einen Hand die Zügel, die andere ruhte auf der Handbremse. Die Kutsche fuhr während der Heimfahrt doppelt so schnell wie auf der Fahrt zum Friedhof, und schon bald kamen sie am Trinity College und an der Königlichen Bank von Irland vorbei.

»Soll mich mal wundern, ob die Homerulers jemals die Königliche Bank von Irland in ein Irisches Parlament verwandeln?« murmelte die Mutter, während sie aus dem Fenster sah.

»Gott verhüte, daß sie ein so herrliches Gebäude in eine Quasselbude verwandeln«, entgegnete Ella eifrig.

»Parnell ist der einzige Gentleman in der ganzen Bande«, sagte Tom. »Jahrelang haben sie auf die Gelegenheit gewartet, und Kitty O'Shea ist nur ein Vorwand, ihn zu stürzen. Wenn sie den erledigen, sind die andern im Parlament nur Clowns und Hampelmänner.«

»Er sollte sich schämen, sich mit einer verheirateten Frau einzulassen«, sagte Ella.

»Wenn alles, was über ihn geredet wird, wahr ist, dann sollte er sofort abtreten«, sagte Archie.

»Und damit dem Pöbel die Macht überlassen«, antwortete Tom.

»Sie sind nicht alle Pöbel«, entgegnete Archie, »und wenn sie es wären, dann sollte man ihnen helfen, es nicht mehr zu sein.«

»Das fällt niemand ein«, sagte Tom. »Parnell, hinter dem man heute her ist, hat sie aus der Gosse aufgelesen und auf die Beine gestellt.«

»Weshalb begnügt er sich nicht mit einer Frau?« fragte Ella, »weshalb läßt er die verheirateten Frauen nicht in Ruh'?«

»Die Leute zeigen jedenfalls, was sie von Parnell halten«, sagte Michael.

»Ach, dieses ungebildete, abergläubische Pack, das vor seinen Priestern Angst hat«, sagte Tom verächtlich.

»Woher weißt du, daß sie Angst vor ihren Priestern haben?« fragte Michael.

»Na, und was ist mit dem Priester, der drohte, jeden in einen Ziegenbock zu verwandeln, der nur ein Wort zugunsten Parnells sagte? Lies doch die Zeitungen.« Tom spuckte aus dem Fenster.

»Und die, die zu ihm stehen – haben die auch Angst vor den Priestern?«

»Lies die Zeitungen, Mann, lies die Zeitungen.«

»Weshalb machte er sich einer verheirateten Frau wegen zum Narren?« beharrte Ella.

»Natürlich sollte er das nicht tun», schrie Michael Ella an. »Er sollte alle Weiber, ob verheiratet oder nicht, in Ruhe lassen. Halt endlich die Schnauze! Es handelt sich nur darum, ob die, die zu Parnell stehen, Angst vor ihren Priestern haben.«

»Und die Priester, die von den Altären herab gegen Parnell wettern?« fragte Tom.

»Nenne die Priester, nenn sie doch«, sagte Michael laut. »Welche Altäre, was für Altäre, wessen Altäre?«

»Lies die Zeitungen«, wiederholte Tom. »Wenn du die Zeitungen läsest, würdest du nicht so dummes Zeug reden.«

»Tu doch nicht so, als wärest du der einzige, der Zeitungen lesen kann.«

»Lies die Zeitungen, lies die Zeitungen«, wiederholte Tom.

»Um Gottes willen, Kinder, streitet euch doch nicht auf der Heimfahrt von Vaters Begräbnis.«

Sie schwiegen wieder und saßen verdrießlich da, bis die Kutsche vor ihrer Haustür hielt. Schweigend und steif und versteinert betraten sie das Haus. Tom gab dem Kutscher einen Schilling, der Kutscher bedankte sich. »Nochmals herzliches Beileid.« Dann fuhr er davon.

Johnny blieb draußen, bis seine Schwester erschien, ihn beim Arm packte und ins Haus zerrte: »Komm rein, du kannst an dem Tage, an dem dein armer Vater beerdigt wurde, hier nicht herumlungern. Ein paar Wochen lang darfst du das nicht.« Sie betraten das Zimmer, in dem seine Mutter und sein Vater geschlafen hatten, der Vater über ein Jahr krank gelegen hatte und dann gestorben war. Das Rollo vor dem einen Fenster war noch geschlossen, und das Zimmer war dunkel und feierlich.

Die Mutter faßte die Zugkordel, und das Rollo rasselte in die Höhe. Licht sprang ins Zimmer, berührte mit seltsamer Helle die Öde, die Krankheit und Tod geschaffen hatten und die immer noch die Dinge umgab, die Krankheit und Tod hinterließen.

»Das Zimmer muß ein paar Tage gründlich gelüftet werden«, sagte Ella, als sie und ihre Brüder vor dem Feuer saßen, das die Nachbarn versorgt hatten, während sie beim Begräbnis waren.

Johnny ging ans Fenster und betrachtete die rote Sonne am Himmel über dem Haus gegenüber.

»Die Kälte und Feuchtigkeit auf dem Friedhof sitzt mir noch in den Knochen«, sagte Ella und hob den Rock hoch, um sich die Beine zu wärmen.

»Sieh mal die Sonne, Mutter«, rief Johnny. »Wie rot sie ist. Weshalb ist die Sonne rot?«

Die Mutter sah zum Fenster hinaus.

»Vielleicht fror sie ein bißchen, und deshalb hat der liebe Gott sie in einen roten Mantel gehüllt.«

»Mag der liebe Gott Rot gern leiden?«

»Ja, er liebt Rot. Viele Blumen und andere Dinge in der Welt sind rot.«

»Mag der liebe Gott Rot am liebsten?«

»Das weiß ich nicht genau, Johnny. Ich glaube, er mag alle Farben gleich gern.«

»Auch Gelb. Denke nur an die Butterblumen und Primeln, die Schlüsselblumen und den Löwenzahn. Ich glaube, er mag Gelb auch sehr gern.«

»Ja, auch Gelb mag er gern, Johnny.«

»Aber Blau mag er nicht so gern, Mutter. Nur die Veilchen und die Glockenblumen sind blau... Ach, und der Himmel. Bei schönem Wetter ist das Blau des Himmels überall. Ich glaube, Blau mag der liebe Gott besonders gern, Mutter.«

»Wie wär's mit einer Tasse Tee oder sonst was?« sagte Archie. »Das interessiert mich mehr als die Lieblingsfarbe Gottes.«

»Deck den Tisch, Ella«, sagte die Mutter. »Tee und für jeden ein Ei und das kalte Fleisch, das noch da ist.«

»Auch Weiß muß er gern mögen«, fuhr Johnny fort. »Gänseblümchen und Weißdorn und die Wolken. Seltsam, daß der liebe Gott Weiß leiden mag. Weshalb mag er Weiß so gern? Weiß ist doch eigentlich keine Farbe. Und auch Schwarz, die Nacht ist schwarz. Aber das Schwarz mildert er ein wenig durch den goldenen Mond oder die silbernen Sterne.«

»Hör auf mit dem Quatsch«, sagte Michael, der, wie die andern, vom Gerede über den lieben Gott mehr als genug hatte.

»Du denkst immer nur an dich«, sagte Johnny, sich ihm wütend zuwendend. »Immer soll ich schweigen, wenn ich mal was sage. Übrigens habe ich dich gar nicht gefragt.«

»Halt den Mund«, entgegnete Michael wütend, »und werde nicht noch frech.«

»Und wenn ich den Mund nicht halte«, erwiderte Johnny herausfordernd.

»Sei ruhig!« schrie Michael, »oder es setzt was.«

Die Mutter ging zu Johnny, beugte sich über ihn und sagte leise: »Sei still, Johnny, wenn wir zwei allein sind, sprechen wir über diese Dinge.«

Johnny wandte sich ab. Am liebsten hätte er geweint, aber er biß die Zähne fest aufeinander und betrachtete durch das Fenster die rote Sonne am Himmel über dem Haus gegenüber, in deren Licht die Dächer der Häuser wie blanke Bronze aussahen. Dicke Köpfe, große Hände, große Füße, laute Stimmen, böses Gekeife und böses Geschimpfe. Wenn er nur so groß wäre wie sie oder sie so klein wie er, würde er genauso keifen wie sie. Er trommelte gegen die Fensterscheiben, erst leise, dann stärker und murmelte vor sich hin: »Es war einmal ein Mann, was der nicht alles kann, er hatte ein Gewehr, lief damit hin und her. Den Schornstein klettert er hinauf, und voller Fett war ihm der Bauch, sein Hut ihm auf dem Kopfe thront. Pfannkuchen hat er nie geschont.«

»Laß das Getrommel sein«, schrie Ella, »wir haben heute schon genug ausgehalten.«

»Mäkelt doch nicht immer an dem Jungen 'rum«, tadelte die Mutter sie ärgerlich. »Kaum rührt sich der Junge, dann geht's gleich los. Man kann doch von ihm nicht verlangen, daß er sich den ganzen Tag nicht muckst.«

»Du solltest ihn nicht in Schutz nehmen, wenn er unrecht hat«, entgegnete Ella.

»Über den Jungen darf natürlich niemand was sagen«, brummte Michael.

Sie saßen um den Tisch. Ella machte die Butterbrote, während die Mutter den Tee eingoß. Sie gab jedem ein Ei. Das kleinste nahm sie. Sie füllte eine Tasse mit Tee und stellte sie zusammen mit ein paar Butterbroten auf einen kleinen Tisch neben dem Fenster und sagte zu Johnny: »Setz dich hierhin, da bist du niemand im Wege.«

»Krieg' ich kein Ei, Mutter?« fragte Johnny leise.

»Wir teilen uns meins«, sagte die Mutter.

Sie schälte den oberen Teil des Eis, nahm mit dem Löffel mehr als die Hälfte aus der Schale und verteilte sie auf die Schnitten, die sie ihm gegeben hatte. Das war für Johnny etwas Besonderes, denn seit mehr als einem Jahr hatte er kein Ei mehr gegessen, und er hatte gedacht, daß er diese Freude erst Ostern wieder erleben würde. Er aß sein Ei, trank seinen Tee und betrachtete dabei die dicken Köpfe und die großen Hände, die Ei, Tee und Fleisch gierig verschlangen.

»Was ist schon ein Ei«, knurrte Archie. »Zwölf genügen kaum als richtige Männermahlzeit.«

Nach dem Essen setzten sie sich wieder um das Feuer. Die Männer rauchten, und Ella las die Londoner Romanzeitung. Die Mutter holte eine Schüssel mit heißem Wasser und begann das Geschirr abzuwaschen. Johnny kletterte auf einen Stuhl und half ihr dabei, reichte ihr die Tassen, die gesäubert werden sollten, nahm die gesäuberten Tassen und stellte sie auf den Tisch. Er half ihr beim Einräumen des sauberen Geschirrs ins Büfett, das im andern Zimmer stand. Johnny war wieder wohler zumute. Das Leben verlief wie sonst. Der Tod des Vaters hatte es kaum geändert.

Als alles wieder an seinem alten Platz stand und sie in das andere Zimmer zurückkehrten, hatte Ella ihren Mantel angezogen und setzte gerade vor einem kleinen Wandspiegel ihren Hut auf.

»Willst du etwa ausgehen?« fragte die Mutter.

»Ja, ein Stündchen«, erwiderte Ella, und Johnny sah, wie sie errötete. »Ich muß etwas frische Luft schöpfen.«

»Meine Gedanken gelten dem Mann, den ich nun endlich heiraten kann, dem kleinen Trommler im roten Rock«, sagte Michael von seinem Platz am Feuer aus.

»Meiner Meinung nach solltest du heute abend zu Hause bleiben«, bemerkte die Mutter.

»Ich gehe trotzdem«, antwortete Ella. Dann wandte sie sich Michael zu und sagte wütend: »Behalt deinen Quatsch gefälligst für dich.«

Sie verließ das Zimmer, und sie hörten, wie sie die Haustür hinter sich zuknallte. Mehrere Minuten lang herrschte Schweigen. Dann nahm die Mutter das Tischtuch ab, schüttelte die Krümel in den Kamin, legte das Tischtuch zusammen und ging mit dem Tuch in der Hand in das andere Zimmer.

Michael nahm die Pfeife aus dem Mund und sagte verschlagen grinsend:

»Ella soll sich in acht nehmen, sonst weht ihr der Wind die Röcke hoch.« Dann klopfte er die Pfeife am Kamin aus und summte vor sich hin:

»Der Trommler, bom, bom,
Sagt zum Mädchen ganz fromm:
Ho!
Hätte ich 'ne kleine Fiedel,
Spielte ich ein kleines Liedel,
Eine taradiddeldidel
Dir auf deinem middeldidel
Weißen Po!
Ist zu Ende dann das Liedel,
Spiel' ich wieder mit der Fiedel
Eine taradiddeldidel
Dir auf deinem middeldidel
Weißen Po!«

Tom lachte und sagte dann: »Laß genug sein, Mick. Nichts gegen das Militär. Komm, gehen wir lieber zu Nagles, da können wir noch in Ruhe einen heben.«

»Gesagt, getan, hast du den nötigen Draht?«

»Für heute abend reicht's«, erwiderte Tom.

Die drei standen auf und zogen ihre dicken Mäntel an.

»Möchte nur mal wissen«, sagte Michael, »wie du erfahren willst, ob der allmächtige Gott am liebsten Blau, Grün, Gelb oder Rot leiden mag.«

»Sei doch still, Mick«, sagte Tom. »Laß den Jungen in Ruh'.«

»Ich glaube Rot«, fuhr Michael fort, »das Rot eines Affenarsches.«

»Red so was nicht in Gegenwart des Jungen«, sagte Tom und grinste dabei.

»Weshalb nicht?« sagte Michael. »Einmal erfährt er's ja doch.«

Sie stülpten sich den Hut auf, riefen der Mutter zu, sie gingen etwas spazieren, und als sie an Johnny vorbeikamen, legte Tom ihm leicht die Hand auf den Kopf und sagte: »Mach dir nichts aus dem, was Mick sagt, Johnny. Bist schon in Ordnung.«

Johnny sah sie am Fenster vorbeigehen, eifrig redend, mit Stimmen, die etwas prahlerisch klangen. Wollten bei Nagles in der Earlstraße, der Nelsonsäule gegenüber, in aller Stille ein paar Glas trinken.

Johnny sah den kleinen Laternenanzünder mit dem Wackelbart durch die Straße laufen. Wie ein kranker Stern flackerte ein Licht an seiner Stange. Er eilte von einer Lampe zur andern, stieß jedesmal ein kleines, gelbes Licht in die Dunkelheit, bis alle eine leuchtende Kette bildeten, als hätte die Dunkelheit der Nacht sich ein Halsband umgelegt. Die Mutter kehrte in das Zimmer zurück, als er sich gerade reckte, um festzustellen, wie weit er die Straße übersehen und wie viele Lampen er zählen könnte. Die Mutter setzte sich vor den Kamin und starrte in die Glut.

»Ich glaube, daß Grün die Lieblingsfarbe des lieben Gottes ist. Denke nur an all das grüne Gras, an die Blätter der Bäume und Büsche. Der Lehrer hat uns gesagt, Grün bedeute Leben, und der Herrgott liebe das Leben.«

Er wartete, aber die Mutter antwortete nicht. Er drehte sich um und sah, daß sie in das Feuer starrte. Er schlich sich zu ihr hin, setzte sich neben sie und nahm ihre Hand in die seine. Und dann saßen sie da und starrten, starrten, starrten in die Flammen, die aus den brennenden Kohlen züngelten. Plötzlich blickte er auf und sah den Feuerschein in den Tränen funkeln, die ihr übers Gesicht liefen.

Der Vater war im Alter von sechsundvierzig Jahren gestorben. Er war nun tot und begraben, lag in dem tiefen Grab, in einer stillen Ecke neben einer Zypresse, die in die Dunkelheit der Nacht verschwand und mit der Morgensonne wieder lebendig wurde. Und der Schatten der Zypresse bedeckte an sonnigen Tagen freundlich die Stelle, wo das Gesicht des Toten lag, verbarg den geschlossenen Augen die neuen Dinge, die von denen getan wurden, die der Tote aufgezogen hatte im Glauben und in der Lehre des protestantischen Herrn und denen er die beste Erziehung gegeben hatte, die die Mittel des furchtlosen und ehrlichen Toten gestatteten.

»Meine Kinder«, pflegte er zu sagen und richtete sich dabei steif und herausfordernd in seinem Sessel auf, »erhalten die beste Erziehung, die meine Mittel und die sorgsamste Verwendung dieser Mittel gestatten. Nicht die beste an sich, aber die beste, die ich ihnen geben kann. Sie werden jedenfalls auf die Arbeit vorbereitet sein, die ihnen ein anständiges, ordentliches Leben gestattet. Ihre Sache ist es, ihre Stellung mit Hilfe der Kenntnisse zu verbessern, die sie von anderen gelernt und aus Büchern geschöpft haben. Und später werden sie bei kluger Verwendung ihrer Erfahrungen, die sie aus dem sammelten, was andere sagten und taten, ein auskömmliches Dasein haben. Sie werden für den Lebenskampf gerüstet sein. Schild und Speer werden sie haben, wenn der Tag für sie kommt, in den Kampf zu ziehen.«

Und so wurden Michael und Tom spornstreichs in die Schule Nr. 1 geschickt, die Professor J. L. Ryan neben vier anderen Schulen leitete. Sie bildeten zusammen die Dubliner Zentralmusterschule und verlangten nur ein geringes Schulgeld. Ihre Lehrer waren hier geachteter als anderswo, die Bücher teurer als die, welche in den gewöhnlichen Volksschulen verwendet wurden. Schulen und Lehrer, Bücher und Schüler waren eifrig darauf bedacht, alles, aber auch alles aus ihrem Denken zu verbannen, was die Gefahr heraufbeschwor, etwas über ihre Heimat und ihr Volk zu lernen. Daß am 17. März der Sankt-Patricks-Tag war, durfte man wissen; man hielt es für moralisch erlaubt, ›Die Harfe, die durch Taras Schloß beseelten Tons erklang‹ zu singen, vorausgesetzt, daß das Lied so gesungen wurde, als sänge man es und sänge es doch wieder nicht und als wäre man ein wenig überrascht, daß man es sang, denn die Harfe hing doch stumm an der Wand, und ihre Seele war entschwunden, ihr Ruhm war vergangen und ihre Zeit dahin; so daß man es kaum für schicklich hielt, ihren Namen selbst zu später Stunde zu erwähnen, wenn die Sonne längst untergegangen war und die Augen auch der Jungen schwer waren von Schlaf. Und wenn es überhaupt von Protestanten gesungen werden sollte, dann nur sotto voce und ganz im Geist der Artikel, der Kanons und des Kirchenkatechismus, der Gesetze und Verordnungen des Vizekönigs und der Offiziere und Unteroffiziere der Königlich Irischen Polizei.

Archie besuchte die Schule Nr. 2, die der presbyterianische Herr Boyd und sein katholischer rotbärtiger Assistent Herr Galleher leiteten, der, wenn er sich ein paar Glas genehmigt hatte, gern behauptete, die Presbyterianer wären ganz nette Leute, aber verdammt bigott. Herr Boyd dagegen pflegte, wenn er nüchtern war – und das war er immer –, das Bibelwort, das er seinem Religionsunterricht zugrunde legte, zu kleinen Ausfällen zu benutzen: »Ephraim« – gemeint war damit Herr Galleher – »verehrt Götzenbilder. Hütet euch vor ihm!«

So mußten die beiden Ältesten versuchen, mit dem Leben fertig zu werden, wie es die Kanons, die Artikel und die Glaubensartikel der Kirche, die Tradition, wie Seine Exzellenz der Vizekönig sie hochhielt, der mit zwanzigtausend Pfund jährlich auskommen mußte, und die Regeln der Offiziere und Unteroffiziere der Königlich Irischen Polizei vorschrieben. Michael war mit vierzehn Jahren ein Meister in der Handhabung des Bleistifts. Das Bild eines Hundes, der neben der Schleuse eines Kanals lag, und das eines Mädchens mit einem Vogel auf dem Kopf waren von dem Toten derart bewundert worden, daß er sie gerahmt aufgehängt hatte, damit jeder sie sähe. Und jeder, der kam, sah die Bilder, bis Michael sie eines Tages abnahm, um sie anderen zu zeigen. Nie kehrten die Bilder zurück. Später wurde erzählt, er hätte sie für ein paar Schilling verkauft. Hätte ich das nötige Geld gehabt, hatte der Tote eines Tages zu einem Fremden gesagt, dem er die Bilder zeigte, dann hätte ich ihn Architekt werden lassen. Aber die Kosten waren zu hoch. So wird er seine Pflicht in dem Beruf tun müssen, in den Gott ihn stellt. Michael bestand als zweiter die Prüfung und wurde Telegraphenbeamter. Tom bestand als erster die Prüfung und wurde Sortierer im Dubliner Hauptpostamt. Dort hatten sie beide vor dem Tode des Vaters gearbeitet, ordentlich, friedlich und geachtet. Sie trugen den schmucken, kleinen steifen Hut, das Abzeichen ihres Standes; fertig gekaufte, gut geschnittene Anzüge. Michael, der damals etwas wie ein Dandy war, ließ sich das Haar ein wenig wellen, trug eine Nadel in der Krawatte und einen dünnen Stock unter dem Arm; jeder gab von dem Wochenlohn, der ein Pfund betrug, einen Teil für den Haushalt ab; so waren sie arm und hatten doch alles.

Seltsame Gesichter tauchten im Haushalt der Cassides auf, Gesichter, die ein paar Augenblicke lang die Königin Victoria betrachteten, die diese Blicke mit ihren fahlblauen Augen erwiderte, und Nelson, der immer noch nach der Trafalgarbucht fuhr. Seltsame Gesichter, die ein paar Augenblicke lang die einsame, kleine Glasnixe betrachteten, die in ihrem kleinen Meer in dem Glasbehälter schwamm. Gesichter, die die Bücherreihen betrachteten, die der Tote hinterlassen hatte, die farblos und unangebracht an einem Ort wirkten, wo Gedanken in schnelle Worte über Dinge gekleidet wurden, die geboren wurden, lebten und im Laufe des Tages wieder starben. Und wenn sie um sich geblickt hatten, setzten sie sich an das Feuer, rauchten, tranken und plauderten oder sangen Sonntag abends ein Lied zum Klang der Glocken, die alle zum Gebet riefen, damit sie niederknieten vor dem Herrn, ihrem Schöpfer, denn sie waren Seine Herde. Alle riefen sie, daß sie kämen, ihre vielen Sünden zu beichten, damit sie Verzeihung erhielten durch Gottes unendliche Güte und Gnade, daß sie die Kanons und den Katechismus der Kirche, den Vizekönig, die Offiziere und Unteroffiziere der Königlich Irischen und der Dubliner Stadtpolizei anerkannten.

Aber der Ruf der Glocken klang in das eine Ohr hinein und aus dem andern wieder heraus wie unerbetene Klänge, die keiner hören wollte. Der Altar war jetzt der Küchentisch und inmitten der Kerzen eine große Fünfliterkanne mit Porter, und Michael und Tom waren die schwankenden Chorknaben, und der Trommler in der roten Uniform mit den blauen, gelben und grünen Quasten auf der Brust goß das Bier geschickt in jeden leeren Becher, der gefüllt werden wollte. Und Johnny saß in einer Ecke und trank Ingwerbier, ohne Notiz von der Mutter zu nehmen, die in der gegenüberliegenden Ecke saß und strickte und nur hin und wieder mit gezwungenem Lächeln aufblickte, wenn der rote Trommler gleichsam erschrocken aufschrie, wenn Ella ihn in den Schenkel kniff, oder wenn Ella kreischte, wenn er dasselbe bei ihr tat. Ihr friedliches und festes Gesicht verschwamm in dem Tabakrauch, der aus den Pfeifen der rauchenden Männer aufstieg. Schweigend saß sie da, strickte und dachte vielleicht an einen stillen Mann, der in einer stillen Ecke lag unter den kalten Sternen, und die letzten Hoffnungen ihres Lebens waren nur ein paar sterbende Blumen auf einem einsamen Grab, während Tom mit harter, taumelnder Stimme ein Schlachtlied sang:

»Nebeneinander in roter Flut,
In dichten Reihen vereint,
Stürmten wir los und schlugen den Feind,
Nie wankte unser Mut.
Wild tobte die Schlacht,
Den Tod sie bracht'
Den Kameraden, den lieben,
Und als zum Sammeln geblasen ward:
War ich allein übriggeblieben.«

Alle fielen ein, und am lautesten klang die Stimme des roten Trommlers, und alle sangen die traurigen, tapferen Worte noch einmal, und ihre Herzen füllte der Wunsch, zu kämpfen und unter dem Union Jack zu fallen. Ella sah ihren Trommler verliebt an, während sie ihre weiße, schmale Hand in den Schoß legte; den Ringfinger zierte ein schmaler Reif mit kleinen Perlen, in deren Mitte ein kleiner roter Fleck, ein Rubin, funkelte. In einem Pfandhaus hatte er ihn gekauft mit dem Gelde, das er beim Preisschießen gewonnen hatte. Denn Ellas Trommler war der beste Schütze seines Regiments und trug gekreuzte goldene Gewehrläufe auf dem Ärmel und dazu eine kleine blauweiße Trommel oberhalb des Ellbogens. Während sie mit dem Ring spielte und Toms taumelnde Stimme das Schlachtlied brüllte, dachte Ella, daß sie ihrem Trommler alles geben würde. Still saß die Mutter in der Ecke und strickte und dachte vielleicht an einen Mann, den Gott ihr genommen und der jetzt draußen unter den kalten Sternen lag. Und ihre Gedanken mischten sich mit dem Läuten der Glokken, die alle Menschen zum Gebet riefen, daß sie niederknieten vor Gott, ihrem Schöpfer.

Ihr Michael war nun im Himmel, ruhte dort in sicherem, ungestörtem Frieden. Vielleicht schaute er auf sie herab und forderte sie in aller Stille auf, tapfer zu sein. Alles hätte noch schlimmer sein können. Solange ihre zwei Söhne arbeiteten, und selbst wenn Ella nach ihrer Heirat die Stellung aufgeben müßte, würde ihr kleiner Johnny keine Not leiden. Und das sollte sie nicht vergessen, dessen sollte sie sich erinnern, denkt an den 5. November, die Pulververschwörung, erinnert euch an Verrat und Komplott. Aber der Herrgott griff ein und bewahrte die Nation vor furchtbarer Not, und der Herrgott würde auch wieder eingreifen, sie retten und nicht dulden, daß sie unterging.

Sie spitzte die Ohren, denn der Mund des Trommlers sagte etwas. Seine Augen waren verschleiert, denn die zweite Kanne Bier war ausgetrunken.

»Nirgendwo ist's so herrlich wie bei der Armee«, sagte er. »Wer das Leben kennenlernen will, der soll in den Sold der Königin treten.«

»Das Leben hier«, sagte Michael, »ist zum Kotzen. Tom und ich machen Schluß damit. Ich gehe zu den Königlichen Pionieren und er zu den Königlichen Füsilieren.«

»Hättet mal die Fresse sehen sollen«, fiel Tom aufgeregt ein, »die die beiden Inspektoren machten, als wir ihnen sagten, sie könnten sich ihre dämliche Arbeit in Essig einlegen.«

»›Schreibt uns mal‹, sagte ich zu ihnen«, fuhr Michael fort, »›wenn wir unter fremdem Himmel liegen.‹ Und dann drängten sich die andern um uns, um sich zu verabschieden.«

»Hier in der Heimat«, sagte der Trommler und hob seinen Becher, »oder fern in den Wildnissen Indiens, Kanadas, Afghanistans oder Burmas ist alles in Ordnung, solange wir der Königin treu dienen und die Fahne ehren. Auf die Soldaten der Königin, Jungens!«

Alle drei hoben die Becher und riefen: »Hoch die Soldaten der Königin!« und gossen das Bier hinunter.

Die Finger der Mutter hörten auf, sich zwischen den Nadeln zu bewegen. Deshalb waren die Jungen während der letzten Tage so aufgeregt und schweigsam gewesen. Sie wollten sie verlassen, waren für sie verloren, sie hatten sich anwerben lassen, die lustigen, bunten Uniformen der Königin mit den fahlblauen Augen hatten es ihnen angetan und der Mutter zwei Söhne geraubt. Sie saß da, sah, wie sie auf das

Wohl der Soldaten der Königin tranken, während die Nadeln in ihren Händen sich nicht mehr bewegten.

Tom bemerkte, daß die Mutter sie betrachtete. Er stand auf, ging zu ihr und legte ihr die Hand auf die Schulter.

»Du hast jetzt zwei Soldaten als Söhne, Mutter«, sagte er. »Aber mach dir keine Sorgen, ob hier in der Heimat oder in der Fremde, sie werden ihre Mutter nicht vergessen. Du mußt stolz sein, wenn dein Sohn in seiner roten Uniform und seinem Kalpak heimkommt. Vielleicht sogar mit Orden auf der Brust.«

Sie verließen sie, sie waren für sie verloren. Sie hatten sich anwerben lassen. Sie schloß den Mund noch fester, nickte, lächelte der Gesellschaft zu und beugte sich wieder über ihre Handarbeit. Ihre tätigen Finger bewegten sich wieder schnell zwischen den Nadeln.

Noch einmal liebkoste Tom die Schulter der Mutter und schwankte wieder neben den Trommler, setzte sich, nahm sein Glas und schaute erregt um sich.

»Die Königlichen Dubliner Füsiliere«, lallte er, »die ›Alten Unentwegten‹ ziehen in fremde Länder, wo dunkle Gesichter grinsen und drohen, wo Speere sausen und Schüsse krachen, wo Wunden bluten und Hurrarufe erschallen, wo Helden sterben und England siegt. Aber wir füllen die Lücken.« Und heiser sang er ein Lied, und heiser fielen die andern ein.

»Am Ufer des Clyde stand ein Bursch und sein Mädchen,
Er hieß Georgie und sie hieß Jane.
Sie schluchzt': ›Bleibe hier, zieh nicht aus dem Städtchen‹;
In den Krieg mußt' er für die Königin gehn.«

»Lauter«, sagte Michael, »und dann im Chor.« Und das taten sie. Und Johnny sang begeistert mit.

»In Ägyptens Wüsten in Sonnenglut
Glüht' nur für sie sein Heldenblut.
Er küßt' eine Locke von ihrem Haar
Und betet' für seine Jane.
Doch all sein Beten vergeblich war,
Nie sollt' er sie wiedersehn!«

»Michael, mein Michael«, sagte die Mutter leise vor sich hin, während sich ihre Finger zwischen den Nadeln bewegten. »Gut, daß du deine Söhne und deine Tochter nicht singen hörst, es gäbe keine Sorge. Aber die Sorge wird kommen. Ich bin nicht klug genug, ihnen zu sagen, wie und wann und weshalb. Du wirst es nicht wissen, denn wo du bist, gibt es weder Sorge noch Bosheit. Aber der Anfang deines Friedens war das Ende des meinen.«

Und Tom sang heiser das Lied von Liebe und Krieg weiter, und die anderen stimmten heiser ein.

HEIL, LEUCHTENDER MORGEN

Ella fand während der Nacht vor dem lachenden Morgen, an dem sie heiraten sollte, kaum einen Augenblick leichten Schlafes. Die jubelnde Freude auf die kommende Nacht war so unendlich, daß sie kein Auge zutun konnte, denn ihr Freund ist weiß und rot, auserkoren unter vielen Tausenden. Seine Locken sind kraus, schwarz wie ein Rabe. Seine Kehle ist süß, und er ist ganz lieblich. Sie sehnte sich also nach dem Ende der Nacht und dem Anbruch des Tages, nach seinem Ende und der ihm folgenden Nacht.

Sie hatte die Glocken von St. Georg die Stunden schlagen hören, eine nach der andern. Jesus! Sie hatte die Glocken Mitternacht schlagen hören, und jetzt hörte sie, wie sie die sechste Morgenstunde schlugen. Sechs Uhr morgens. Endlich. Sie konnte nun bald aufstehen, damit sie rechtzeitig zu allem bereit war.

Der fromme Geistliche sollte nicht warten. Er war auch der Leiter ihrer Schule, und sie wollte ihn sich möglichst warmhalten, damit er sie nicht gleich nach der Heirat aus dem Schuldienst entließe. Denn ein paar Wochen Schuldienst halfen bei der Abzahlung der Möbel, wenn sie auch andrerseits gern mit der Schule nichts mehr zu tun gehabt hätte, um sich ganz ihrem neuen Heim und ihrem Mann zu widmen.

Sie überlegte. Ja, alles war bereit..., das halbe Goldstück für die Gebühren. Was nützte dem wohlhabenden Geistlichen das blanke Goldstück, das sie selbst doch so nötig hatte? Aber wozu darüber nachdenken, einmal war es hier und einmal da und dann verschwunden, wie Hamlets Geist; auch verschwunden, aber nicht vergessen, war der goldene Hochzeitsring, der, wie sie sich sagte, ihrer Liebe gegeben werden würde, wenn sie ihm am Portal der Kirche begegnete. Das neue Kleid mit den Schinkenärmeln lag sorgsam über die Lehne eines Stuhls gebreitet, und über dem Kleid lag der weiße Unterrock mit den Volants. Die schneeweiße Spitzenhose lag über dem Unterrock, die Garibaldibluse sauber gefaltet auf dem Stuhlsitz und das rosafarbene Korsett auf der Bluse. Unter dem Stuhl standen die neuen hohen Stiefel, die bis zur Hälfte der Waden reichten, und eine hellblaue Turnüre hing mit den Bändern an einem Nagel in der Wand. Alles seit Wochen wohlverwahrt zwischen duftenden Lavendelkissen, um das Herz des ersten Trommlers im ersten Bataillon des Königlich Liverpooler Regiments zu verzaubern, der der beste Schütze des Regiments war und den Kameraden die Haare schnitt wie kein anderer.

Ganz herrlich wird der Trommler aussehen in seiner roten Uniform mit den weißen Schnüren und den halbmondförmigen Epauletten und dem Helm auf dem lieben, dunklen Kopf. Mit den blauen, gelben und grünen Schnüren auf der Brust und dem Rücken und den zwei Quasten, die wie Kaskaden von seiner linken Schulter herabstürzen. Und dazu der kurze Säbel mit dem kreuzförmigen Heft, der ihm an der Seite hängt. Wie ein Ritter schaut er aus – oder wie ein Pfau, der in einen Menschen verwandelt wurde; und sein Gesicht ist männlich, und dunkel funkeln in ihm zwei tiefschwarze Augen. Er hat einen dichten dunklen Schnurrbart und tiefschwarzes Haar, das in der Mitte gescheitelt ist und links in einer flotten Locke endet. Breitschultrig ist er, gedrungen und dick, und stämmig sind seine Beine und selbstbewußt sein Gang – wie der eines Pfaus, der in einen Menschen verwandelt wurde.

Von morgen an – wenn sie auch dann und wann noch erscheinen mußte, bis sie aus ihrem Amt entlassen war – brauchte sie nicht mehr in der St.-Marien-Kirche zu singen. Sie würde nur noch für ihren Trommler singen; vielleicht auch für Johnny, wenn er sie in ihrem neuen Heim besuchte. Nun konnte der Rektor sie nicht mehr in die St.-Marien-Kinderschule in der Unteren Dominikstraße 25 schicken, das größte Haus in Dublin, mit den fünf Stockwerken und den je fünf Frontfenstern, wo sie am anderen Ende des Hofes mehr als hundert

Kinder im Alter von drei bis sieben Jahren in einem Saal unterrichtete, der so groß war wie die Hölle und so hoch wie der Himmel und der im Winter vermittels eines großen, rotglühenden Ofens geheizt wurde, aus dem stickige Gase strömten, vor denen man sich zu schützen versuchte, indem man einen großen Zinkeimer mit Wasser in den Abzug stellte, und immer wieder mußte man aufpassen, daß die Kinder sich nicht verbrannten, wenn sie nach dem Ofen liefen, um die Schwefelblasen auf dem kochenden Wasser zu sehen. Die Fenster befanden sich dicht unter dem Dach, damit die Kinder nicht in Versuchung kamen, durch sie nach draußen zu klettern, wenn's ihnen zu langweilig wurde. Um die Fenster zu öffnen, mußte man an einem langen Strick ziehen, und wenn sie endlich geöffnet waren, konnte man sie nicht wieder schließen, und wenn man sie dann doch endlich geschlossen hatte, konnte man sie nicht wieder öffnen, und so blieben sie einfach das ganze Jahr über geschlossen, als Johnny hier das Abc und kurze Worte lesen und schreiben lernte: ich – mich – uns – auf – wir – ist – mein – nein – nach – zu – es – ist – Kuh – ein – nach – hier – uns. Ist es eine Kuh? – Es ist eine Kuh. – Ist es meine Kuh? – Wenn es eine Kuh ist, ist es meine Kuh. – Hol die Kuh, es ist meine Kuh. – Ich bin bei der Kuh, und zur Abwechslung mal ein Lied: ›Im Winter, wenn der Nordwind geht und allen Schnee zusammenweht, was tut Herr Rotkehlchen, der arme Wicht? Da läuft er in den Stall und wärmt sich überall, untern Flügel steckt er das Gesicht, der arme Wicht.‹ Für vierzig Pfund im Jahr renne ich hinter einem Chorhemd her und schrei' mir die Lunge aus dem Leibe: »Jauchzet dem Herrn alle Welt! Dienet dem Herrn mit Freuden, kommt vor Sein Angesicht mit Frohlocken!« Denn Er hat uns geschaffen und nicht wir uns selbst, wir sind Sein, sind die Schafe Seiner Weide, und Er hört das Blöken der weißen Schafe und auch der schwarzen Schafe, die sich in der Wildnis verirrt haben, die wilden, kahlen Berge hinauf- und herunterstolpern, fern der goldenen Tore, die allen geöffnet sind mit weitem Willkommen in dem ersten von nur zwei Sakramenten, der Taufe, durch die auch die Kinder aufgenommen werden in die Kirche, wie es geschrieben steht im 27. Artikel, Kinder Christi werden und mit dem Kreuz gezeichnet werden, zum Zeichen dafür, daß sie sich zum gekreuzigten Christus bekennen und bis an ihr Lebensende Seine treuen Diener und Soldaten sein werden, wobei die strengen Protestanten husteten, um so zu erkennen zu geben, daß sie nur zu genau wußten, daß das Kreuzeszeichen das Echo alter Fabeln wäre, an die die armen Katholiken in ihrem Aberglauben glaubten und die sie liebten, und der Papst und die Bischöfe blinzelten dazu und behaupteten, die heiligen Apostel hätten es verkündet, die aus den bunten Glasfenstern auf uns herabschauen, wenn wir laut singen: »Der Herr hat Wunder an uns getan«, und die ganze Welt und alle, die auf der Welt wohnen, sollen einstimmen und erkennen, daß meine Gedanken bei einem roten Rock mit weißen Schnüren und kleinen roten Kronen und den gelben, blauen und grünen Quasten verweilen, die ihm auf die Brust hängen, und mit der Trompete an seiner Seite wird er aussehen wie: ›In offener Schlacht zu fallen, das ist Soldatenlust, furchtlos den Kugeln allen zu bieten Herz und Brust‹, wenn wir zum Altar schreiten, um dort vereint zu werden für alle Zeit, bis daß der Tod uns scheidet; zusammenstehen in reichen und armen Zeiten, in Gesundheit und Krankheit, einander zu lieben ... und zu hassen, sagt die Mutter, denn er sei roh und ungebildet, aber die Liebe einer guten Frau macht ihn lieb und gut, und seine Unwissenheit, die jetzt unter Gold und Schnüren und schwingenden Quasten verborgen ist, wird schwinden, wenn ich ihn ein Jahr lang abends unterrichte. Dabei lernt er mehr als nur Lesen und Buchstabieren, und das Abziehen einer kleineren Zahl von einer größeren macht ihm bald keine Schwierigkeit mehr. Auch das Trinken wird er aufgeben, nach einem lieben Gespräch, bevor wir zu Bett gehen, denn die Nacht ist lang, und der Tag wird bald da sein, an dem Mutter erkennt, wie sehr sie sich irrte, als sie meinte, er könnte nur einen Trommelwirbel schlagen und ein paar Trompetenstöße tun, und dabei war sie in dem Konzert so begeistert, als Nicholas auf der Bühne stand und er und noch ein anderer Soldat, der auf der Galerie verborgen war, mit gedämpftem Horn das Alpenecho mit so überwältigender Zartheit bliesen, daß jeder, der ein Herz im Leibe hat, fühlen mußte, daß bei wahrer Liebe gute Noten in Französisch, Musik und Freihandzeichnen nur Nichtigkeiten sind, denn Liebe kann auf vieles verzichten, solange sein Herz in wahrer Liebe zu mir schlägt, die ich bereit bin, ihm zu folgen und zu sagen: Wo du hingehst, da will ich auch hingehen, wo du bleibst, da bleibe ich auch, und wo du stirbst, da sterbe ich auch, und ich höre nicht auf das Krächzen der Alten, die von der Gefahr redet, der ich mich aussetze. Ich nehme es hin wie die Warnung der Zigeunerin. Trau ihm nicht, o Schöne, du! Sanft und süß ist er von Sitten, wenn er dir zu Füßen liegt, oh, vergebens laß ihn bitten! Noch währt deines Lebens Morgen, gib nicht preis dein glücklich' Los, wenn du auch betest und fromme Lieder singst und einen Haufen kleiner Kinder unterrichtest, damit sie die Wahrheit, die ganze Wahrheit, nichts als die Wahrheit lernen, daß der obere Teil der Landkarte Norden und der untere Süden, der rechte Teil Osten und der linke Westen heißt. Aber das kann man ihnen nur einprügeln, dazu manches andere, sie fernzuhalten von der breiten Straße, die ins Verderben führt, sie auf den schmalen Weg zu führen, auf dem sie zu Erfolg kommen, wenn sie schöne Frauen und tapfere Männer geworden sind, deren Herzen schneller schlagen, wenn Musik wollüstig erklingt und sanfte Augen anderen Augen von Liebe sprechen, die wieder den Kindern Israel sagen, tapfer das zu tun, was ich tun muß, nachdem ich mich dazu entschlossen habe, denn mit seinen starken Armen kann er mich gegen alles Böse und alle Sorgen schützen, ganz anders als die blöden Burschen mit den Stehkragen, die nur dazu taugen, von neun bis vier auf gepolsterten Bürostühlen zu sitzen, und am Ende der Woche gerade so viel Geld nach Hause zu bringen, daß sie die Miete bezahlen können, und das ganze Jahr sehnsüchtig auf die einzige richtige Mahlzeit warten, die sie sich leisten, wenn die Weihnachtsglocken läuten und die Engel singen und den glücklichen Morgen begrüßen, an dem ein Heiland geboren wurde, der Christus der Herr ist und allen Ländern Frieden bringt, nur nicht diesem unglücklichen Land, das in Aberglauben versinkt und nichts weiß von dem, was zum Frieden gehört, das wie verrückt hinter der Homerule herrennt, mit Parnell an der Spitze, der sie weiterhetzt und besser Bescheid wissen sollte, denn er ist Protestant und der einzige Gentleman in dieser Bande aus Straßenjungen, die er um sich versammelt hat, und die Würde des Unterhauses besudelt und nur darauf bedacht ist, all das zu vernichten, was während der letzten Jahrhunderte geleistet wurde, die wilden Iren zu erziehen und zu zeigen, wie schön das Leben sein kann, wenn man die Wahrheit kennt, wie sie sich in Jesus Christus und in der Tätigkeit der Protestanten im allgemeinen offenbart, ja, wenn diese Homerule-Bande erreichte, was sie will, dann bliebe keine protestantische Kirche mehr stehen, und wir müßten all das gotteslästerliche und gefährliche Zeug schlucken, das die katholische Messe enthält, wodurch die Worte unseres Heilandes zu etwas verdreht werden, was sie nie besagten, es kommt nur darauf an zu wissen, daß die Iren zu ihrem eigenen Besten geduckt werden müssen, denn sollten sie einmal die Oberhand haben, dann würden die, auf die es ankommt, gleich unsicher werden auf ihrem Posten, den sie unter dem Union Jack innehaben, denn der ist die einzige Fahne, die tausend Jahre lang allen Schlachten und Stürmen trotzte und allen, die unter ihr leben, Freude und Sicherheit brachte, und das beweist die Tatsache, daß Victoria als die Große Weiße Mutter bei allen Völkern unter ihrer Herrschaft bekannt ist, abgesehen von den Feniern, die sie gemein die Hungerkönigin nennen, aber wir werden niemals dulden, daß die Fenier oder die Anhänger Parnells es zu etwas anderem bringen, als bei ein paar Versammlungen zu schwätzen oder ›God save Ireland‹ zu singen, abends in ihren Hütten, bei geschlossenen Fenstern und Türen, und das ist recht so, denn dies ist ein freies Land, und jeder hat ein Recht auf seine eigene Meinung, und der Versuch, das Volk niederzuhalten, macht alles nur schlimmer, wie die verdammten Engländer mit ihrer Hetze gegen die Iren nach den Morden im Phönixpark, obwohl jeder wußte, daß die ›Invincibles‹ nicht hinter dem englischen Protestanten Cavendish, sondern dem irischen Katholiken Burke her waren, der nicht dulden wollte, daß das Volk auch nur einen Fingerbreit von einer Unterwürfigkeit abwiche, die er für richtig hielt, nachdem er die nötigen Anweisungen von den Richtern und Generalen im Dubliner Schloß erhalten hatte, das nach der Tat berittene Polizei auf der Hauptstraße des Phönixparks aufstellte, und der Henker Marwood tanzte lustig um den Riesen Joe Brady, während sein Helfer den Strick Brady um den Hals legte und Brady ruhig einherging, ohne auf den Priester zu hören, der die Sterbegebete sprach, sondern immer nur vor sich hinflüsterte: »Armes, armes Irland«, so daß ihm kaum eine Minute blieb, sich auf die Begegnung mit Gott vorzubereiten, und die unglücklichen Iren verlangten weiter nach dem, was sie doch niemals erhalten würden, wie sie wohl wußten, und früh und spät blamierten sie sich durch ihre Vertreter im Unterhaus, wo der große Marquis of Salisbury saß, und wäre Parnell nicht gewesen, er wäre mit ihnen fertig geworden, und er lachte sie aus und schüttelte den Kopf, als er von Fanny Parnell hörte, die mit einer Zeitung in der Hand zu ihrer

Mutter lief und ihr freudig berichtete, daß Arabi Pascha die Briten in Ägypten geschlagen hätte, dabei aber vergaß, daß viele ihrer eigenen Landsleute ihr Blut vergossen, um Englands Ruhm aufrechtzuerhalten, trotz aller Agenten und Schergen und Gutsherren, die auf ihre Rechte pochen, aber der Gedanke ist kaum erträglich, denn mein Nicholas, der eins mit mir wird, bevor morgen die Sonne untergeht, hätte unter denen gewesen sein können, die ein Derwischschwert zerhackt hat, und der heiße Wüstensand hätte sein Blut getrunken, und in seinen Ohren hätte das Geschrei der Heiden gegellt, die seinen Leib zertraten, die schwarze Flagge des Mahdi tragend, und seine Horden brechen aus dem Sudan, nachdem sie General Gordon vernichtet, und der alte Gladstone fällt einen Baum in aller Morgenfrühe und wärmt seine Füße in den Pantoffeln am Feuer im Schweigen des Abends und vergißt, denen Hilfe zu schicken, die ihren letzten Kampf kämpften, aber ihre Königin und die Heimat werden sie nie vergessen, und die Erinnerung an die großen Taten wird ewig grünen. Aber jetzt werde ich das alles beiseitestellen und mich mit Dingen beschäftigen, die wichtiger sind als alle Gladstones und Gordons, die heute da sind und morgen verschwinden, dahin, wohin die guten Neger gehen, so nimm denn die Schaufel und die Hacke; denn Onkel Ned ist dahin gegangen, wohin die guten Neger gehen, und der Rest ist Schweigen, wie Shakespeare sagt, und so geziemt es deiner treuen Dienerin nur, sich von nun ab mit dem Wandel, den der morgige Tag bringt, in Gedanken und Taten zu beschäftigen, so wahr mir Gott helfe, und zu überlegen, wie ich mit dem auskomme, was ich habe, und was ich ausgebe von dem, was ich erhalte, während er noch ein, zwei Jahre beim Militär ist, bis die zwölf Jahre um sind und er sein Entlassungsgeld von einundzwanzig Pfund kriegt, das wird unser Sprungbrett sein; denn jetzt kommen von seinem Sold und dem Geld, das er mit Haarschneiden verdient, nicht mehr als fünfzehn Schilling die Woche zusammen, und damit auszukommen wird nicht einfach sein, und für den Notfall können wir schon gar nichts zurücklegen, und jetzt warte ich auf die morgige Nacht, in der ein Mädchen, das niemals ihren Rock auch nur einen Zoll über die Fußgelenke hob, sich auszieht, um alles, was ihr teuer ist, dem Mann ihrer Wahl zu geben, trotz der Mutter, die es mir nie verzeihen wird, daß Nicholas nur ein armer Trommler ist, als wenn Rang und Würde einem Mädchen reinen

Herzens etwas bedeuteten, das einen Mann ehrlich liebt, und wenn man die Bilder betrachtet, welcher Unterschied ist dann zwischen Nicholas in seiner lustigen roten Uniform, mit der Trompete an der Seite und dem Helm auf dem Kopf, und dem Prinzen von Wales in dem weiten Mantel und dem Tropenhelm mit Nackenschutz, in dem er aussieht wie Achilles auf dem Kriegspfad, steht da mit dem Gewehr in der rechten Hand, den linken Fuß auf einen Tiger gestellt, den andere geschossen haben, während er gemütlich unter einem Baldachin auf dem Rücken eines Elefanten saß, der es leid war, durch das Dschungel zu radschahen, um Menschen ein paar erregende Stunden zu verschaffen, deren Leben glatt vor ihnen liegt wie ein zum Tee gedeckter Tisch, aber es ist nun höchste Zeit, mich fertig zu machen, meinem Schicksal zu begegnen, denn von St. Georg schlägt es sieben, und wenn ich auf dem Lande wäre, dann hörte ich jetzt die Lerche, die des Pflügers Uhr und des Tags Verkünderin ist.

Sie sprang aus dem Bett, legte das Bett aus und öffnete das Fenster, damit frische Luft in das Zimmer strömte und sie und ihre Kleider die erste Morgenfrische empfingen.

Sie zog einen alten Rock, eine alte Bluse und alte Schuhe an, ging in die Küche, machte Feuer und setzte einen großen Topf mit Wasser auf das Feuer, ging wieder ins Schlafzimmer und machte das Bett. Als das Wasser in dem großen Topf kochte, holte sie aus dem Hof eine kleine Zinkwanne, stellte sie auf den Fußboden, goß das heiße Wasser hinein, goß kaltes Wasser hinzu und prüfte die Wärme mit den Fingerspitzen. Dann zog sie sich aus, stieg in die Wanne, wusch sich den ganzen Körper, kniff sich voller Stolz in die strammen Schenkel und die festen Brüste mit den rosafarbenen Warzen. Ihr Nicholas würde bei seiner Ella allerlei Reize vorfinden. Sie trocknete sich ab und eilte nackt in das Schlafzimmer, zog sich langsam voller Selbstbewunderung an, zog das weiße Hemd, den Schlüpfer und den Unterrock an, putzte sich dann die Zähne mit Schlämmkreide. Sie war die einzige im Haus, die das tat. Sie öffnete den Mund vor einem kleinen Spiegel und bewunderte ihre ebenmäßigen, weißen, starken, wirklich schönen Zähne. Dann ging sie in die Küche zurück, leerte die Wanne und hängte sie an den Nagel in der Wand neben dem Klosett. Sie war stolz auf ihre neuen Kleider und dachte an den erregenden Augenblick, wenn Nicholas ihr beim Ausziehen helfen würde, eines nach dem andern, bereit, die Krönung ihrer Verbindung zu vollziehen, nachdem die heilige Kirche sie vereint hatte. Nicholas sollte es herrlich haben, und in ein paar Stunden war alles, was sie besaß, sein für alle Ewigkeit. Amen.

Sie füllte den Kessel, stellte ihn auf das lodernde Feuer und rief dann die Mutter.

Das Frühstück verlief kalt und bitter, nur Johnny jubelte, er löffelte ein Ei in sich hinein zu Ehren des großen Ereignisses, das bald in Gottes heiligem Tempel stattfinden sollte. Ella und ihre Mutter saßen traurig schweigend da, vermieden geflissentlich, sich anzublicken.

»Wenn ich groß bin«, sagte Johnny, »werde ich Hornist wie Nicholas und blase die Reveille, wenn der Tag beginnt, und den Zapfenstreich, wenn er zu Ende geht.«

»Tom und Michael schreiben in ihren Briefen, daß ich richtig handle«, murmelte Ella.

»Hoffentlich wirst du nie Soldat«, sagte Johnnys Mutter. Johnnys Freude versank.

Als sie etwas Toast gegessen und Tee getrunken hatte, ging Ella in ihr Schlafzimmer, wusch sich die Hände und spülte sich den Mund aus, zog das Kleid an, tat den Hut auf, setzte sich auf das Bett und vergoß ein paar Tränen.

Alles wäre so schön, dachte sie bekümmert, wenn Mutter nur nicht dagegen wäre.

Auf alles war sie vorbereitet. Sie hatte etwas Neues und etwas Altes bei sich, etwas Geborgtes und etwas Blaues und einen Glückspfennig im Schuh – alles in bester Ordnung, wenn nur die Mutter nicht dagegen gewesen wäre.

»Die Kutsche ist da«, hörte sie die Mutter aus der Küche rufen.

Ella stand schnell auf, eilte in die Küche und sah, daß die Mutter das Frühstücksgeschirr wegräumte.

»Auf Wiedersehn, Mutter«, sagte Ella.

»Auf Wiedersehn«, erwiderte die Mutter kurz.

Haben sich wieder gezankt, dachte Johnny. Mutter sollte doch stolz sein, daß ihre Tochter einen Soldaten heiratet. Er sah Ellas Lippen beben, und er fühlte einen Kloß im Halse. Er nahm seine Mütze von einem Stuhl und ging hinaus auf die Straße, um die Kutsche abfahren zu sehen und Ella zuzuwinken.

Ella sah die Mutter einen Augenblick lang an und rückte dabei ihren Hut zurecht.

»Willst du mir nicht ein paar Worte sagen, bevor ich gehe?« flehte sie.

»Du hast dir dein Bett selbst gemacht und mußt nun auch drin liegen«, erwiderte die Mutter.

Ella ließ die Mutter stehen und eilte auf die Straße, wo die Kutsche wartete. Sie sah Menschen in den Türen stehen, die beobachteten, was sich außerhalb des Hauses der O'Cassides zutrug. Weiter unten in der Straße sang ein zerlumpter Mann, den Kopf gebeugt und vor sich hinstarrend, mit klagender Stimme: »Der Anker ist gelichtet.« Der Kutscher hatte Ella die Wagentür geöffnet. Ella preßte die Lippen aufeinander, um allen Zuschauern zu zeigen, wer sie wäre, stieg ein, befahl dem Kutscher, nach der St.-Marien-Kirche zu fahren, während Johnny darauf wartete, die Mütze zu schwenken, falls Ella aus dem Kutschfenster winken sollte. Der Kutscher kletterte auf den Bock, ergriff die Zügel, sagte »hü!« zu der Stute, und die Kutsche fuhr los, während traurig das Lied erklang:

»Die Tränen rollten in den Sand,
Als wir uns trennten an dem Strand.
Mein Busen hob sich kummerschwer,
Oh, Gott, ich seh' sie nimmermehr.«

Plötzlich verklang das Lied, der Sänger bückte sich, um einen Penny aufzuheben, der neben ihm auf das Pflaster geklirrt war. Dann begann der Sänger wieder, als die Kutsche an ihm vorbeifuhr, und Johnny wartete, mit der Mütze in der Hand, um Ella ein liebes Lebewohl nachzuwinken.

»Der Anker ist gelichtet, der Anker ist gelichtet.
Lebe wohl, lebe wohl, vergiß mich nicht!«

sang der Sänger mit geneigtem Kopf und starrte auf den Boden.

Aber Ellas Gesicht zeigte sich nicht am Fenster, und ihre Hand winkte Johnny kein Lebewohl zu, obwohl er dastand mit der Mütze in der Hand, bis die Kutsche um die Straßenecke verschwand. So fuhr die Braut dem Bräutigam entgegen.

Johnny stand weit hinten in der Toreinfahrt, um sich vor dem Regen zu schützen, der vom Himmel strömte. Er beobachtete den in schrägen Linien auf die heiße Straße klatschenden Regen, der den Staub in Schlamm verwandelte, während Regen und Staub wie ein schneller Strom durch die Gosse, über die Stäbe der Abzuglöcher brausten und wie ein Wasserfall in den Kanälen verschwanden.

Es ist zu heiß und schwül, als daß er lange dauern könnte, dachte er, während er das Hüpfen der Tropfen auf dem Pflaster beobachtete und nach den Leuten in den gegenüberliegenden Häusern sah, die schnell ihre Fenster schlossen, damit der Regen nicht in ihre Vorderräume platschte.

Wie wäre es wohl, dachte Johnny, wenn der liebe Gott die Fenster des Himmels öffnete und es vierzig Tage und vierzig Nächte regnen ließe wie damals, als die Erde voller Gewalttätigkeit war und der Herr bedauerte, den Menschen geschaffen zu haben, und eine Flut kommen ließ, bis das Wasser die Häuser und die höchsten Gipfel der höchsten Berge im Land bedeckte? Dann gäbe es sicher ein furchtbares Gedränge und Gerenne, um einen hochgelegenen Platz zu erreichen, von wo aus man das Wasser steigen und steigen sehen konnte, bis es einem die Füße berührte, und dann blieb nichts anderes übrig, als die Augen zu schließen, ein heißes Gebet zu sprechen und in die Tiefe zu gleiten und sich zu Gott zu begeben. Aber im Himmel würde man kaum mit einem Willkommen empfangen, wenn der Herr der Meinung war, daß man besser tot wäre. Aber das konnte jetzt nicht mehr geschehen, denn der Herr hatte Noah, einem gerechten und ehrlichen Menschen, versprochen, daß nie wieder eine Flut kommen sollte. Und des zum Zeichen stellte Er Seinen Bogen in die Wolken zwischen Sich und die Erde, damit Noah ihn sähe, wenn er krank und wund die Arche verließe, um neu anzufangen mit dem, was von ihm selbst und seiner Familie geblieben war, zusammen mit den Tieren der Erde, mit allem, was kreucht und fleucht, mit Männchen und Weibchen, die er bei sich gehabt hatte, während das Wasser die Oberfläche der Erde bedeckte.

Und da stand auch strahlend der Regenbogen mit dem einen Ende auf Frau Mullallys Haus und dem anderen auf der Spitze eines der

Dubliner Berge, während seine Mitte die Höhe des Himmels berührte; und wären unsere Augen nur ein wenig schärfer, dann sähen wir Millionen und aber Millionen leuchtender Engel auf dem Bogen stehen, von einem Ende zum andern, und auf die Erde hinuntergaffen, die Gott zu Anfang schuf und die wieder neu anfangen mußte, als Noah und seine Frau und seine Söhne und die Frauen seiner Söhne die Arche verließen mit den Elefanten und Löwen, den Pferden und Kühen, die Noah die Milch gaben, deren er bedurfte, als er von allem abgeschlossen war, bis die Taube mit dem Ölzweig im Schnabel zurückkehrte.

Plötzlich fiel Johnny ein, daß es Donnerstag war und daß heute das Vieh auf die Schiffe getrieben würde, die es nach England brachten. Er bückte sich, nahm den Schlüssel von dem Schindelbrett, wohin die Mutter ihn gelegt hatte für den Fall, daß er in die Wohnung wollte, öffnete die Tür und betrat die Wohnung. Er suchte in allen Zimmern, bis er den Stock fand, den Archie auf dem Heimweg in Finglas von einem Baum abschnitt, nachdem er in den Fröhlichen Zechern ein paar Schoppen getrunken hatte. Den Stock in der Hand haltend, schloß Johnny die Tür ab, legte den Schlüssel wieder auf das Schindelbrett und eilte die Straße hinab.

Der Regen fiel jetzt weniger stark, und die Sonne hatte ihn golden gefärbt. Als er in die verschlafene Dorsetstraße einbog, hörte er die tiefen und hohen Rufe der Treiber, bis er die Ecke der Nordringallee erreichte, die breite Straße vom Viehmarkt nach den Schiffen, die das Vieh nach England brachten, um die dicken Bäuche der Engländer zu füllen, wie Archie sagte, während die dummen Iren die Überbleibsel bekamen. Hier stand er gern und sah die Tiere vorbeiziehen, hielt den Stock bereit und trieb jedes Stück, das die gerade Straße verlassen wollte, zurück, lief nach vorn, wenn ein Tier sich mit einer Bewegung des gehörnten Kopfes und angstvollen Augen umzudrehen versuchte, und versetzte ihm mit dem Stock einen Schlag auf den Rumpf.

Zu Hunderten waren sie hier, strömten dahin, hielten den Verkehr auf, während sie langsam die Straße überquerten. Dampfender Nebel hing über ihnen, denn die heiße Sonne trocknete den Regen, der auf ihrem Fell glitzerte. Die Treiber folgten ihnen, riefen hü! und hott!, ermunterten die Tiere auf ihrem Weg zu den Pferchen auf den Schiffen. Die Treiber hatten mit trockenem Wetter gerechnet, und so trug keiner von ihnen einen Mantel oder auch nur einen Sack um die Schultern. Ihre Kleider waren klatschnaß, das Wasser rann ihnen von den triefenden Hüten und aus dem nassen Haar über das Gesicht, und Unbehagen zeichnete jedes der rohen Gesichter, während sie die Tiere antrieben. Manchmal löste sich eine Kuh aus dem Zug, streckte den dicken Hals vor, um die dampfenden Nüstern zu kühlen und einen Schluck von dem Regenwasser zu nehmen, das durch die Gossen gurgelte. Aber dann kam gleich ein wütender Treiber herbei, schlug das Tier mit dem Knüppel, daß es den Kopf wieder hob und sich in den Zug drängte, um sich vor den niederhagelnden Schlägen zu retten. Dann kam eine Schweineherde, dauernd grunzend, die Schnauzen dicht am Boden, und die Treiber schlugen sie hinter die Ohren, wenn sie stehenblieben. Die Schweine waren Johnnys Lieblingstiere, denn ihr Hinterteil war ein richtiges Hinterteil, ganz anders als das der Rinder und Schafe, und das Klatschen des Stockes, der die Flanke eines Schweines traf, und das laute Quieken, das ihm folgte, waren viel erregender als das stumme Davonlaufen einer Kuh oder eines Schafes, wenn sie ein Schlag traf.

Johnny war in seinem Element. Er eilte hierhin und dorthin, trieb die Tiere auf seine eigene Weise an und versetzte mancher Kuh und manchem Schaf einen Schlag, bevor sie ihm noch ausweichen konnten.

Eine Kuh brach nach links aus, wollte durch die Dorsetstraße entwischen. Aber Johnny nahm seinen Stock, versperrte ihr den Weg. Die Kuh versuchte, an ihm vorbeizukommen, aber Johnny sprang bald nach rechts, bald nach links, war immer wieder vor ihr, hob den linken Arm, schwang in der Rechten den Stock und schrie die Kuh mit Hü und Hott an. Die Kuh senkte den Kopf und brüllte. Johnny trat ein paar Schritte zurück.

»Paß gut auf«, schrie ein Treiber am Ende des Zuges, »laß das Aas nicht ausbrechen. Hau ihr was übers Maul. Los – feste übers Maul. Die beißt dich nicht! Übers Maul!«

Johnny erhob sich auf die Zehen und ließ den Stock auf die dampfenden Nüstern der Kuh sausen. Das Tier wich schnell zurück, drehte sich um und verschwand, den Kopf schüttelnd, inmitten der andern.

»Gut gemacht, Junge, gut gemacht!« schrie der Treiber. »Der Schlag hat sie zur Vernunft gebracht. Hü, hott«, sang er, während er der Herde folgte. Johnny ging neben ihm her, eifrig darauf bedacht, den Stolz auf sein Tun möglichst lange dauern zu lassen. Und der Regen, den die scheinende Sonne golden färbte, rieselte weiter.

Plötzlich fluchte der Treiber, als eine müde Kuh von der Straße auf das Trottoir lief und sich dort mit eingezogenen Vorderbeinen niederlegte. Mitten auf dem Trottoir, ohne sich um die Fußgänger zu kümmern. Sie starrte geradeaus, und das volle Euter preßte sich gegen das nasse Pflaster.

Während ein zweiter Treiber den Rest der Herde von dem Trottoir fernhielt, eilte der Treiber in Johnnys Nähe nach der müden Kuh und schlug mit dem Stock auf sie ein.

»Steh auf, verfluchtes Aas«, schrie er und schlug auf das Tier ein. »Stell dich auf die Hinterbeine und scher dich dahin, wohin du gehörst – hü!«

Aber sein Schreien und Fluchen und Schlagen machten keinen Eindruck auf das Tier. Es regte sich nicht, blieb auf dem Trottoir liegen, kümmerte sich nicht um die Fußgänger, starrte geradeaus, sah aus, als sähe es nichts, bewegte sich auch nicht, ganz einerlei, wie hart die Schläge auch waren, die der Treiber ihm versetzte, und wie laut seine Flüche.

»He, du da«, rief er Johnny zu, »komm mal rüber und hilf mir! Wenn wir sie jetzt nicht wieder hochkriegen, bleibt sie die ganze Nacht liegen.«

Johnny eilte dahin, wo die Kuh lag.

»Während ich dem Mistvieh den Schwanz umdrehe, haust du mit dem Knüppel drauf, so fest du kannst.«

Der Treiber packte den Schwanz des Tieres, drehte ihn so fest um den Arm, daß es aussah, als würde sich der Schwanz vom Körper des Tieres lösen. Ein Treiber, der mit einer anderen Herde vorbeikam, eilte herbei, und er und Johnny schlugen auf das Tier ein, und der andere drehte und drehte den Schwanz, bis allen der Schweiß über das Gesicht rann. Ein Beben lief durch die Kuh. Ruckweise erhob sie sich auf die Hinterbeine, während die Vorderbeine immer noch unter ihr lagen.

Eine kleine Menge, die sich angesammelt hatte, schrie und brüllte unter Leitung eines Kanoniers der Königlichen Feldartillerie, damit die Kuh ihr Bedürfnis nach Ruhe vergäße. Der Treiber drehte den Schwanz fester, und dichter hagelten Johnnys und des anderen Hiebe auf das Tier herab. Alle schrien hü! und hott!, aber langsam senkte die Kuh wieder das Hinterteil auf das Pflaster, regte sich nicht, starrte geradeaus, als sähe und fühlte sie nichts, während der Regen, den die scheinende Sonne golden färbte, sanft weiterrieselte.

»Alles umsonst, der Teufel soll das Mistvieh holen!« fluchte der Treiber und wischte sich den Schweiß von dem verzerrten Gesicht.

Sein Mittreiber vom Rest der Herde hob ungeduldig den Stock.

»Los! Weiter!« schrie er. »Wir können hier nicht warten, bis es ihr gefällt, aufzustehen und weiterzugehen. Der Junge kann so lange hier bleiben.«

»Habe ein Auge auf die, Junge«, sagte der andere Treiber zu Johnny. »Wir kommen gleich wieder, sobald wir die andern im Pferch am Nordwall untergebracht haben.« Er folgte seinem Kollegen und überließ Johnny die Aufsicht über die Kuh, die vor sich hinstarrte, als sähe sie nichts, während der Regen, den die scheinende Sonne golden färbte, sanft weiterrieselte.

Johnny stand hinten in einem Torweg, die Augen auf die Kuh gerichtet. Hin und wieder zuckte ihr Schwanz, sonst aber gab sie kein Lebenszeichen von sich. Jedes Tier im Walde gehört Gott, dachte er, und auch das Vieh auf tausend Hügeln. Aber für eine Kuh, die auf regennassem Pflaster liegt, hat Er nichts übrig.

Die Zeit verging. Er sah die Kinder aus der Schule kommen. Manche blieben stehen und betrachteten die ruhig daliegende Kuh, aber Johnny sagte ihnen, sie sollten nach Hause gehen und das arme Tier nicht stören. Die Sonne ging unter. Es regnete immer noch. Aber der Regen hatte seinen goldenen Schein verloren. Johnny fror. Er wartete und wartete auf den Treiber, aber statt seiner kam die Dämmerung, und das lebhafte Rot der Kuh wurde dunkler. Er wollte nicht länger warten. Seine Mutter war sicher längst zu Hause und fragte sich, wo er so lange bliebe. Er verließ den Torweg, blickte um sich, ob der Treiber irgendwo zu sehen wäre. Dann schlich er nach Hause. Am Ende der Straße blickte er sich noch einmal um, und im Purpur des Zwielichts sah er die dunkle Masse der Kuh immer noch auf dem Trottoir liegen. Sie starrte vor sich hin, als sähe sie nichts, während der Regen immer noch sanft auf sie herabrieselte. Aber die Sonne schien nicht mehr, und der Regen hatte seine goldene Farbe verloren.

Golden und heiter waren für Johnny die Tage, wenn er frei von Schmerzen war, die Binde vom Auge nehmen konnte und wenn das Licht, das ihm sonst solche Schmerzen bereitete, ihm nicht mehr weh tat. Dann war die Sonne genauso gut wie damals, als der Herrgott sie schuf; sie ließ die dreckigen, staubigen Straßen leuchten und zog den Häusern mit ihren schmutzigen Fronten ein neues Kleid an, das wie das Hochzeitskleid der Erlösten gleißte. Er tummelte sich im Sonnenschein, lachte, sang, schrie, tanzte und war frohen Herzens, und nur das Auge Gottes sah, was er tat. Aus weiter Ferne, hinter dem blauen Himmel, blickte es auf ihn bei Tag und aus noch weiterer Ferne hinter den goldenen Sternen her bei Nacht.

Der Schmerz war verschwunden, und das Leben war gut und schön, gesund, ein richtiges Leben. Kein Sitzen mehr in der Schule mit verkrampften Armen und Beinen. Kein weinerliches Hersagen von Wörtern und Zahlen, kein Lesen mehr, das ihm weder Hoffnung gab noch Neues vermittelte; keine Landkarten mehr, die die lebendige Welt in bunte Flecke zerfetzten; kein Verlangen mehr, daß der Tag seinen langsamen Gang beschleunigte, kein ermüdendes Geschwätz mehr über den lieben Gott und den jungen David, der den Riesen erschlug. Nur noch der blaue Himmel mit den weißen Wolken bei Tag und der dunkle Himmel mit den silbernen Sternen bei Nacht; keine Gedanken als nur seine eigenen – und die Warnung Gottes vor der Freude in weiter, weiter Ferne.

Auf einer Fensterbank sitzend, beobachtete er die Frauen, wie sie die Haustreppen schrubbten oder wie eine andere, die mehr Geld hatte, die Treppe leuchtend rot oder hellblau anstrich, wie sie, in alten Blusen und Röcken, die Fenster mit alten Lappen putzten und sich manchmal über die Straße hinweg unterhielten, ohne dabei ihre Arbeit zu unterbrechen oder einander anzublicken.

Gern schaute er nach den Bäckerwagen aus, die durch die Straße fuhren, Johnston und Mooney, und O'Briens Wagen an dem einen und Bolands Wagen an dem andern Ende, der eine grün und der andere rötlichbraun. Die Wagen waren groß und sahen aus wie eine Kiste. Sie enthielten doppelte Reihen aus flachen Brettern, auf denen nebeneinander die noch dampfenden Brotlaibe lagen, die einen zu zwei Pence, die andern zu zweieinviertel Pence. Darunter eine geräumige Schublade von der Länge des Wagens mit weißem, braunem und knusprigem Gebäck, dessen Oberseite an eine Königskrone erinnerte. Gern sah er auch den Milchwagen zu, die durch die Straße klapperten, gefüllt mit blanken Kannen, deren Zapfhähne aus blankem Messing aus den Seitenwänden herausschauten. Oft schon hatte Johnnys Mutter gesagt, wenn das Innere der Wagen dem Äußeren entspräche, dann könnte man getrost die Milch trinken. Aus den großen Kannen füllte der Milchmann eine kleinere Kanne mit großer Tülle. An der Kanne klapperten Halb- und Viertellitermaße, aus denen die an den Haustüren wartenden Frauen sich die Milch in Krüge und Töpfe füllen ließen, damit sie mit ihr den bitteren Tee milderten, den sie für sich, ihre Männer und Kinder zubereiteten. Wenn es Johnny gut ging, dann half er dem Milchmann, schleppte die Kanne mit der langen Tülle hierhin und dorthin und goß in die ihm hingehaltenen Töpfe und Krüge einen halben oder einen viertel Liter Milch. Die Frauen murrten und meinten, Mr. Divene gäbe ihnen immer etwas über das Maß hinaus. Aber Johnny erwiderte, er müßte mit fremdem Eigentum sorgsam umgehen. Und wenn die Arbeit getan war und der Milchmann wieder auf dem Bock saß, dann kletterte Johnny neben ihn. Stehend nahm er die Zügel in die Hand, trieb das Pony mit lustigem Zuruf an, versuchte auf dem schwankenden Wagen das Gleichgewicht zu bewahren, und fuhr mit bis zur Molkerei.

Manchmal lauschte er zusammen mit anderen Kindern regungslos dem Spiel einer deutschen Straßenkapelle, Ausländern, die den Armen ihre paar Pfennige abluchsten, wie Archie behauptete. Sie trugen blaue Uniformen mit roten oder grünen Schnüren und bliesen, so gut sie konnten, auf ihren Trompeten aus Messing, während der dicke Trommler: eins-zwei, eins-zwei, eins-zwei zu einem Lied den Takt schlug, das von einem deutschen Soldaten berichtete, der mit seinem Regiment in den Krieg zog:

»Zum Dorf hinaus zieht die Kompanie,
Die Fahne lustig weht;
Die Kinderschar, die begleitet sie
Und jauchzt, daß zum Krieg es geht.
Noch einmal schaut der Grenadier

Nach seinem Lieb zurück,
Und tausend Grüße schickt er ihr,
Was sagt sein letzter Blick:
O Mädchen, bleibe mein,
Dies Herz, es ist nur dein!
Ist der Friede da, dann bleib' ich ja
In Stolzenfels am Rhein!
O Mädchen, bleibe mein,
Dies Herz, es ist nur dein!
Ist der Friede da, dann bleib' ich ja
In Stolzenfels am Rhein!«

An besonderen Abenden lief Johnny an die Hintertür des Krämerladens. Hier wartete er, bis sich ihm Gelegenheit bot, sich den Kisten zu nähern, die aufgetürmt an der Hauswand standen. Aus den Kisten zog er geschickt das bunte Papier, in das ihr Inhalt gepackt worden war, die blauen, schwarzen, roten, gelben, grünen Fetzen, machte daraus rote Aufschläge für seine Ärmel oder gelbe Epauletten für seine Schultern, eine grüne Schärpe für seine Brust, einen blauen Gürtel um die Taille; und viele bunte Streifen, die lustig von seiner Mütze wehten. Mit einem selbstgemachten Holzsäbel bewaffnet, verwandelte er sich in einen Krieger, einen Eroberer, einen Führer vieler anderer, zog furchtlos in die Schlacht, bereit, den Feind anzugreifen, der sich ihm näherte, während er stolz einherschritt, geschmückt mit dem bunten Orden, den Ihre Majestät, die Königin Victoria, ihm verliehen hatte. Wenn sich die Gelegenheit bot, dann teilte er seine Schätze mit einer Gruppe katholischer Jungen, die gerade aus der Schule kamen, schmückte sie mit wenigen bunten Streifen, verwandelte sie in Soldaten und Sergeanten und schuf dazu einen Fahnenträger, der die bunte Papierfahne trug, und einen Trommler, dem an der Hüfte ein alter Topf hing, der mit gelben und blauen Streifen umwickelt war. Dann zogen sie mutig los und sangen:

»Wir sind alle zum Kampfe bereit,
Fürchten weder Schlacht noch Streit,
Wir sind Parnells mutige Mannen
Und halten fest und treu zusammen.«

Johnny mochte dieses Lied nicht, er fürchtete, es hätte irgendwie mit den Feniern zu tun. Seine Mutter hatte ihm allerdings erzählt, sein Vater hätte Parnell immer für einen großen Protestanten, einen großen Iren und einen großen Mann gehalten. Es war schon gut, daß jemand dafür sorgte, daß die Engländer das irische Volk nicht kaputt machten. Und wenn die Schlachten gewonnen und alle Länder erobert worden waren, wenn das Heer wieder in der Heimat und der Kriegsschmuck abgelegt, eingesammelt und sorgfältig fortgelegt war, bis das Heer seiner wieder bedurfte, dann war es herrlich, in der sonnigen Straße zu stehen und zu beraten, was am nächsten Tag geschehen sollte.

»Wir wollen ›Ente auf dem Haufen‹ spielen«, sagte Touhy. »Ich bin zuerst dran.«

»Ist so langweilig«, erwiderte Kelly. »Lieber ›Fuchs im Bau‹. Ist viel schöner.«

»›Ball in der Mütze‹«, schlug O'Halloran vor. »Das schönste von allen«, fügte er hinzu. »Und ich bin zuerst dran.«

»Mach' ich nicht mit«, entgegnete Touhy.

»Und ich mach' nicht mit, wenn ihr ›Ente auf dem Haufen‹ spielt«, knurrte Kelly.

»Casside soll bestimmen, was wir spielen«, sagte O'Halloran. »Was er wählt, wird gespielt. Hand aufs Herz, daß jeder mitmacht.«

Den katholischen Jungen lief es kalt über den Rücken bei dem Gedanken, daß sie mit einem protestantischen Jungen spielten. Mit allem, was die Kirche ihnen versprach, hatte er nichts zu tun. Sie sahen voller Staunen, wie sich Furcht und Verwunderung in sein Gesicht schlichen, wenn sie das Zeichen des Kreuzes schlugen oder »Gegrüßt seist du, Maria« murmelten, wenn der Angelus ertönte. Wenn Johnny die Jungen auch gern mochte, hielt er sie doch für seltsam und hatte Mitleid mit ihnen, denn es steht geschrieben, daß Götzendiener nicht in den Himmel kommen. Und seine Kameraden beteten Bilder an und sprachen Gebete für die Toten, was auch gegen das Wort der Heiligen Schrift ist, die sagt, daß Gott nicht der Gott der Toten, sondern der Lebendigen ist, daß die Toten selig sind, die im Herrn sterben, und das bedeutet, daß jeder Gute, der stirbt, in den Himmel kommt. Wer aber böse ist und stirbt, kommt nicht in den Himmel. Und so kann dem Toten kein Gebet helfen. Und sie hatten auch große

Angst vor der protestantischen Bibel, dem reinen Wort Gottes, das sogar Kinder verstehen. Man mußte nur glauben und Gott immer wieder bitten, einem die Augen zu öffnen, damit man die Wahrheit sähe, hörte und verstände, wie sie sich in Jesus Christus offenbart. Sie hielten es auch für eine große Sünde, die Messe an Sonn- und Feiertagen nicht zu besuchen. Und dann hatten sie die seltsame Gewohnheit, sich mit geweihtem Wasser zu besprengen, um so den Teufel von sich fernzuhalten. Trotzdem aber lachten sie genau wie Johnny und spielten genauso wie er und verteilten, was man für einen Penny kaufen konnte, wenn einer von ihnen mal einen Penny hatte. So lebte er zusammen mit seinen katholischen Gespielen, sang und schrie und spielte und war frohen Herzens. Und kein Auge sah ihn, nur das Auge Gottes, das sich niemals schließt und jetzt fern hinter dem blauen Himmel war, und noch ferner nachts, hinter dem Glanz der silbernen Sterne verborgen.

»Wir wollen zuerst ›Ball in der Mütze‹ spielen«, sagte Johnny, »und dann ›Ente auf dem Haufen‹, und bei beiden Spielen komme ich zuletzt dran.«

Alle legten ihre Mützen in einer Reihe an die Wand eines Hauses. Touhy kam als erster und Johnny als letzter dran. Jeder versuchte einen Ball in eine der Mützen zu rollen, wobei er sich bemühte, seine eigene Mütze zu meiden. Rollte der Ball in eine der Mützen, dann lief der Besitzer zu ihr hin, während die andern davonstoben. Er nahm den Ball und versuchte einen der andern Jungen damit zu treffen. Traf er nicht, wurde ein Kieselstein in seine Mütze gelegt, traf er ihn aber, dann wurde ein Kieselstein in die Mütze des Jungen gelegt, den der Ball getroffen hatte. Das Spiel dauerte so lange, bis einer der Jungen sechs oder mehr Kieselsteine (die Zahl wurde zu Anfang des Spiels ausgemacht) in seiner Mütze hatte. Dann mußte sich der Junge, dessen Mütze die sechs Kieselsteine enthielt, an die Wand stellen, den Arm ausstrecken und die Hand mit dem Rücken fest gegen die Hauswand pressen. Jeder Mitspieler warf mit einem ziemlich harten Ball sechsmal nach der ausgestreckten Hand. Dabei zielte er möglichst genau und freute sich, wenn er die Hand traf und sah, wie das Gesicht des Getroffenen sich vor Schmerz verzerrte. Jeder Junge mußte die gleiche Qual durchmachen, wobei sich die Zahl der Würfe nach der Zahl der Kiesel in seiner Mütze richtete. Johnny liebte dieses Spiel.

Seine Hände waren klein und hart, und der Ball traf seine kleine Hand viel weniger schmerzhaft als die weichen und größeren Hände seiner Gespielen. So ging das Spiel weiter, bis sie es leid waren. Manche versuchten, die Tränen wegzublinzeln, die ihnen die schmerzenden, roten Hände in die Augen trieben.

Dann spielten sie ›Ente auf dem Haufen‹, wobei eine Murmel auf einen kleinen Erdhaufen gelegt wurde und eine kauernde Ente vorstellen sollte. Um die Murmel wurde ein Kreidekreis gezogen. Der Junge, dem die Murmel auf dem Haufen gehörte, stand mit einem Fuß innerhalb des Kreises und beobachtete die andern Jungen, die vom Bordstein aus die Ente von dem Erdhaufen herunterzuschießen versuchten. Wer die Ente nicht traf, mußte sich seine Murmel wieder holen, ohne dabei von dem Jungen abgeschlagen zu werden, der die Ente auf dem Erdhaufen spielte. Wurde er von der Ente, die mit dem einen Fuß in dem Kreidekreis stand, abgeschlagen, nachdem er seine Murmel aufgehoben oder nur angerührt hatte, dann wurde der Abgeschlagene die Ente, während die bisherige Ente sich den anderen zugesellte, die die Ente von dem Haufen herunterzuschießen versuchten. Wenn die geworfenen Murmeln so dicht an die Ente rollten, daß die ausgestreckte Hand des Jungen, der den Erdhaufen hütete, jeden, der seine Murmel aufheben wollte, leicht abschlagen konnte, dann mußten alle Murmelbesitzer stille stehen und warten, bis ein besonders guter Schütze die Ente von dem Erdhaufen herunterschoß, denn sobald die Ente nicht mehr auf dem Haufen kauerte, verlor der Abschlag seinen Zauber, und die Jungen konnten ihre Murmel aufheben und ohne Gefahr weglaufen, bis der Entenbesitzer sie wieder auf den Erdhaufen gelegt hatte. Johnny schoß seine Murmel nach der Ente auf dem Erdhaufen, oder er war auf der Hut, mit dem einen Fuß im Kreidekreis, bereit, jeden abzuschlagen, der in seine Nähe kam, um sich seine Murmel in der Nähe des Erdhaufens wieder zu holen. Und er schrie und lachte, der Hunger war vergessen, die Zeit eilte nicht weiter, und er war voller Freude.

Oft am Abend, wenn die Sterne am Himmel noch fahl waren, sahen die Knaben den Mädchen zu, die am andern Ende der Straße Seil sprangen, fünfzehn bis zwanzig, die anmutig über ein sich regelmäßig drehendes Seil hüpften. Langsam näherten sich die Jungen den springenden Mädchen, die manchmal verächtlich nach den Jungen schauten, dabei aber heimlich wünschten, sie möchten näher kommen. Mit einem herausfordernden Schrei, in dem aber etwas wie Scham klang, sprang einer der Jungen, der kühner war als die andern, fröhlich herbei. Die andern folgten ihm, und frohe Mädchen- und Knabengesichter leuchteten aus dem Staub, den die springenden, tanzenden Füße aufwirbelten.

Des Springens müde, schlug dann jemand einen Reigen vor; und Knaben und Mädchen reichten einander ohne Scheu die Hände und bildeten einen großen Kreis. Ein Mädchen trat, die Hände vor dem Gesicht, als weinte sie, in die Mitte des Kreises. Ältere Leute, die Männer rauchend, die Frauen strickend oder schwatzend, standen an den Türen, beobachteten den Kreis, der sich drehte und sang:

»Ach, unsre gute Jennie weint, Jennie weint, Jennie weint,
Wo doch die Sonn' so herrlich scheint
Am schönen Sommertag.
Ach Jennie, warum weinest du, weinest du, weinest du,
Ach Jennie, warum weinest du
Am schönen Sommertag?« –

»Mein Liebster mich nicht leiden mag, leiden mag,
leiden mag,
Drum wein' ich heut am Sommertag,
Am schönen Sommertag«,

antwortete das Mädchen in der Mitte des Kreises.

Oder der Kreis stand still mit hochgehobenen Armen, während einer der Mitspieler unter den erhobenen Armen in den Kreis lief und ihn wieder verließ und die Jungen und Mädchen in schnellerem Tempo sangen:

»Rein durchs Fenster, raus durchs Fenster,
Wie du schon so oft getan.
Komm zum Liebsten, komm zum Liebsten,
Wie du schon so oft getan.«

Scheu, grauäugig stand Jennie Clitheroe, den Lockenkopf leicht geneigt, vor Johnny. Hätte sie ihn doch nicht gewählt, dachte er.

Denn viele in dem Kreis wußten, daß er hinter ihr her war, und viele hatten bemerkt, daß er in der Sonntagsschule oft dahin blickte, wo sie saß. Johnny wurde puterrot, als er das Kichern im Kreis vernahm.

»Jag ihn durch Dublin, jag ihn durch Dublin,
Wie du schon so oft getan.«

Johnny jagte um den Kreis, jagte unter den erhobenen Armen ein und aus, und Jennie jagte hinter ihm her. Eine Zeitlang war er ihr weit voraus, dann verlangsamte er sein Tempo, damit sie ihn finge, aber im letzten Augenblick wollte er ihr wieder entwischen, so daß sie ihn festhalten mußte. Er tat so, als wehrte er sich, drückte dabei aber den mädchenhaften Körper plötzlich und liebevoll an sich. Aber er ließ sie gleich wieder los, als der Kreis rief: »Johnny, schäme dich!«

Leise und langsam brachten diese Spiele und Lieder den Augenblick näher, in dem das Mädchen sich danach sehnte, von ihm geküßt zu werden, und das Banner seiner Liebe über ihr wehte.

Am schönsten aber war es, wenn die Jungen Schule und Hausaufgaben hinter sich hatten und auf die Straße kamen, um sich irgendwie die Zeit zu vertreiben. Manche von ihnen hatten einen Stock mitgebracht, und bald war eine Art Hockey im Gange. Andere, die keinen Stock hatten, eilten nach Hause, kamen bald mit einem alten Stuhlbein, einem Spazierstock mit gebogenem Griff oder mit einem sich nach oben verjüngenden Kistenbrett wieder. Man bildete zwei Parteien, und dann begann das Spiel. Die eine Partei trieb den Ball die Straße hinauf, die andere jagte ihn die Straße hinab. Und dabei fluchte und schimpfte die Partei, die verlor. Lauter Jubel erklang, wenn ein Tor fiel. Und Johnny, dem das lange Haar in die Stirn hing, hatte die Augenbinde in die Tasche gesteckt. Sein Gesicht glühte, der Schweiß rann ihm über die Backen, er war bald hier, bald dort, schwang Archies Spazierstock, fluchte und schrie genau wie die andern, versetzte dem Ball einen Schlag, wenn er in seine Nähe flog, schlug nach jedem Schienbein, das dem Ball zu nahe kam. Seine Beine bluteten von den erhaltenen Schlägen. Aber er fühlte keinen Schmerz. Er war ganz Kraft. Der Hunger war vergessen, die Zeit war stehengeblieben, und seine Stimme sang laut zusammen mit den andern das Lied der Straße.

DER KLEINE PROTESTANT DENKT AN DIE REFORMATION

Eines schönen Tages, als es seinen Augen besser ging, winkte Johnny zwei Jungen nach, die in seiner Nähe wohnten und jetzt auf dem Weg in die Schule waren. Auf dem Rücken trugen sie ihren kleinen Ranzen mit Büchern und Frühstück.

Als sie um die Ecke verschwunden waren, nahm er ein paar Murmeln und ein Stück Kreide aus der Tasche; mit der Kreide zog er unter dem Fenster einen Kreis. Er legte die Murmeln nebeneinander in den Kreis. Dann ging er bis an den Bordstein und warf mit der rechten Hand eine Murmel nach den drei Murmeln in dem Kreis. Der erste Wurf hatte keinen Erfolg; der zweite warf zwei Murmeln aus dem Kreis, und der dritte Wurf, der besonders gut gezielt war, traf die dritte Murmel.

Es geht mit jedem Tag besser, dachte er.

Plötzlich fiel ein Schatten wie der einer riesenhaften Krähe auf den Raum zwischen ihm und dem Kreidekreis, und Johnny wußte, daß Pastor Hunter neben ihm stand.

Johnny unterließ es, die Murmel in seiner Hand nach den drei anderen zu werfen, die im Kreis lagen. Er stand am Bordstein und wartete darauf, die Stimme zu hören und ›das Wort, das im Anfang war. Und das Wort war bei Gott, und Gott war das Wort.‹

»Ich freue mich«, sagte die Stimme, »daß es deinen Augen besser geht und du dir die Zeit mit Murmelspiel vertreiben kannst. Aber Murmelspiel allein tut es nicht. Auch kleine Jungen haben was anderes zu tun, als nur zu spielen. Hin und wieder mal, ja, hin und wieder mal ein Spielchen. Aber nicht immer. Ein kleiner Soldat Christi muß allerlei lernen. Und du bist doch ein kleiner Soldat Christi?«

»Ja, Herr Pfarrer.«

»Und wie wurdest du Christi kleiner Soldat, Johnny?«

»Durch die Taufe, Herr Pfarrer.«

»Sehr richtig, Johnny. Sehr gut. Daß du das weißt, verdankst du nur der Sonntagsschule. Und es ist doch eine Freude für einen kleinen Jungen, wenn er Fragen, die Erwachsene an ihn richten, beantworten kann.«

»Ja, Herr Pfarrer«, erwiderte Johnny stolz.

Dieser Hunter war eigentlich ein ganz netter Mann.

»Und das ist viel mehr wert«, fuhr der Pfarrer fort, »als alles Murmelspiel. Meinst du nicht auch?«

Johnny war auf der Hut. Das also war es. Der alte Hunter wollte ihn einfangen. Er sollte zugeben, daß er nicht auf dem richtigen Weg war. So eine Gemeinheit.

»Viel wertvoller als alles Murmelspiel, nicht wahr, John?«

»Ich spiele lieber mit Murmeln.«

»Murmelspiel ist Müßiggang, John.« Die Stimme des Pfarrers klang auf einmal hart. »Weißt du nicht, was die Bibel über Müßiggang sagt?«

»Nein, Herr Pfarrer.«

»Sie sagt: Die müßige Seele wird Hunger leiden. Vergiß das nicht: Hunger leiden. Das sagt Gott durch den Mund des weisesten Mannes, der jemals lebte. Eine müßige Seele aber wird Hunger leiden. Und deshalb müssen wir uns vor Müßiggang hüten.« Die Stimme, das Wort und der Mann verschwanden im Haus.

Johnny sammelte seine Murmeln und steckte sie in die Tasche. Dann stellte er sich unter die Fensterbank.

Wie vorsichtig mußte man mit jedem Wort sein, das man sagte. »Hunter, der Dusel, Hunter, der Fusel, Hunter, der Stinker, Hunter, der Zwinker«, murmelte er vor sich hin.

Er blickte in das Fenster und sah, wie seine Mutter, die gerade den Fußboden schrubbte, sich aufrichtete, um Hunter, den Dusel, Hunter, den Fusel, zu begrüßen. Unter dem Fenster stehend, hörte er, was die zwei miteinander sprachen.

Hunter ergriff gleich das Wort: »Ja, Frau Casside, Ihr Junge muß in die Schule. Seinen Augen geht es viel besser, und es ist eine Schande, daß er seine Zeit mit Murmelspielen vertut. Noch ein paar Jahre, und er muß seinen Platz im Leben ausfüllen, und bis dahin sollte er in diesem dunklen, katholischen Land ein echter Protestant sein. Sie wissen, daß uns das Pfaffentum überall und immer wieder Steine in den Weg legt. Und deshalb müssen wir auch alle unser möglichstes tun, um zu erhalten und zu schützen, was uns die Reformation gebracht hat.«

»Quatsch«, murmelte Johnny, »Hunter, der Dusel, Hunter, der Fusel.«

»Ja«, hörte er die Mutter sagen. »Ich werde ihn nächste Woche in die Schule schicken.«

»Nein, nicht erst nächste Woche«, ereiferte sich Hunter. »Heute noch. Heute ist der richtige Augenblick, heute ist der Tag des Heils. Holen Sie den Jungen rein und bringen Sie ihn in die Schule. Ihre Arbeit können Sie hinterher erledigen. Es dauert keine halbe Stunde.«

»Quatsch«, murmelte Johnny wieder. »Hunter, der Dusel, Hunter, der Fusel.«

Johnny wurden Hände und Gesicht gewaschen. Die Mutter band ihm einen frischen Kragen um, und dann machten sich die Mutter und er, dem Pfarrer folgend, auf den Weg zur Schule.

Welch längst Vergangenem, welch längst Versunkenem, welch längst Geschehenem verdankte er es, daß er hinter dem weichbehuteten, steifbekragten Kerl hertrabte, um in das Leben einer protestantischen Schule eingepaßt zu werden? Vielleicht waren Moses und der brennende Dornbusch daran schuld oder die Israeliten, die die Amalekiter zu Brei gehauen hatten, oder die Anhänger Christi, die in Antiochia zum erstenmal Christen genannt wurden, oder vielleicht

Die Protestantische Reformation.

Im sechzehnten Jahrhundert lag das einfache und reine Evangelium, wie es die Apostel überliefert hatten, in den letzten Zügen und konnte jeden Augenblick sterben. Wäre das eingetreten, dann hätten wir den herrlichen Frieden, die Sicherheit und Freiheit verloren, deren sich die Christen heute erfreuen. Der Papst, die Kardinäle, die Bischöfe und die Priester, weit davon entfernt, ein Leben der Güte und Ordnung zu führen, jagten überall umher auf Zeltern, Maultieren und Streitrossen, auf der Suche nach Abenteuern und Vergnügen in frohen und traurigen Zeiten, als hätten nur sie, nur sie allein ein Anrecht auf die Freuden des Lebens. Dominikaner und Karmeliter, Mönche mit roten Kapuzen, Priester mit braunen Kutten, Kardinäle in karminroten Soutanen und Äbte mit Mitren fraßen das Volk von Haus und Hof, und nirgendwo auch nur ein Zeichen, daß der Himmel ein Einsehen hatte, denn überall wurden ohne Bedenken, ohne Rücksicht Steuern und Abgaben gefordert und eingetrieben. Lumpen, Knochen und Gefäße, mit Edelsteinen eingefaßt, wurden in Prozessionen einhergetragen und von der dummen Masse des Volkes verehrt. Das heilige Kollegium der Kardinäle aber schuf einen Heiligen nach dem andern, und bald waren ihrer so viele, daß, wollte einer zu jedem von ihnen sagen: »Bitte für mich«, er zehn Stunden täglich dazu gebraucht hätte, ohne für Frühstück, Mittagessen oder Tee auch nur einen Augenblick Zeit übrig zu haben. Aber selbst dann hätte er nach einer unantastbaren geistlichen Autorität dreihundertfünfundsechzigtausend Jahre gebraucht, das Ende der Litanei zu erreichen, so daß Gott selbst nur wenig Aussicht hatte, zu erkennen, wie über Ihn gesprochen und wie Er von Seinem Volk gepriesen wurde.

Besonders gut Eingeweihte, die dem innern, höchsten Kreis nahestanden, berichteten, daß ein weibstoller Mönch nur zurückzuhalten war, wenn man ihn in einen Steinsarg sperrte, den er lediglich unter Bewachung von hundert Hellebardenträgern verlassen durfte, um bei der ersten, zweiten und dritten Tageswache etwas zu essen. Aber da dieses Behüten der Damen auf die Dauer zu teuer und zu lästig wurde, taten die Mönche doch, was sie wollten, und in der ganzen weiten Welt gab es kein Mädchen, das nicht genau Bescheid gewußt hätte, selbst wenn es die Augen schloß und ihre Gedanken anderswo waren. Und wenn einer darüber den Mund auftat, so traf ihn der Bannstrahl, daß er kopfüber in die Hölle stürzte, ohne Hoffnung, jemals ihren Grund zu erreichen. Und während des Sturzes wurden mit jedem Fuß, den er fiel, die Qualen schlimmer, und die Fähigkeit, sie zu fühlen, wurde mit jeder Sekunde und jedem Zoll, den er stürzte, größer, und immer wurde die in den Abgrund stürzende Seele von dem Gedanken gepeinigt, daß sich inzwischen irgendein Mönch einer Freude hingab, die eigentlich ihm gehörte.

So mühten sich die armen Menschen ab, sich eine Veränderung auszumalen, die ihnen etwas weniger von der nächsten und etwas mehr von dieser Welt brächte, und sie schrien heimlich zu Gott, und ihre Gebete müssen wohl erhört worden sein, denn um diese Zeit lebte ein Augustinermönch im Kloster zu Wittenberg, und der blätterte in dem Buch der Bücher, der Bibel, das mit einer dicken Kette an einen schweren Tisch gefesselt war, damit das Buch der Bücher nicht von denen gestohlen wurde, die weder lesen noch schreiben konnten. Und dieser Mönch mit Namen Luther las und las beim Licht der Sonne und des Mondes, der Sterne und der Kerzen, bis er fast blind war, und er staunte sehr über das, was er las, denn es war ganz anders als alles, was er bisher selbst gelesen oder ein anderer ihm vorgelesen hatte. Und wenn beim Lesen sein Staunen zu groß wurde, betete er und dachte an alles, was über den Himmel und die Hölle, die Erde und was unter ihr ist, das Meer und was in ihm ist geschrieben und gesagt worden war, bis er endlich wußte, wo er stand, und daß es überall Widersprüche gab, die keiner Nachprüfung standhielten und die nichts anderes bezweckten, als unschuldige, einfache und dumme Menschen zu täuschen und zu verderben, die nur darauf bedacht waren, Gott im Geist und in der Wahrheit nach bestem Vermögen zu dienen, solange sie mit etwas weniger Mühe Brot vom Himmel erhielten.

Luther schlug sich schwer und hart an die Brust und sagte dabei: »Habe ich recht oder unrecht?« Und eine Stimme, die so leise war, daß Luther sie kaum hörte, antwortete aus der Finsternis. Dann aber klang eine andere Stimme aus dem Licht, so laut und durchdringend, daß ihm fast das Trommelfell platzte, und beide Stimmen vereinten sich, obwohl sie zu verschiedenen Zeiten sprachen. »Mache dich auf, Mann, und lehre die Wahrheit des Evangeliums, denn aus der Lehre und der Wahrheit werden Scharen kämpfender Männer kommen, sie werden die Trommeln rühren und die Trompeten blasen, Gewehre und Kanonen werden sie haben und große Kriegsschiffe, so daß rote und gelbe und schwarze Menschen im Laufe der Zeit den weißen Menschen gehorsame und gottesfürchtige Diener werden.«

Und Luther erhob sich wie ein erfrischter Riese, und nach gründlicher Erforschung seines Herzens und Geistes und seiner Seele wußte er, daß die Kirche Ammenmärchen erzählte, was gegen die Worte der Heiligen Schrift war, denn auf diese Weise verlor die große Menge der Seelen, die krumm und gebeugt über die Straße nach Mandalay schlurften, wo die Himmelstore liegen, viel kostbare Zeit.

So sagte denn Luther den einfachen Leuten, daß sie sich nicht länger um Regeln und Vorschriften kümmern, sondern selbst urteilen sollten, was wahr wäre und was nicht, was anständig, gerecht und richtig wäre und was nicht, was lieb und gut wäre, und daß sie selbst entscheiden sollten, was sie glauben, sagen oder tun wollten, und dabei sollten sie nur die Bibel und nichts als die Bibel als die große Quelle der Erkenntnis dessen, was war, was ist und sein wird, benutzen.

Aber dagegen wehrten sich die Päpste und Priester, und sie stritten mit Luther, bekämpften und verfolgten ihn und versuchten ihn auf jede Weise zu betrügen und zu kreuzigen. Aber der Mann Luther war mannhaft und treu und höhnte sie mit manchem Wort und lachte ihnen in das verzerrte Gesicht und sagte zu ihnen, sie müßten schon früher aufstehen, wenn sie mit ihm fertig werden wollten. Und so verkündete Luther weiter die Wahrheit, wie der Herrgott sie ihm eingab, und die Fürsten und viele reiche Kaufherren, die nur für die Wahrheit lebten, wie sie in Jesus Christus ist und in Luther war, und die es verachteten, ihrem Nächsten innerhalb oder außerhalb des Geschäftes Übles zu tun, sammelten, scharten, drängten sich um den gewaltigen Reformator, machten ihm Mut und sagten ihm, der Herr wäre eine immer gegenwärtige Hilfe in Zeiten der Not, und Luther glaubte ihnen, spuckte sich in die Hände und sagte: »Laß sie nur kommen!« Und von der Stunde an war er stark und mächtig im Eingang und Ausgang und in allem, was er sagte.

Dann beschloß Luther, die Dinge voranzutreiben, und er machte sich an die Arbeit mit Hammer und Zange und räumte auf mit dem Ablaßhandel, dem vergoldeten Aberglauben, der jeden jedes tun ließ, vom Betrug bis zum Mord, solange er dem Priester nur einen gehörigen Batzen Geld in die Hosentasche steckte. Und die großen und kleinen Fürsten, die Markgrafen und die Pfenniggrafen, die Landgrafen und die Landgreifer und die Kaufleute in Gold und Silber und Seide und die in Ebenholz und Elfenbein und in Kaffee und Tee zogen die Schwerter, jubelten Luther zu und riefen: »Los, Martin, im Namen Gottes, hau sie, daß die Fetzen fliegen, und zeige denen mal, daß wir wissen, daß der Herr unser Gott gut und barmherzig ist und hoch über allen Völkern steht, und beweise ihnen, daß reine und einfältige Seelen nur in die Bibel zu schauen brauchen, um alles zu wissen und mit denen fertig zu werden, die sind und waren und sein werden, und dein Name wird ein Banner sein und ein Ruf und Schutz für Generationen vom Pfaffentum gereinigter Protestanten, solange die Sonne sich bewegt und die Erde still steht.«

Und Luther wurde ganz aufgeregt und zeigte durch meilenlange Beweise, daß die geheimnisvollsten Worte, die sogar die Erzengel verwirrten, leicht von Kindern und Säuglingen verstanden würden, sofern sie nur wirklich wissen wollten, was Wahrheit ist und was nicht, wie es geschrieben steht bei den Aposteln und den Propheten.

Aber der Teufel, der für sein Bestehen fürchtete, erregte die Herzen des Papstes, der Kardinäle, der Äbte und Äbtissinnen zu wilder Wut, so daß sie einen blutigen Krieg gegen alle entfesselten, die entschlossen waren, die Gebote Gottes einfach und sauber zu erfüllen. Viele wilde Schlachten wurden zwischen den Anhängern Gottes auf der einen und denen Satans auf der andern Seite geschlagen, so daß auf beiden Seiten Tausende ihr Leben ließen in dem Bemühen, die christliche Kirche vor dem Untergang zu bewahren.

Aber Luther, in Frieden mit Gott und sich selbst, säuberte und reinigte, sicherte und heilte den kranken christlichen Glauben, so daß die erschreckten, rotbehuteten Kardinäle, wenn sie aus dem Fenster schauten, glückliche Menschen auf der Straße sahen, denen der Himmel offenstand. Da bekamen die Kardinäle Angst. Als sie erkannten, daß der wahre Glaube Tag und Nacht ungehindert und ungehemmt um sich griff, und hörten, daß die Menschen von Herzen kommende Lieder an Gott sangen, verbargen sie sich hinter den Vorhängen und wußten nicht, was sie tun sollten. Und die Wahrheit, die ganze Wahrheit, nichts als die Wahrheit, so wahr mir Gott helfe, sauste dahin wie der Blitz und erreichte mit Donnergepolter, Donnergetöse und Donnergerumpel die, denen nichts anderes übrigblieb als zuzuschauen, wie die Leute mit Kind und Kegel zu Millionen sich drängten, die Bibel zu lesen. Und während die Eltern im Buch der Bücher lasen, schaukelten sich die Kinder auf den Ketten, mit denen die Bibeln an den Tischen festgemacht waren, und das Leben der Menschen bibelbubbelte über von Schönheit und Seligkeit, denn ihre Herzen waren voll Frieden.

Und dann ereignete es sich, daß die Wut derer, die die Wahrheit nicht besaßen, gegen die entbrannte, die sie besaßen, und ein großer Streit erhob sich um das Wort, woher es käme, wo es bliebe und wohin es ginge, so daß alle übereinander herfielen in einem wilden Kampf, der heute noch andauert. Und wer von denen gefangengenommen wurde, die die Wahrheit nicht hatten, dem wurde die rechte Hand abgeschlagen, die Nase wurde ihm von unten nach oben geschlitzt, und sie wurden mit dem Kopf nach oben am Pfahl verbrannt. Aber die, welche der Wahrheit teilhaftig waren, hatten Mitleid mit ihren Gefangenen. Sie schlugen ihnen nur die linke Hand ab, schlitzten ihnen die Nase von oben nach unten und verbrannten sie am Pfahle mit dem Kopf nach unten, damit sie schneller stürben.

So verbreitete sich die Reformation in ganz England und nur teilweise in Irland, brachte mit sich die Bibel, heiße Liebe zur Wahrheit, Liebe und Frieden, Rechtschaffenheit und Freude, Ehrlichkeit auf allen Wegen, ob sie gerade oder krumm waren. Und England wurde immer stärker und mächtiger, hatte das beste Heer, die größte Flotte, den höchsten Staatshaushalt und die weisesten Staatsmänner in der Welt; und es machte sich auf und eroberte alle Völker und Rassen, zähmte die Wilden mit viel Liebe und Takt, so daß die Roten und die Schwarzen und die Gelben ihm aus der Hand fraßen, und das alles geschah, damit erfüllet würde, was die Propheten über jene Wunderbaren gesagt hatten, die niemals ihre Liebe und ihren Glauben an das Buch der Bücher, die Bibel, aufgaben.

Ein paar Wellen der Wahrheit, wie sie in Luther war, spülten über Irland, und so wurde im Laufe der Zeit der Pfarrer Hunter in protestantische Verhältnisse geboren, die ihn zum Himmelspiloten machten, und Johnny wurde als Protestant in Verhältnisse geboren, denen er es verdankte, daß er hinter diesem weichbehuteten, steifbekragten, eierköpfigen alten Himmelsdiener hertrotten mußte, um sich dem Schwarm kleiner Jungen einreihen zu lassen, die in der von Kirche und Staat verabreichten Arme-Leute-Erziehung herumgestoßen wurden.

Hunter, Johnny und seine Mutter hatten das Schultor erreicht.

»Nun geh schön rein«, sagte Hunter, »und wenn du dir Mühe gibst, ein ordentlicher Junge zu werden, dann hast du auch Erfolg, und der Herr wird dich segnen.«

Damit trottete der Seelenfänger davon, und Johnny und seine Mutter gingen auf den dunklen Torweg zu, der in die innere Düsternis der Schule führte.

DIE TRAUMSCHULE

In der dunklen Vorhalle versuchte Johnny, sich aus dem harten Griff der mütterlichen Hand zu befreien, und jammerte: »Der Doktor hat gesagt, ich sollte tüchtig essen und viel in der frischen Luft sein.«

»Ob du hier bist oder zu Hause«, entgegnete die Mutter, »ist ganz gleich. Zu Hause strengst du die Augen auch an, wenn du die Bilder in den Büchern beschaust, die dein armer Vater hinterlassen hat. Und außerdem würde dein Vater im Himmel sehr betrübt sein, wenn Sein Junge als Dummkopf aufwüchse.«

Sie öffnete die schwere Tür, die der eines Gefängnisses glich, und zog Johnny, dessen Angst nicht geschwunden war, hinter sich her. Sie gingen an den Tisch, an dem der Rektor die Arbeiten der älteren Schüler nachsah. Er war etwa sechzig Jahre alt, hatte flinke, farblose Augen, denen nichts entging. Ein Kranz aus buschigem, grauem Haar umgab den kahlen Kopf, während ein Backenbart sein Gesicht zierte. Sein Gesicht verdankte, wie Johnny später erfuhr, seine bleiche Farbe zu eifrigem Whiskygenuß. Er stammte aus Connemara und hieß Slogan. Schnell und verstohlen sah er Johnny und seine Mutter an.

»Sieh da«, sagte er, »herzlich willkommen. Der Herr Pfarrer hat mir schon von dir erzählt.« Dabei streichelte er Johnny mit der dünnen, schmalen, knochigen, dickgeäderten Hand über den Kopf. »Brauchst keine Angst zu haben, mein Junge«, fuhr er fort. Er zog Johnny näher an sich heran und sah ihm mit seinen fahlen Augen in das ängstliche Gesicht. Dann nahm er einen schlangenähnlichen Stock vom Tisch und hielt ihn vor Johnnys gutes Auge.

»Besieh ihn dir«, sagte er, »so furchtbar ist er nicht.«

»Johnny ist ein zartes Kind«, murmelte die Mutter, »und er muß seiner Augen wegen besonders nachsichtig behandelt werden.«

»Wir bestrafen unsere Schüler nur, wenn sie es verdient haben«, sagte der Rektor mit dünnlippigem Lächeln.

Er stand auf und ging mit der Mutter auf eine Tür zu. »Gehen Sie nun nach Hause, meine liebe Frau, und danken Sie dem lieben Gott, daß Ihr Junge an dem teilnehmen kann, was zu seinem Besten ist.«

Der Lehrer führte Johnny in eine Klasse, die im Chor rechnete, und setzte ihn auf eine Bank zwischen zwei Jungen, ermahnte ihn, recht artig zu sein, den Lehrer anzusehen und mit den andern zusammen zu wiederholen, was der Lehrer vorsagte.

»Vier und eins ist fünf, vier und zwei ist sechs, vier und drei ist sieben, vier und vier ist acht«, singsangte der Chor, während Johnny verträumt die grünen, braunen, gelben und roten Länder auf einer Weltkarte betrachtete, auf der die britischen Besitzungen in hellem Rot strahlten. Sie waren von dem hellblauen Wasser der Welt umgeben, und alle Kinder der ganzen Welt murmelten: »Vier und acht ist zwölf, vier und neun ist dreizehn« – weiter ging es über eine breite weiße Straße, die so weiß war, als wäre sie mit Schnee bedeckt, und eingefaßt war die Straße mit tassengroßen Narzissen, die ihm zunickten, während er über die schneeweiße Straße wanderte, und ihre Kelche öffneten, damit die großen schwarzen Bienen mit den roten und die großen roten Bienen mit den schwarzen Streifen in sie hineinkriechen konnten und auch die purpurfarbenen Schmetterlinge mit den schwarzen, samtartigen Flecken an der Spitze der Vorderflügel und den goldenen, samtartigen Flecken auf den Hinterflügeln und den roten Fühlern, die über die Glocken der gelben Narzissen glitten, und dazu die grünen Schmetterlinge mit zackigen, dunkelblau leuchtenden Figuren auf den Flügeln, die größer waren als eine Menschenhand und deren Spitzen bronzefarbene Ränder hatten, und noch größere Schmetterlinge mit weißen, grüngestirnten Vorder- und grünen, weißgestirnten Hinterflügeln. Und sie alle flogen ein und aus durch das liebliche Schwanken der buschigen, goldenen Narzissen.

Der Himmel darüber war tiefer blau als das Blau auf dem Flügel des blaugetupften Schmetterlings, und durch das Tiefblau des Himmels segelten weiße Wolken so niedrig, daß manche vom goldenen Schein der Narzissen leuchteten. Am Rande der Straße, über die Johnny wanderte, standen viele Bäume, von denen die einen nach Thymian, die anderen nach Zimt rochen. Die einen neigten sich unter dem Gewicht ihrer Blüten, während die andern fast zusammenbrachen unter der Last ihrer Früchte: Pflaumen, die so dick waren wie Äpfel, Kirschen, die größer waren als die dicksten Pflaumen. Zu Hunderten hingen sie an den Zweigen. Und er aß sich satt an ihnen, während er über die weiße Straße wanderte.

Nachdem er eine Biegung der Straße hinter sich gelassen hatte, erreichte er ein großes bronzenes Tor, dessen einer Flügel mit Figuren aus gehämmertem Silber verziert war – Knaben, die goldene Trommeln schlugen – und dessen anderer Flügel Figuren aus gehämmertem Gold zeigte – Knaben, die silberne Trompeten bliesen; und über den Knabengestalten, die die Trompeten bliesen und die Trommeln schlugen, stand das Wort: Schule. Johnny blieb verwundert stehen. Langsam öffneten sich die Torflügel, und die Gestalten aus gehämmertem Silber schlugen auf ihre goldenen Trommeln, und die Gestalten aus gehämmertem Gold bliesen die silbernen Trompeten.

Als das Tor weit geöffnet war, kamen zwei vogelgleiche Knaben herangelaufen. Sie trugen kurze Speere mit scharfen Spitzen in der Hand. Sie verbeugten sich tief vor ihm und sagten: »Heil dem Kinde Gottes und dem Erben des Himmelreiches. Tritt ein, damit Weisheit, die auf dem Thron des Mächtigen sitzet, deinem kleinen Geist den Weg bereite, damit er alle Majestät und alles Geheimnis des Lebens verstehe, das jetzt ist, und auch des Lebens, das sein wird.«

Und die zwei vogelgleichen Knaben, die die Speere in der Hand trugen, führten ihn freundlich durch das offene Tor. Und als sie merkten, daß er zitterte, sagten sie zu ihm: »Sei ruhigen Herzens, kleiner Junge.« Dann hielten sie ihm die Speere vor das Gesicht, und er sah, daß die Speerspitzen aus Schokolade bestanden, die mit allerdünnstem Silberpapier überzogen waren. Und dann gingen sie durch eine liebliche Allee mit Laurestilillium voller großer trompetenähnlicher Blüten; sie schimmerten im Morgenlicht weiß, zu Mittag rotgold und tiefrot, wenn die Sonne unterging. Dann weiter durch eine schmalere Allee mit Crocuaxenillium nach einer kleinen Lichtung mit allergrünstem Gras und den neuesten und frischesten Blüten, wo, auf einer Bank aus Schlüsselblumen, ein graubärtiger alter Mann saß, der Johnny nach Namen und Wohnung fragte und alles mit einer goldenen Feder, deren Spitze ein leuchtender Smaragd war, auf eine große schwarze, mit Edelsteinen eingefaßte Tafel schrieb. Dann wurde Johnny in ein Bad geführt, das in blühendem Weißdorn verborgen lag; sein warmes Wasser duftete herrlich. Als er gebadet hatte, rieb man ihn mit süßriechendem Öl ein, bis sein Fleisch wurde wie das eines kleinen Kindes. Und dann wurde er in Seide gekleidet, so weich wie frischgewachsenes, taufeuchtes Wiesengras. Und dann hieß es, er wäre fertig und könnte sich ergehen oder mit den großen und mit den kleinen Kindern spielen, die sich überall auf den Hügeln, den Wiesen und im Tal tummelten.

Auf jedem der kleinen Hügel stand ein Turm und auf jedem Turm stand ein Wächter, der darauf achten mußte, daß die Kinder, wenn sie müde wurden, sich niederlegten auf eins der Betten aus weichem Moos. Und wenn eins der Kinder hungrig wurde, dann ließ der Wächter ihnen eine Scheibe Rosinenbrot und Marmelade bringen. Jeder Wächter hatte Nadel und Faden bereit, damit er gleich einen zerrissenen Saum flicken oder einen beim Spiel abgerissenen Knopf annähen konnte. Die vielen kleinen Pfade waren mit farbigen Ziegeln gepflastert – rot, grün, zitronengelb, ultramarin, orange und schwarz –, und alle hatten eine andere Form. Johnny, der schon bald mit mehreren Kindern Freundschaft geschlossen hatte, merkte, daß nur wenige englisch sprachen, weil Englisch eine schwere Sprache ist. Deshalb sprachen die meisten lateinisch und sagten: »Quo vadis?«, wenn sie kamen, und wenn sie gingen, sagten sie: »Weni, widi, witzi.«* Rechts und links erstreckten sich bis in weite Ferne Orangen- und Zitronenhaine, und die Orangen waren zuckersüß, und die Zitronen schmeckten wie ein ganz wenig bitterer Honig. Birnen-, Apfel-, Pflaumen- und Kirschbäume waren in reicher Menge vorhanden und so gewachsen, daß auch das kleinste der spielenden Kinder, wenn es sich auf die Zehenspitzen erhob, die höchste Frucht erreichen konnte. Buchen, von denen Schaukeln schwangen, standen überall, und in Beeten mit dicken roten Erdbeeren ruhten kleine Kinder auf Moos in Nestern aus Binsen. Die Kinder liefen, sprangen, schaukelten, jagten hintereinander her, und die kleinen Kinder in den Binsennestern sangen, wenn sie nicht schliefen, im Chor: »Wir sind ja heut so glücklich, so glücklich!« Einen Stock in der Hand, gingen Frauen mit frohen Gesichtern umher und hatten ein wachsames Auge auf die Kinder. Wie seine Führer Johnny in lateinischer Sprache erzählten, bestand die Aufgabe der Frauen darin, jedes Kind zu schlagen, das sich auch nur eine Sekunde lang nicht an dem freute, was der Platz ihm bot, denn kein Kind sollte vergessen, daß es ein Stück Christi war, ein Kind Gottes und Erbe des Himmelreichs.

In einem wahren Wald aus Blumen waren ganze Reihen niedriger, kleiner Klosetts verborgen, und zwischen ihnen stolzierten Hunderte von glucksenden, prächtig farbigen Pfauen umher, und über den Klosetts hingen die Zweige duftender Büsche, und in dem duftenden Gebüsch waren viele, viele kleine Vögel – rote und blaue, purpurfarbene, grüne und gelbe –, die sangen, solange eines der Kinder auf einem der Klosetts saß und sich und der Menschheit im allgemeinen gegenüber seine Pflicht tat.

Immer schien eine freundliche Sonne, und nichts fiel aus dem blauen Himmel als dann und wann ein kleiner Schauer aus Pollen, die sich von den Beinen der vorbeifliegenden Schmetterlinge und Bie-

* »Weni, widi, witzi«: verstümmelt aus (lat.) veni, vidi, vici.

nen lösten. Kaninchen mit schwarzen Körpern und weißen Köpfen und Kaninchen mit weißen Körpern und schwarzen Köpfen kamen am Abend aus dichter roter und weißer Heide, deren Blüten jede so groß wie ein Fingerhut waren, und spielten mit den Kindern, bis der Mond aufging.

Lieblicher Trompetenklang, und alle setzten sich nieder zu einem Mahl aus Früchten und schneeweißem Brot, das in Porzellanöfen in den Hügeln gebacken wurde. Bestrichen war es mit wildem Honig, der jeden Morgen frisch eingesammelt wurde aus den Bienenstöcken in den hohlen Bäumen. Und wenn dann die Nacht wirklich hereinbrach und sie vor lauter Freude müde waren, dann legten sich alle in Betten aus Moschus und Reseda, und orangenfarbig stand der Mond an einem purpurfarbenen Himmel und sah ihnen ins Gesicht, und jedes Fleckchen des Himmels war voll sich fröhlich drängender Sterne. Und Johnny schlief einen gesunden Schlaf.

Plötzlich kroch etwas durch Moschus und Reseda, und er fühlte wilden Schmerz in seiner Hand. Mit einem lauten Schrei fuhr er in die Höhe. Er hörte lautes Lachen um sich erschallen. Er schob die Binde von seinem guten Auge und sah die weißlichen Augen des Lehrers, die auf ihn herabblickten. »Hier wird nicht geschlafen«, sagte er, während Johnny seine brennende Hand in den Mund steckte, damit der Speichel den Schmerz linderte.

»Wird hier geschlafen?« fragte der Lehrer wieder. »Ja oder nein?«

»Nein«, antwortete Johnny.

»Halte die linke Hand her«, fuhr der Lehrer fort, »sie soll den Schmerz in der rechten Hand teilen, und der Schmerz in beiden Händen soll dich für kurze Zeit wachhalten.«

Johnny hielt die Hand hin, und wie der Blitz sauste der Stock herab, traf die Hand, daß der stechende Schmerz ihn am ganzen Körper zittern ließ. Er steckte die linke Hand in die rechte Achselhöhle, preßte den Arm an den Körper, um dem Schmerz Einhalt zu tun. Dann senkte er den Kopf, die Tränen zu verbergen.

»Heult wegen eines kleinen Schlages auf die Hand«, sagte der Lehrer. »Ein Held scheint er nicht zu sein. Was meint ihr?« Die andern Kinder fingen an zu lachen.

»Leg die Hände auf den Rücken«, sagte der Lehrer. »Leg die Hände auf den Rücken und sieh deinen Lehrer an«, brüllte er.

Nach einem schnellen Blick auf die roten Striemen, die seine Handflächen in zwei Teile teilten, legte Johnny die Hände auf den Rücken und sah den Lehrer traurig an. »Dreimal eins ist drei, dreimal zwei ist sechs, dreimal drei ist neun, dreimal vier ist zwölf«, summte die Klasse.

Ein starkknochiger, breitschultriger Junge von etwa vierzehn Jahren mit braunrotem, wirrem Haar und einem zum Lächeln bereiten Bulldoggengesicht, der Georgie Middleton hieß, hatte mit verächtlich herabgezogenen Mundwinkeln beobachtet, was sich abspielte. Wütend stierte er Slogan an. Er war der einzige Junge in der Schule, den Slogan nicht zu schlagen wagte.

Slogan wartete noch ein paar Augenblicke und hörte dem Chor zu. Dann drehte er sich um und setzte den Unterricht in seiner eigenen Klasse fort.

»Eine Gemeinheit, ein halbtotes Kind so zu schlagen«, sagte Middleton laut, als Slogan an ihm vorbeiging.

WIEDER HERRSCHT DER SCHMERZ

Ein heißer, stechender Schmerz, der zunahm, schwand und wieder zunahm, der grausames, quälendes Klopfen im ganzen Kopf wurde, verriet Johnny, daß das alte Geschwür, das fast abgeheilt war, einem neuen Platz machte und daß ihn wieder qualvolle Stunden erwarteten.

Daran ist nur die Schule schuld. Das kommt davon, daß ich zur Schule gehe, dachte er. Als seine Augen besser geworden waren, hatte er der Versuchung, alles zu sehen, nicht widerstehen können. Was der Lehrer an die Tafel schrieb, wollte er sehen. Er schaute auch in die in der Schule gebrauchten Bücher, betrachtete die Bilder, oder er versuchte dem zu folgen, worüber der Lehrer sprach. Und das war nun das Ergebnis: Viele Nächte würde er sich nun wieder im Bett wälzen, und jede Minute der Nacht würde peinigender Schmerz sein.

Verflucht sei jede Schule, die gebaut, und verflucht sei jeder Lehrer, der jemals geboren wurde. Verflucht sei auch ihr Geschwätz über sein Leiden, das ihn verrückt machte. Der alberne, kalberne, fromme Hunter mit seinem: »Der liebe Gott steht hinter jedem Schmerz, und Er hilft jedem tapferen und geduldigen Kind, ihn zu ertragen«; und der schlaue und schleimige Slogan plärrte nach, was Hunter ihm vorsagte: Es wäre nicht gut für Kinder, wenn sie ihre Jugend ganz ohne Schmerz verbrächten, denn sonst würden sie unausstehlich. Und jeder Schmerz und jedes Leid hätten einen bestimmten Sinn, wenn man auch nicht wüßte welchen. – Und der alberne, kalberne Hunter ging noch weiter und sagte: Gott schickte das Leid, um die Menschen auf die Probe zu stellen, und wer das Leid ohne Klage ertrüge, der würde aus ihm hervorgehen wie lauteres Gold, das die Feuerprobe bestand, und würde leuchten im Angesicht aller Engel des Himmels, die selbst keinen Schmerz empfinden können, auch wenn sie es wollten, und die laut lachen würden, wenn sie den albernen, kalbernen Hunter und den schlauen und schleimigen Slogan sähen, die vor Schmerzen auf den Bäuchen kröchen, wenn sie die Qualen aushalten müßten, die mir in die Augen stechen.

Immer wieder rief er die Mutter, während er sich im Bett hin und her wälzte, und wenn die Mutter ihn rufen hörte, kam sie gleich zu ihm.

»Jetzt hab' ich sie wieder, die Schmerzen, Mutter«, sagte er und legte sich dabei auf den Bauch und versuchte den Kopf tief in das harte, klumpige Kissen zu vergraben, das seinen Kopf etwas höher liegen ließ.

»Vielleicht ist es nur Einbildung«, sagte die Mutter milde.

»Einbildung«, schrie er. »Ich bilde mir nichts ein. Da sieht man mal, was du für mich übrig hast«, fügte er hinzu.

»Wir gehen in die Klinik, und die Tropfen machen alles wieder gut.«

Sie tauchte Lappen in kaltes Wasser und legte sie ihm um die Schläfen, wartete, bis sie heiß wurden von den glühenden Schmerzen, nahm sie dann ab, tauchte sie wieder in das kalte Wasser und legte sie ihm wieder auf die Schläfen.

»Versuche zu schlafen, Johnny«, sagte sie gequält. »Ich muß um fünf Uhr wieder aufstehen und Archie das Frühstück fertig machen, bevor er zur Arbeit geht.«

»Der ist natürlich viel wichtiger«, stöhnte er, »viel wichtiger als meine Schmerzen.«

Sie nahm die Kompressen ab, feuchtete sie an, legte sie wieder auf, bis er in wirren Schlaf versank. Sie legte sich neben ihn, duselte ein wenig ein, bereit zu hören, wenn müdes Stöhnen ihr sagte, daß er wieder wach war und der Schmerz ihn von neuem peinigte.

Das Morgenlicht kroch durch die Fenster, fiel ihr in die kaum geschlossenen Augen. Sie wurde wach und lag starr da, sorgenvoll und müde. Sie blickte auf den alten Wecker und sah, daß es kurz vor fünf Uhr war. Steif und müde erhob sie sich von dem Bett, auf dem Johnny lag, machte Feuer, setzte den Kessel auf und wartete, bis das Wasser kochte. Und als der Kessel anfing zu singen, weckte sie Archie, und als es kochte, machte sie Tee, goß sich eine Tasse ein und leerte sie in kleinen Schlücken.

Es sah aus, als sollte ihr letztes Kind blind werden. Seltsam, daß die Ärzte ihr nicht sagten, was es war. Ja, wenn sie ihnen ein paar Goldstücke gegeben hätte, dann wären sie gleich damit herausgerückt. Schnell in die Klinik, schnell die Tropfen ins Auge und dann wieder fort. Ja, so war es, weiter nichts. Und welche Beruhigung wäre es für sie und den Jungen gewesen, wenn sie gewußt hätten, um was es sich handelte. Sie betrachtete das Bild der Königin Victoria mit der kleinen Krone auf dem Kopf und dem weißen Schleier, der ihr über den Nakken und die blassen Schultern fiel. Die Krone hatte so viele Edelsteine, daß sie alle davon hätten leben können und für die Armen noch genug übrig gewesen wäre. Juwelenkrone, Dornenkrone und ihr Junge mit einer Krone aus alten, feuchten Lappen, die ihm den Schmerz aus den Schläfen nehmen sollten.

Der Junge muß gut ernährt werden, Fleischbrühe, Haferbrei, Milch, Butter, Eier; und auch ein paar Blumen, wenn's dazu reicht. Ja, die Ärzte konnten leicht allerlei verschreiben, wenn sie die Medikamente nicht zu bezahlen brauchten.

Sie machte Archies Frühstück. Er stand müde auf, trank schnell seinen Tee, aß ein paar Scheiben Toast und eilte dann nach dem Daily Express, dessen Besitzer ein Herr Maunsel war. Eine gutgehende Zeitung für die reichen Leute und die ganze Geistlichkeit Irlands. Archie arbeitete dort im Verlagsbüro, von sechs Uhr morgens bis sieben Uhr abends für zehn Schilling die Woche. Um acht Uhr machte die Mutter Johnnys Frühstück. Sie schnitt ein paar Scheiben Brot ab, goß etwas heißes Wasser auf den Tee, stellte zwei Tassen und Untertassen, eine Dose mit Zucker und eine Flasche mit einem Viertelliter Milch auf den Tisch, die für die vielen Tassen Tee ausreichen mußte, die die drei im Laufe des Tages tranken. Als sie damit fertig war, sah sie nach der gekrümmten Gestalt im Bett, nach dem hageren, von den Kompressen halbverdeckten Kopf, seufzte und murmelte: »Ja, es hätte noch schlimmer sein können, er hätte blind geboren werden können, und dann hätte es keine Hoffnung mehr gegeben.«

Sie ging an das Bett und weckte behutsam den Jungen, indem sie seine Schultern berührte. Johnny reckte sich und murmelte etwas.

»Klinik. Johnny. Heute morgen müssen wir in die Klinik.« Sie rüttelte ihn etwas fester. »Wenn wir um halb zehn nicht da sind, geht der ganze Tag drauf. Das Wasser für die Augen ist schon fertig. Steh auf. Warten hat keinen Sinn.«

Sie brachte ein mit dampfendem Wasser halbgefülltes Becken an das Bett und half ihm beim Bähen der Augen, bis die Lider geschmeidig waren und er das sogenannte gute Auge öffnen konnte. Sie verband das schlechte Auge. Dann zog er sich an, setzte sich und frühstückte. Die Mutter deckte das Feuer mit Asche zu, spülte das Frühstücksgeschirr und setzte Johnny die Mütze auf. Aus der Schublade nahm sie den Krankenschein. Sie sah nach dem Datum und stellte fest, daß der Schein vor zwei Tagen abgelaufen war, und wußte, daß sie augenblicklich noch nicht mal einen halben Schilling hatte, ihn zu erneuern. Aber vielleicht merkte man das in der Klinik nicht, wenn auch der Portier manchmal nach dem Datum sah, um sich zu vergewissern, daß die Patienten mit den Gebühren nicht in Rückstand waren. Einerlei, sie wollte es wagen.

Sie eilten nach dem Ende der Straße und erreichten eine Tram, die für einen Penny bis in die Nähe der Klinik fuhr. Johnny neigte den Kopf auf die Brust, wenn die Sonne hinter den grauen Wolken hervorkam, die sich am Himmel zusammenballten. Bald saßen sie auf einer blanken Bank in dem Warteraum für ambulante Patienten. Alle fünf bis zehn Minuten schrillte eine Klingel im Sprechzimmer der Ärzte. Ein Patient in der Nähe der Tür stand auf, betrat das Sprechzimmer, während die andern auf der Bank nachrückten, um den Neugekommenen Platz zu machen. Endlich saßen Johnny und seine Mutter in der Nähe der Tür und warteten auf das Klingelzeichen, das sie in das Sprechzimmer rief. Sie löste den Verband von Johnnys Kopf, damit er für die Behandlung fertig wäre, denn die Ärzte hatten es immer sehr eilig. Die Klingel schrillte, sie betraten das Sprechzimmer und befanden sich einem jungen Assistenzarzt gegenüber. Der Arzt ließ sich von der Schwester das Krankenblatt geben. Er las die Eintragungen, dann betrachtete er Johnny und seine Mutter. Johnny knirschte mit den Zähnen, als der Arzt ihm den Kopf hoch hob, um ihm in die Augen zu sehen, denn das Licht, das durch die großen Fenster strömte, stach wie mit Dolchen.

»Hm«, sagte der junge Arzt. »Wieder einer. Das linke Auge ist in den letzten Tagen bedeutend schlimmer geworden, und seit Wochen waren Sie nicht mehr hier.«

»Die Augen sahen ganz gut aus, und ich dachte, ich brauchte nicht mehr zu kommen.«

»Das entscheiden allein wir und nicht Sie. In Zukunft kommt der Junge hierher, bis wir sagen, daß er nicht mehr zu kommen braucht.«

»Er muß in die Schule«, murmelte die Mutter.

»Du lieber Gott, der Junge kann mit diesen Augen nicht in die Schule gehen.«

Der Arzt warf einen Blick auf ihr abgetragenes Kleid. »Bekommt der Junge auch reichlich zu essen?«

»Nicht gerade reichlich.«

»Wenn er nicht so viel zu essen bekommen kann, wie er braucht, dann soll er wenigstens genügend frische Luft haben. Frische Luft und nochmals frische Luft. Vom Morgen bis zum Abend.«

»Er tut in der Schule nichts. Er sitzt nur da und hört zu. Der Pfarrer will, daß er die Schule besucht. Er behauptet, das könnte dem Jungen nichts schaden.«

»Das entscheide ich und nicht der Pfarrer«, entgegnete der Arzt. »Wie heißt Ihr Pfarrer?«

»Pfarrer T. R. S. Hunter.«

Der Arzt schrieb ein paar Sätze auf einen Bogen Krankenhausbriefpapier.

»Geben Sie das Ihrem Pfarrer«, sagte er und las noch einmal, was er geschrieben hatte: An Herrn Pfarrer T. R. S. Hunter. Ich erfahre eben, daß Sie meinen Patienten John Casside zwingen, die Schule zu besuchen. Die Augen des Jungen sind so krank, daß sie keine Schulluft vertragen. Er muß sich möglichst viel in frischer Luft aufhalten, im Park, auf den Straßen, irgendwo. Das ist meine strikte Anweisung, und Sie sollten die Mutter des Knaben nicht veranlassen, gegen diese

Verordnungen zu handeln. R. Joyce, Arzt. »Geben Sie dem Pfarrer den Brief«, sagte er und reichte ihn Johnnys Mutter.

Nur zögernd nahm sie den Brief in Empfang und sagte: »Ich wage nicht, dem Pfarrer den Brief zu geben.«

»Und warum nicht?« fragte er.

»Er würde sich ärgern und vielleicht dem Jungen später Schwierigkeiten machen.«

Der Arzt schwieg ein paar Augenblicke. Dann zerriß er den Brief und warf die Fetzen in den Papierkorb neben dem Schreibtisch.

»Und was tut der Pfarrer für den Jungen, wenn er blind wird? Vielleicht schreibt er ihm eine Empfehlung für eine Blindenanstalt.« Er reichte ihr die Rezepte und sagte: »Das lassen Sie sich in der Apotheke geben, und am Donnerstag kommen Sie auf alle Fälle wieder.« Er drückte auf die Klingel, bereit, sich einem neuen Patienten zu widmen.

Sie holten in der Apotheke die verschiedenen Mittel, verließen die Klinik, erwischten eine Tram und waren dann bald wieder zu Hause. Von der Schule hatte weder die Mutter noch Johnny gesprochen. Aber Johnny freute sich heimlich, daß er für lange Zeit, vielleicht für immer, vielleicht für viele Jahre und für immer von dem qualvollen Stillsitzen und dem Chorsprechen von Worten und Zahlen befreit war.

Fröhlich schluckte er den Löffel Parrishs Malzextrakt, dem kein Essen vorangegangen war, und sagte heiter, der junge Arzt würde sicher mal ein berühmter Mann. Dann legte er sich auf das mit Roßhaar gepolsterte Sofa, um sich noch etwas auszuruhen, bevor er auf die Straße lief. Unterdessen hatte die Mutter ein Kleid aus Sacktuch angezogen und schrubbte den Fußboden des Zimmers. Und während sie das tat, sang sie ein Lied, und Johnny sah, daß ihre großen schwarzen Augen funkelten:

»So lieblich war sie wie die Sommerrose.
Doch mehr als ihre Schönheit
Hat ihr treues Auge mich beglückt!
Drum lieb' ich nur Marie,
Die Rose von Tralee.«

Das war was anderes als der blöde Singsang von Wörtern und Zahlen in der Schule. Und Johnny fiel ein und sang mit ihr:

»So lieblich war sie wie die Sommerrose.
Doch mehr als ihre Schönheit
Hat ihr treues Auge mich beglückt!
Drum lieb' ich nur Marie,
Die Rose von Tralee.«

»Lauter, Mutter, das ganze Haus soll's hören.«

Plötzlich verstummten beide und lauschten. Jemand hatte mit dem Knöchel an die Tür geklopft. Dann hörten sie das Klopfen wieder. Schnell zog die Mutter das Kleid aus Sacktuch aus und warf es unter das Sofa, ging an die Tür und öffnete sie. Allmächtiger Herrgott – es war der Pfarrer.

»Ich habe mich nach Johnny erkundigt«, sagte er, »und von Herrn Slogan erfahren, daß er in den letzten Tagen nicht in der Schule war. Das ist sehr bedauerlich, Frau Casside, sehr bedauerlich.«

»Seine Augen hatten sich verschlimmert«, antwortete die Mutter und zupfte dabei nervös an den Blättern einer Geranie, die in einem Topf in der Nähe des Fensters blühte. »Der Arzt hat streng verboten, ihn in die Schule zu schicken.«

»Jeder Arzt sagt was anderes, und die Patienten sterben«, erwiderte der Pfarrer spöttisch. »Wenn wir täten, was die Ärzte vorschreiben, wäre es übel um uns bestellt. Und was tut der Arzt später für ihn, wenn er selbst für sich sorgen muß und nicht einmal lesen und schreiben kann?«

»Er muß dreimal wöchentlich in die Klinik«, antwortete die Mutter. »Und es dauert jedesmal bis zwölf Uhr.«

»Sobald er die Klinik verlassen hat, kann er in die Schule gehen. Ich werde Herrn Slogan sagen, ihn an diesen Tagen als anwesend einzutragen, vorausgesetzt natürlich, daß er hinterher kommt und Sie ihn nicht zu Hause behalten. Und nun setzen Sie ihm die Mütze auf. Ich bringe ihn zur Schule.«

Johnnys Mutter zögerte. Dann nahm sie die Mütze und setzte sie Johnny auf.

»Später wirst du froh sein, Johnny«, sagte Hunter, »daß dein Pfarrer darauf bestand, daß du die Schule besuchtest. Und nun komm mit. Wenn dir die Augen weh tun, läßt Herr Slogan dich etwas früher nach Hause gehen als die andern.«

»Die Augen tun mir jetzt weh«, knurrte Johnny, »und Mutter weiß genau, was der Arzt gesagt hat.«

»Du darfst nicht mit deiner Mutter streiten«, sagte der Geistliche tadelnd. »Sie weiß besser als du, was gut für dich ist.«

An Hunters Hand verließ Johnny das Haus. Als sie die Schule erreichten, öffnete der Geistliche die Tür und schob Johnny in das Klassenzimmer.

»Sei schön artig«, sagte er. Dann schloß er die Tür hinter sich und ging seines Wegs.

Johnny zögerte und hörte ein paar Augenblicke dem Murmeln der Kinder zu, die im Chor buchstabierten und rechneten. Dann buchstabierte und rechnete er zusammen mit den andern.

EIN KIND GOTTES

Johnnys linkes Auge, das immer das schwächere gewesen war, wurde im Laufe eines Monats bedeutend besser, und er konnte wieder durch die Welt wandern, wenn er auch immer noch die dicke Binde vor dem Auge trug.

»Da er jetzt wieder in die Tagesschule geht, kann er auch die Sonntagsschule besuchen und am Gottesdienst teilnehmen«, sagte Pfarrer Hunter und strich über den langen, schwarzen Bart, der schon Silberfäden zeigte. »Er darf nicht als Heide aufwachsen. Je eher er von dem erfährt, Frau Casside, was den Seelenfrieden des Menschen ausmacht, um so besser. Daß er dem zuhört, was der Lehrer sagt, und daß er die Choräle mitsingt, das allein genügt nicht.«

Er legte seine plumpe Hand auf den Kopf des Jungen und streichelte den Verband.

»Du mußt tun, John, was Gott von dir verlangt«, sagte er, »wenn du willst, daß Er deine kranken Augen heilt und dir hilft, die Schmerzen zu ertragen, die Er uns manchmal, jedem von uns, auferlegt. Denke an die kleine goldene Krone, John, die der Herr für die kleinen Jungen bereithält, die geduldig ihre Schmerzen ertragen und Seinen Willen tun. Du willst doch sicher gern in die Sonntagsschule und in die Kirche kommen, um mit den andern Jungen zusammen zu Gott zu beten, Sein Lob zu singen?« Wieder streichelte die plumpe Hand den Verband. Der verbundene Kopf neigte sich langsam auf die Brust des Jungen, aber er antwortete nicht.

»Natürlich täte er das gern«, antwortete für ihn seine Mutter.

»Nein, Frau Casside, der Junge muß das selbst sagen. Kommst du gern in die Sonntagsschule und in den Gottesdienst, John?«

»Antworte dem Herrn Pfarrer«, sagte die Mutter.

»Bitte, Frau Casside, lassen Sie den Jungen selbst antworten. Kommst du gern in die Sonntagsschule und den Gottesdienst?« fragte er zum dritten- und letztenmal.

»Ich will nicht in die Sonntagsschule und auch nicht in den Gottesdienst«, murmelte der Junge.

»Das solltest du nicht sagen, Johnny«, sagte seine Mutter. »Du magst die Kirche und die Sonntagsschule doch gern.«

»Weshalb willst du nicht in die Sonntagsschule und die Kirche kommen?« fragte der Pfarrer. »Antworte, John. Aber vergiß nicht, daß der Herrgott dir dabei zuhört.«

Der Junge hob den Kopf und blickte mit dem nicht verbundenen Auge in das kalte Gesicht des Mannes, das unter dem schwarzen Bart und dem runden, weichen breitrandigen Hut halb verborgen war.

»Der Arzt hat gesagt, ich sollte meine Augen schonen, und aus der Sonntagsschule und der Kirche mache ich mir nichts.«

»Nicht so voreilig«, sagte der Pfarrer, »weder die Kirche noch die Sonntagsschule schaden deinen Augen, und du kannst vom lieben Gott nicht erwarten, daß Er dem Doktor hilft, deine Augen zu heilen, wenn du den Feiertag nicht heiligst, den Herrn nicht anbetest, Ihm nicht dankst und vertraust. Mein eigener Sohn und meine Töchter lieben den Tag des Herrn so sehr, daß sie sich immer wieder auf die Sonntagsschule und den Gottesdienst freuen.«

»Weil ihr Vater Pfarrer ist und sie nicht anders können«, entgegnete Johnny plötzlich.

»Er kommt in die Sonntagsschule und auch in die Kirche«, sagte die Frau schnell, »denn was auch kommen mag, er darf dem Glauben nicht verlorengehen.«

»So kommt er wenigstens von der Straße«, sagte der Pfarrer. »Und nun wollen wir zusammen niederknien und zu unserm himmlischen Vater beten.«

Die Frau kniete nieder und stützte dabei die Ellbogen auf den Sitz eines Stuhles. Der Junge kniete neben ihr. Auch der Pfarrer kniete nieder, aber so, daß er die beiden ansah, und sagte mit harter Stimme:

»O Gott, himmlischer Vater, Spender alles Guten, gib dieser Frau und diesem Kinde Deinen Segen, daß sie ihn erziehe in der Erkenntnis und der Furcht des Herrn, daß es, in Deiner Furcht, in aller Demut lerne, sich zu unterwerfen in Achtung seinen Erziehern und Lehrern, seinen Pfarrern und Herren, und damit würdig werde, Dich um Deinen Segen und Deine Gnade zu bitten, durch Jesum Christum, unsern Herrn.«

Die Frau murmelte: »Amen«, die drei erhoben sich und wandten sich wieder der Welt zu.

»Gute Nacht, Frau Casside«, sagte der Pfarrer. »John wird seiner Mutter bestimmt keinen Kummer machen.« Und dann eilte er davon, der schwarzbebärtete, behaglich-beseelte, häßliche, frömmelnde Schwätzer, der den Willen Gottes durch den seinen erläuterte.

Am trüben, regnerischen Sonntagmorgen beantwortete Johnnys Mutter seine verdrießlichen Worte, der Arzt hätte ihm den Besuch der Schule verboten, mit dem Hinweis, er würde später, wenn er Arbeit suchte, dem Pfarrer für sein Drängen dankbar sein..., denn heutzutage hätten die Geistlichen überall großen Einfluß. So wurde denn Johnny fertig gemacht. Die Binde war am Abend vorher gewaschen, und sein schäbiger Matrosenanzug war ausgebürstet worden, damit er etwas ansehnlicher aussähe. Seine Schuhe mit den durchlöcherten Sohlen waren frisch gewichst worden, und die Mutter hatte ein Paar Pappsohlen hineingelegt, in der Hoffnung, sie würden die Nässe fernhalten, bis der Junge wieder zu Hause wäre. Sie setzte ihm die Matrosenmütze aus verschossenem Samt mit den langen Bändern und der Aufschrift ›S.M.S. Condor‹ auf; sie verliehen der Mütze eine Pracht, die für den Jungen etwas zu gewaltig war.

»Und wenn der Herr Pfarrer dich anspricht«, sagte die Mutter, »dann sei höflich und nimm die Mütze ab.«

»Der Arzt hat verboten, daß ich zur Schule gehe.«

»Der Arzt hat für dich nicht zu sorgen, und er weiß auch nicht, daß ich mir den Pfarrer warmhalten muß. Und wenn der Pfarrer dich fragt, ob du gern in die Sonntagsschule und den Gottesdienst gehst, dann sage: ›Ja, Herr Pfarrer.‹«

»Weiß der liebe Gott eigentlich alles, was ein Junge denkt, Ma?« fragte Johnny plötzlich.

»Ja«, antwortete die Mutter. »Er weiß es schon, bevor der Junge es gedacht hat.«

»Und haßt der liebe Gott die Jungen, die lügen?«

»Er mag Jungen, die lügen, nicht leiden.«

»Und wenn ich nun sage, ich ginge gern in die Sonntagsschule und in die Kirche, obwohl ich es nicht tue, dann weiß der liebe Gott gleich, daß ich gelogen habe?«

»Du Lümmel«, erwiderte die Mutter und versetzte ihm einen kleinen Puff, »du willst deine Mutter wohl zum besten haben? Nimm dich in acht, sonst setzt es Prügel, daß du eine ganze Woche lang daran denkst.«

»Ich wollte dich nicht zum besten haben«, erwiderte Johnny.

»Halt doch endlich den Mund«, entgegnete die Mutter gereizt. »Du bist noch zu jung, um das alles zu verstehen. Von jetzt an gehst du, ob die Sonne scheint oder ob es regnet, in die Sonntagsschule und in die Kirche. Und je eher du dich damit abfindest, desto besser.«

Mit dem Gebetbuch in der Tasche und der Bibel in der Hand ging er im nieselnden Regen durch die Dorsetstraße, erfüllt von einer ihm unbewußten Wut, und murmelte alle Flüche vor sich hin, die ihm einfielen.

Er war noch keine hundert Meter gegangen, als er bereits fühlte, daß die Pappsohlen der Feuchtigkeit des Pflasters nicht gewachsen waren und seine Schuhe bei jedem Schritt jenes saugende, platschende Geräusch vernehmen ließen, das von kalten, nassen Füßen berichtete und ihn, während Bibelstellen vorgelesen und Lieder zur Ehre Gottes gesungen wurden, nicht loslassen würde. Er soll sich möglichst viel im Freien aufhalten, darauf achten, daß seine Füße warm und trocken sind, hatte der Arzt gesagt. Warm und trocken, hatte der Arzt gesagt. Er muß warme und trockene Füße haben. »Ach, lieber Gott, schenk mir doch ein Paar neue Schuhe. Schenk mir doch ein Paar neue Schuhe«, murmelte er, während er seinen Weg fortsetzte.

»Ach, lieber Gott, schenk mir doch ein Paar neue Schuhe«, höhnte eine Stimme neben ihm. Es war Harry Tait, der jetzt neben ihm herschlenderte. Alles, was Johnny vor sich hingemurmelt hatte, hatte Harry gehört.

»Weshalb kauft dir deine Mutter nicht ein Paar neue Schuhe?« fragte Harry. »Mit solchen Schuhen ginge ich bestimmt nicht in die Sonntagsschule.«

»Meine anderen Schuhe sind beim Schuster«, log Johnny, denn Tait sollte nicht wissen, daß er nur dieses eine Paar Schuhe besaß. »Der Schuster hat sie noch nicht fertig«, fügte er hinzu, als sie in die Gasse einbogen, die nach der Kapelle der katholischen Erlöserkirche führte. Sie blieben stehen und beobachteten die Leute, die Flaschen mit dem Wasser eines Beckens füllten, das an der Südseite der Kapelle stand.

»Füllen die Flaschen mit Weihwasser, das sie, wie die Priester behaupten, vor Knochenbrüchen und Überfahrenwerden behütet, den Teufel vertreibt, dem Hörner aus der Stirn wachsen, der Feuer speit und mit seinen Klauen dem Menschen mit einem Schlag den Bauch aufreißt.«

»Wir Protestanten glauben nicht an Weihwasser«, sagte Johnny stolz.

»Meine Mutter sagt mir immer wieder, ich solle schnell an einer katholischen Kirche vorbeilaufen«, sagte Tait, »damit niemand die Bibel in meiner Hand sähe und kein Jesuit mir ein Bild vor das Gesicht hielte.«

»Ich habe vor ihnen keine Angst«, erwiderte Johnny. Er blieb stehen und sah durch den gewölbten Eingang nach den Leuten, die in die Kapelle eilten, ihre Finger in die Becken am Eingang tauchten und sich bekreuzigten, wenn sie die Kapelle betraten oder verließen.

»Ich habe auch keine Angst«, erwiderte Tait, »aber meine Mutter hat mir erzählt, wenn die jemals wieder an die Macht kämen, dann zündeten sie auf allen Straßen große Feuer an und verbrennten alle Protestanten, die sie erwischen könnten.«

»Ich kenne eine katholische Frau«, sagte Johnny, »die mich jedesmal, wenn ich ihr begegne, fragt, wie es meinen Augen geht. An einem Regentage hat sie mir sogar eine Handvoll Lakritzen geschenkt.«

»Ich dürfte von einer katholischen Frau keine Lakritze annehmen. Ich würde auch nicht mit katholischen Kindern spielen, denn sie beten Bilder an und verehren Menschen, die nicht besser sind als wir. Und sie hassen die Bibel und sind immer darauf aus, sie protestantischen Jungen und Mädchen abzunehmen, und zerreißen sie dann, sobald sie um die Ecke verschwunden sind.«

Johnny fühlte die Feuchtigkeit des nieselnden Regens durch die fadenscheinige Hose dringen, und er lief nach der Straße, in der die Schule lag, und murmelte dabei leise vor sich hin: »Lieber Gott, laß es aufhören zu regnen, laß es aufhören zu regnen!«

»Sieh mal das Lesezeichen«, fuhr Tait fort, während sie weitergingen. »Hat meine Schwester mir gestickt. Große goldene Buchstaben auf rotem Stoff. Immanuel. Das heißt: Gott sei bei uns, hat mir die Mutter gesagt. So eins hast du nicht. Hast nur die alten Karten, die der Lehrer verteilt. Ich hab' meine längst verschenkt.«

»Meine Mutter stickt mir auch ein Lesezeichen. Sie ist bald damit fertig, wenn du's wissen willst«, erwiderte Johnny. »Und es wird mindestens so schön wie deins.«

»Angeber! Angeber!« höhnte Tait.

»Ich gebe nicht an.«

Tait stieß Johnny an, so daß er mit einem Fuß in die gurgelnde Gosse geriet.

»Du lügst ja«, sagte er. »Deine Mutter stickt dir keins. Ihr werdet ja jeden Tag ärmer, seit euer Vater gestorben ist, und bald hast du keine Schuhe und keinen Anzug mehr, um in die Sonntagsschule oder die Kirche zu gehen. Wenn du jetzt die Zunge 'rausstrecktest, hätte sie einen schwarzen Fleck, weil du gelogen hast.«

Harry Tait ist gut einen Kopf größer als ich, dachte Johnny. Ich habe ein krankes Auge, und mit dem andern kann ich auch nicht besonders gut sehen, deshalb ist es das beste, ich sage nichts.

»Du bist ein Lügner, und das ist eine schwere Sünde, vor allem wenn es sich dabei um etwas handelt, was mit der Bibel zu tun hat.« Wieder schupste Tait Johnny.

»Laß das Schupsen sein. Ich gehe in die Sonntagsschule.«

»Ich schupse dich, wann ich will«, erwiderte Tait wütend. »Wenn ich so 'n Drecksauge hätte, täte ich keinen Schritt vor die Tür.«

Rot vor Wut ließ Johnny Tait stehen und lief durch die Untere Dominikstraße nach dem Hause, in dem die Sonntagsschule abgehalten wurde, und während er lief, hörte er die spöttischen Rufe Taits hinter sich hallen: »Drecksauge! Drecksauge! Drecksauge!«

Keuchend öffnete er die schwere Tür des Hauses Nr. 25, an der ein großes Messingschild mit der Aufschrift: ›Marienschule für Knaben und Mädchen‹ prangte. Er durchquerte die weite Halle, ging über die breite Treppe in das erste Stockwerk und betrat das Vorderzimmer, wo sich die jüngeren Schüler versammelten. Mit klopfendem Herzen setzte er sich in der Nähe des Fensters auf eine der Bänke, die drei Seiten eines Vierecks bildeten. An der durch keine Bank geschlossenen Seite des Vierecks saß dick und gewaltig die Lehrerin Fräulein Valentine auf einem Stuhl. Während sie darauf wartete, daß ihre Klasse vollzählig zusammen wäre, damit sie beginnen könnte, sprach sie mit verschiedenen Mädchen und Knaben, fragte sie nach ihren Eltern und Geschwistern, von Johnny aber nahm sie keinerlei Notiz. Nein, von Johnny nahm sie keine Notiz, nahm keine Notiz von ihm.

Die Wände des Raumes waren braunrot gestrichen und zeigten viele Tintenflecke (denn an Wochentagen wurde hier eine Volksschulklasse unterrichtet). An den Wänden waren viele Karten und eine Tabelle, auf der dargestellt war, was alles eine Kuh dem Menschen liefert.

Dann kamen drei andere Jungen, und jedem reichte Fräulein Valentine die Hand, als sie an ihr vorbeigingen. Aber von Johnny nahm sie keine Notiz. Keine Notiz.

Auf dem Fußboden, da, wo seine Füße standen, bildete das Wasser, das ihm aus den Schuhen rann, eine kleine Pfütze. Seine feuchte Hose fühlte sich da kalt an, wo er auf ihr saß, und er rutschte hin und her, damit die naßkalte Stelle der Hose die Haut seiner Beine nicht berührte. Er sah nach dem Feuer am anderen Ende des Raumes und wünschte, ihm näher zu sein, näher, mein Gott, zu Dir, näher zu Dir.

Jetzt kam Tait, und während er stolz durch das Zimmer schritt, gab er an, wie die andern sagten, weil sein Vater einen Laden besaß, mit dem warmen Mantel und den blanken Schuhen, dem sauber gescheitelten Haar und seinem Gesicht, das aussah wie das einer fetten Gans. Er strebte auf seinen Platz zu, aber Fräulein Valentine schoß wie der Blitz auf ihn zu, legte ihm den Arm um den Hals und küßte ihn auf die Backe. Küsse mich, küsse mich schnell, liebste Mutter. Rot bis in die Kiemen setzte Tait sich auf seinen Platz und sah uns an, weil wir alle darüber lachten, daß sie ihn geküßt hatte. Ein paar Minuten später erschien Pfarrer Hunter. Er näherte sich dem kleinen Tisch in der Nähe des Fensters, wärmte sich ein paar Minuten lang die Hände, wandte sich uns zu und sagte: »Lasset uns beten!« Hastige Bewegungen, als alle niederknieten, dem bärtigen Gebrummel des wackeren

Seelenhirten zu lauschen. Und er betete, daß unsere Augen sich öffneten, die Wunderdinge zu schauen, die aus Gottes Gesetz kämen, daß wir zunähmen im wahren Glauben, wie er sich allein in der Bibel offenbarte, und daß die hier versammelten Kinder sich nur das wünschten, was Gott ihnen in Seiner Güte gäbe. Und ich liebte so viele Dinge, wollte so viele Dinge, sehnte mich nach so vielen Dingen, kleine Tropfen Wasser, kleine Körnchen Sand schufen erst das Weltmeer und das mächtige Land.

Wenn meine Augen wieder besser sind, dann haue ich dem Tait ein paar rein, daß ihm Hören und Sehen vergeht. Die Schnauze schlage ich ihm ein. Den Laden sollen sie schließen, weil sie sonst keine Zeit haben, ihm die Fresse zu flicken, in der ein Riß klafft, daß man sich darin verstecken kann. Ich fahre ihm in die Parade wie die Südwaliser Grenzer in der Schlacht bei Isandlwana den Zulus, auf die sie losstürmten. Sie kämpften bis zum letzten Mann, und Melville und Coghill bahnten sich einen Weg durch die Schwarzen, die sie wie Bienen umschwärmten, jagten, jagten, jagten davon, die Fahne um die Hüfte gebunden, schwitzten von den pausenlosen Schwertschlägen, röteten die schwarzen Rücken und Brüste der Zulus mit ihrem Blut; und die Zulus, irr vor Angst, fielen und glitten unter die galoppierenden Pferde der Männer, die die Fahne um die Hüfte gebunden hatten, die für Englands Ehre kämpften, durch Jesum Christum, unsern Herrn. Amen.

Der alte Knasterbart beendet sein Gebet, und wir alle erheben uns von den Knien, nehmen unsere Plätze der Lehrerin gegenüber wieder ein und warten darauf, daß sie nun endlich beginnt.

Hunter kommt zu unserer Klasse, und als er mich sieht, sagt er: »Freut mich, dich hier zu sehen, John, und daß deine Mutter dich geschickt hat.« Dann eilt er davon in seine Klasse, die sich in einem andern Raum befindet.

Die Kapelle spielte, und Fräulein Valentine ließ uns allerlei Sprüche aus Bibel und Gebetbuch aufsagen, den siebenten, achten, neunten und zehnten Vers aus dem sechsten Kapitel des zweiten Briefes des Paulus an die Korinther. »Du sagst den siebenten Vers, Sammy Good. Und du den achten, Benjamin, fahre fort: Durch Ehre und Schande, durch böse Gerüchte und gute Gerüchte. Fahre fort, Ecret. Als die Armen, aber die doch viele reich machen; als die nichts innehaben, und doch alles haben. Gut, und nun du, Casside, sprich mir nach: In dem Wort der Wahrheit, in der Kraft Gottes, durch Waffen der Gerechtigkeit zur Rechten und zur Linken; als die Verführer und doch wahrhaftig; als die Unbekannten und doch bekannt; als die Sterbenden, und siehe, wir leben; als die Gezüchtigten, und doch nicht ertötet; als die Traurigen, aber allezeit fröhlich; als die Armen, aber die doch viele reich machen; als die nichts innehaben, und doch alles haben; als die..., wenn du sprichst, Casside, dann beiße nicht die Zähne aufeinander, sondern mache den Mund auf. Weiter, Massey: Als die Armen...«, aber Melville jagt davon, so schnell er kann, die Fahne des Regiments der Königin zu retten, jagt los, jagt los um sein Leben, verschießt die Patronen seines Revolvers, und die Speere sausen über ihn hin wie Schwalben, die gen Süden fliegen..., »sollst nicht dösen, Casside, paß auf und halte die Hände still, sieh deine Lehrerin an und höre auf das, was Benjamin sagt: Gleichwie da auch nicht sind drei Ungeschaffene, noch drei Unermeßliche, sondern es ist Ein Ungeschaffener und Ein Unermeßlicher. Wo steht das, Casside, das sage uns mal. In den Psalmen, nein, nicht in den Psalmen, mit den Psalmen hat das nichts zu tun. Wenn du aufpaßtest, würdest du das Athanasianische Glaubensbekenntnis kennen, in dem nicht von drei Unermeßlichen, nicht von drei Ungeschaffenen, sondern von Einem Unermeßlichen und Einem Ungeschaffenen die Rede ist. Und aus dem Katechismus lernen wir, daß wir den Feiertag heiligen müssen, denn in sechs Tagen schuf Gott Himmel und Erde, das Meer und alles, was in ihm ist, am siebenten Tage aber ruhte er sich aus.« Und deshalb sollen wir weder mit Murmeln spielen noch Kreisel schlagen oder Drachen steigen lassen, sondern still im Gras im Phönixpark liegen; wir haben sie dort mit einem Mann überrascht, der sie immer wieder küßte, und meine Mutter trieb mich vorbei und sagte, ich sollte mich beeilen, denn Fräulein Valentines Beine ragten aus dem Gras, und das schwarze Kleid kroch durch die lustige Erregung seiner Hand immer höher und höher, und hoffentlich ist die Stunde nun endlich aus.

Johnny rutschte von dem Stuhl auf die Füße, neigte den Kopf und faltete die Hände, während Pfarrer Hunter die Morgenarbeit mit dem Segen des Vaters, des Sohnes und des Heiligen Geistes beendete, bis in alle Ewigkeit. Amen. Dann kam er zu Johnnys Klasse hinüber und hatte für alle ein Lächeln.

»Nehmen Sie doch den kleinen Casside mit in die Kirche«, sagte er zu Fräulein Valentine, »damit ihm unterwegs nichts passiert.«

»Sehr gern, Herr Pfarrer«, erwiderte Fräulein Valentine, »sehr gern. Er ist ein lieber, netter Junge, Herr Pfarrer.« Und ein Grübchen lächelte in ihrer Backe.

»Beeilen Sie sich«, fuhr Hunter fort, »denn es regnet in Strömen.« Er verschwand, und ein leeres Lächeln spielte um Fräulein Valentines Mund.

»Es regnet in Strömen«, knurrte sie, »und ich soll den halbblinden Balg hinter mir herschleppen.« Sie faßte Johnnys Arm. »Los, sonst kommen wir klatschnaß an, und ich habe keine Lust, deinetwegen krank zu werden.«

Sie knöpfte den Mantel zu und schaute ärgerlich in den Regen, der aus dem Himmel stürzte und Johnny mit Angst erfüllte bei dem Gedanken, wie naß er sein würde, bis er den Eingang der Kirche in der Marienstraße erreichte. Fräulein Valentine öffnete den Regenschirm, faßte des Knaben Hand und trat hinaus in den Regen. »Los! Beeil dich!«

Fast im Galopp wurde er durch die Straßen gezerrt und bekam jedesmal einen Stoß ins Kreuz, wenn er vom Trottoir auf die Straße oder von der Straße auf das Trottoir gerissen wurde, denn er konnte den Übergang von dem einen zum andern nicht sehen, und manchmal wäre er beinahe gefallen, wenn er mit den Zehen gegen den Bordstein stieß, wobei Fräulein Valentine dann jedesmal schimpfte und sagte, er sollte wenigstens das gute Auge offen halten, denn sie wäre beinahe in den Dreck gefallen.

»Der Saum meines Kleides ist hin«, knurrte sie. »Ich kann das Kleid nicht hochheben, den Schirm halten und dabei auch noch auf dich aufpassen. Es ist eine Schande, daß deine Mutter dich mit den kranken Augen in die Schule und in die Kirche schickt.«

Der Wind packte sie im Rücken, während sie weitereilten, und Johnny, der vor Hitze keuchte, fühlte, wie das kalte Wasser ihm durch die Hose über die Beine rieselte.

Endlich hatten sie das Tor erreicht, liefen über einen schmalen Betonpfad zwischen Grasflächen, verschwanden in der Vorhalle, wo die Gemeindemitglieder die nassen Mäntel auszogen und die triefenden Regenschirme schlossen, bis der Boden der Vorhalle eine große Pfütze und die Matte am Eingang in die Kirche klatschnaß war. Und der Küster in der Mitte der Halle zog an einem langen Strick, neigte den Körper, wenn er daran zog, und hob ihn wieder, wenn er den Strick schießen ließ, und die Glocke oben im Turm ließ ihr monotones Bimbam ertönen, während die Männer, Frauen und Kinder die dunkle Vorhalle verließen und die noch dunklere Kirche betraten.

»Putz dir die Füße auf der Matte gründlich ab«, sagte Fräulein Valentine zu Johnny, »damit du den Teppich im Schiff nicht beschmutzt.« Dann ging sie an ihren Platz im Chor, um dort das Lob Gottes zu singen.

Johnny rieb seine Füße über die vollgesogene Matte und versuchte etwas von dem Wasser in seinen Schuhen loszuwerden, die noch nasser waren als die Matte, auf der sie standen. Er nahm die nasse Mütze ab, und während die Wassertropfen ihm über das Gesicht rannen, betrat er die Kirche und setzte sich im Nordschiff so auf den Rand einer Bank, daß die nasse Hose seine Beine möglichst wenig berührte.

Noch ein paar vereinzelte Glockenschläge, die Nachzügler beeilten sich und blieben, bevor sie sich setzten, mit gesenktem Kopf stehen und beteten, damit jeder sähe, daß sie wußten, was sich gehörte. Dann setzten sie sich und warteten auf den Beginn des Gottesdienstes. Massey, der vorbeikam, sah Johnny. Er schlich sich in die Reihe, in der Johnny saß, und setzte sich neben ihn.

Hunter und sein Kurat, ein großer, hagerer Mann, kamen aus der Sakristei, traten vor den Altar, der eine links, der andere rechts, während die Orgel leise erklang. Beide knieten etwas länger nieder als die andern Gemeindemitglieder, weil sie doch Pfarrer waren. Der große, hagere Mann begann mit müder, dünner Stimme zu murmeln, während die Gemeinde aufstand: »Herrgott, sei uns armen Sündern gnädig, aber nicht wie ich will, sondern wie Du willst. Geliebte Brüder, immer wieder ermahnt uns die Heilige Schrift, unsere Sünden zu erkennen und zu beichten.«

»Wie wär's, wenn wir uns aus Hunters Bart eine Schaukel machten?« sagte Massey.

Johnny kicherte, aber gleich beherrschte er sich, obwohl er am liebsten laut gelacht hätte bei dem Gedanken, wie er sich auf Hunters Bart schaukelte und der Pfarrer dabei vor Schmerzen schrie. Schwing-schwang, schwing-schwang, nach London geht's auf Hunters Bart!

Platz nehmen! Einsteigen! Wenn Massey sich doch einen anderen Platz gewählt hätte. Er macht immer nur Unsinn, so daß ich lachen muß, und das erzählt Hunter dann hinterher der Mutter, und sie ist dann tagelang böse auf mich, und ich mag ihre harten und kalten Augen nicht, wenn Hunter sich bei ihr über mich beschwert. Und wenn ich versuche, besonders lieb zu ihr zu sein, dann schüttelt sie nur den Kopf und sagt: »Nein, Johnny, ich bin dir böse, weil du dich in der Kirche so schlecht benommen hast.« Und dann knien wir nieder, alle Jungen, und beichten, alle zusammen, eins, zwei, drei los, und ich fordere euch auf, alle, die ihr hier versammelt seid, mich mit reinem Herzen und demütiger Stimme zu begleiten an den Thron Seiner himmlischen Gnade und mit mir zu sagen, hätte es nicht geregnet, dann wären wir heute in den Zoo gegangen, aber am nächsten Sonntag gehen mein Vater und meine Mutter und ich gleich los, und während ihr in der Sonntagsschule sitzt, foppen wir die Affen, damit der Rest unseres Lebens rein sei und fromm, und dabei muß man flink sein und aufpassen, sonst beißen sie einem ein Stück vom Finger, und vor den Wärtern muß man sich in acht nehmen, die passen genau auf, was man vorhat, und mein Vater hat mir erzählt, ein Junge wäre verprügelt worden, weil er einem Affen Tabaksaft ins Auge spuckte, und der Affe hätte furchtbar geschrien, so laßt uns denn niederknien vor dem Herrn, unserm Schöpfer, und auch mit den Elefanten ist nicht zu spaßen, fressen dauernd Kartoffeln und Rüben und Kuchen, genau wie wir, und dann setzen wir uns wieder, während Hunter in dem weißen Chorhemd den Text vorliest und der hagere Kurat in dem weißen Chorhemd wartet, bis er an der Reihe ist, und wenn ich mal groß und erwachsen bin, dann fahre ich zur See auf einem Dreimaster mit Hauptsegel und Vordersegel und Klüversegel und sause rauf und runter durch das Takelwerk wie andere über eine Treppe und stehe im Krähennest, wenn der Dreimaster auf und ab wogt, und ich glaube an die heilige katholische Kirche, die Gemeinschaft der Heiligen, die Vergebung der Sünden und das ewige Leben, und immer weiter segle ich, viele, viele tausend Meilen über blaue und grüne Meere, über schwarze und rote Meere, und ich lebe auf Inseln, wo der Honig von den Bäumen tropft und niemand ihn ißt als nur ich allein, und die Vögel sind so groß wie Drosseln, aber sie sind rot und größer, und keiner geht, weder morgens noch abends, in die Sonntagsschule oder in die Kirche, weil jeder glücklich ist. Aber dann beginnt Hunter mit der Predigt, er setzt die Brille auf und hustet, bevor er anfängt, und er sagt, wir alle sollten Nachfolger des Herrn werden, und dann schwatzt er weiter, klappert und plappert, kohlt und sohlt, dröhnt und stöhnt weiter, und ich sitze und friere in den nassen Kleidern, die mir am Leibe kleben.

Endlich ist er fertig, und wir stehen auf und singen ein Lied, und in Deinem Namen gestärkt, o Herr, gehe ich wieder an meine tägliche Arbeit. Nur Dich will ich erkennen, nur Dich, in allem, was ich denke oder spreche oder tue, so wahr mir Gott helfe. Und ich stehe da in der nassen Hose, und ich bemühe mich, daß ihre kalte Nässe mein Fleisch nicht berührt. Kniend empfangen wir den Segen, und dann strömen wir durch die Gänge in die Vorhalle und sehen, daß der Regen immer noch aus dem Himmel strömt und die Tropfen auf dem Pflaster tanzen.

Zufrieden hüllen sich die Gläubigen, die den Segen empfangen haben, in ihre Mäntel, und dann eilen sie in trippelnder Hast durch den Regen nach Hause. Johnny aber wartet zitternd in der Vorhalle und sieht, wie der Regen aus dem Himmel strömt und die Tropfen auf dem Pflaster tanzen. Hoffentlich läßt es bald nach, damit er nun nach Hause wanken kann, nach Hause wanken wir, winken den hübschen Mädchen und trinken und lachen und lachen und trinken, bis erster Morgenschimmer blinkt, dann wanken wir nach Hause.

Voller Angst vor dem Durchnäßtwerden schloß er die Augen, und, das Herz voll des Glaubens an den himmlischen Vater, betete er: »Laß es schnell aufhören zu regnen, lieber Gott, damit ich auf dem Nachhausewege nicht noch nässer werde.« Immer wieder murmelte er langsam vor sich hin: »Lieber Gott, laß es aufhören zu regnen, damit ich auf dem Heimweg nicht noch nässer werde.«

Er hatte die Augen geschlossen, auch das verbundene, dann öffnete er die Augen wieder und sah, daß der Regen immer noch aus dem Himmel strömte und die Tropfen auf dem Pflaster tanzten.

Der Küster verließ die Kirche, zog den schwarzen Kittel aus und hängte ihn an einen Nagel in der Vorhalle. Dann zog er den dicken Mantel an, setzte den steifen Hut auf, nahm ein Schlüsselbund aus der Tasche, in dessen Mitte ein langer Schlüssel hing, sah Johnny an und schaute dann nach dem Regen, der aus dem Himmel strömte, und nach den Tropfen, die auf dem Pflaster tanzten.

»Weshalb trödelst du hier noch rum?« fragte er.

»Ich warte, bis der Regen etwas nachläßt.«

»Hier kannst du nicht bleiben, Johnny. Ich muß die Kirche abschließen, und heute hört es nicht mehr auf zu regnen. Am besten, du machst dich schnell auf den Heimweg. Vor einem bißchen Regen hat ein richtiger Junge doch keine Angst. Wenn ich noch ein Junge wäre, würde es mir Spaß machen, durch Wind und Regen zu laufen.«

Er schloß den einen Flügel der schweren Eichentür und öffnete den Regenschirm. Johnny machte ein tapferes Gesicht und sah den Küster an. Dann zog er die Schultern hoch und lief hinaus in den Regen, der aus dem Himmel strömte und dessen Tropfen auf dem Pflaster tanzten. Er jagte davon, bis er kaum noch Luft bekam, lief langsamer und langsamer, dann wieder schnell und schneller, wurde rot, verlor den Atem und bekam Angst, fühlte, wie der Regen auf ihn niederprasselte, ihn peitschte, seinen dünnen Anzug durchnäßte, ihm über den Rücken und das Gesäß rieselte, und wie die Binde vor den Augen vom Wasser immer schwerer wurde. Wasser und Schweiß mischten sich und rannen ihm in das gute Auge. Das Auge schmerzte, er schloß es halb, dabei rannte er gegen einen Mann, der in dem Regen nach Hause eilte. Und der Mann schlug ihn und schimpfte, blieb stehen und fluchte weiter, bis der laufende Junge seinen Augen entschwunden war. Und während er weiterlief, schluchzte Johnny leise vor sich hin, bis er schließlich die Straße und das Haus erreichte, in dem sie wohnten. Verzweifelt klopfte er an die eigene Tür.

Die Mutter öffnete die Tür. Er schlüpfte an ihr vorbei und sagte: »Ich bin klatschnaß, Mutter, von dem Regen.«

Sie führte ihn an das Feuer, wechselte die nasse Binde gegen ein trockenes Taschentuch, streifte ihm die dampfenden Kleider von dem bebenden Körper, rieb die zitternden Beine mit einem alten Lappen, bis wieder Leben in ihn kam und warme Sicherheit allen Kummer aus seinem Schluchzen verschwinden ließ.

»Ein netter Zustand, nachdem du in die Arme Gottes aufgenommen bist«, sagte sie, während sie ihm das nasse Haar trocknete. »Eine Kirche, die einer Mutter ihr halbverhungertes Kind in diesem Zustand zurückschickt, ist keine Kirche Gottes.« Unterdessen stand Johnny nackt und zitternd vor dem Feuer, und sein Weinen hatte schon viel von seiner Bitterkeit verloren, als Wärme ihn umgab und Behaglichkeit, Mitleid und Sicherheit ihn umhüllten.

»Kein trockener Faden an dem Kind«, fuhr sie fort, »und nun muß ich die paar Kohlen, die ich noch habe, zum Trocknen der Kleider verwenden. Morgen früh müssen sie trocken sein, wir müssen in die Klinik und die Augen nachsehen lassen. Und wenn dieser Hunter hier erscheint, dann werde ich ihm schon meine Meinung sagen über das ewig gültige Evangelium: Mensch, denke vor allem an dich selbst. Wenn du es nicht tust, dann tut es niemand. Und keiner von all den Leuten in der Kirche sah die Hilflosigkeit des durchnäßten Kindes, in dessen kleiner Brust sich ein böser Husten vorbereitete. Mit seinen kleinen Ohren versuchte es zu hören, was ein Mund von hoher Kanzel herabposaunte, die Gesetze Gottes gegen ein Kind ausspielte, das halbtot vor Nässe und Kälte in der Kirchenbank saß und Angst hatte vor dem, der eingehüllt war in das weiße Chorhemd, das, wenn man es verkaufte, genug einbrächte, daß eine Mutter mit ihrem Kind eine Woche lang davon leben könnte, ohne sich Sorgen machen zu müssen, wovon sie die Kerze bezahlen soll, die das Gebet an Gott im letzten Schimmer ihres Geistes erhellt, bevor sie nachts in Schlaf sinkt.«

Sie brachte den Jungen zu Bett, gab ihm heißen Tee zu trinken, deckte ihn zu und wickelte ihn ein. Er bebte immer noch vor Kälte und hustete und schlief dann ein und träumte von einem grünen Schiff mit roten Segeln und einer gelben Flagge an einem weißen Mast, das über ein blaues Meer fuhr. In der Nacht wurde er wach, fror und zitterte und hustete unaufhörlich, keuchte und hatte ein Gefühl, als versagte ihm der Atem. Die Angst packte ihn, und er rief seine Mutter und rief sie immer wieder, bis sie aufstand und ihm die Brust einrieb und heißen Tee gab und ihm zuredete, wieder einzuschlafen. Aber er bebte nur und hustete und weinte.

Als der Morgen anbrach, war er heiß, und seine Haut war trocken, er war heiser, und pfeifend kam ihm der Atem aus der schmerzenden Brust. Seine Augen waren verklebt, und eine dicke Kruste wölbte sich über den Lidern. Schnell bereitete die Mutter das Frühstück für Archie. Dann eilte sie zum Friedensrichter Farrelly, dem Armenpfleger, der ihr einen roten Krankenschein für den Arzt gab. Mit dem Schein rannte sie in das Krankenhaus, wo der Pförtner ihr sagte, ihr kranker Junge müßte warten, ob eilig oder nicht, bis sie an die Reihe käme, und daß weder er noch der Arzt immer nur für die bereitständen, die der Armenpflege zur Last fielen.

Sie wartete, bis sie endlich dem Arzt, der den acht Jahre alten John Casside behandeln sollte, die rote Karte übergeben konnte. Dann eilte sie nach Hause und wartete auf den Arzt. Der Arzt kam erst am Abend, sagte, der Junge hätte eine schwere Bronchitis, gab ihr ein Rezept und meinte, wenn sie sich beeilte, könnte sie die Medizin noch in der Apotheke erhalten.

Sie setzte eine Haube auf, tat sich ein Tuch um die Schultern und lief nach der Apotheke, erreichte sie noch rechtzeitig und erhielt die Medizin. Dann lief sie wieder nach Hause, ging, wenn ihr der Atem versagte, lief, sobald sie wieder zu Atem gekommen war. Mit müden Beinen und schmerzendem Kopf erreichte sie endlich das Haus, gab dem Jungen die Medizin, wischte ihm den Schweiß von Gesicht und Brust, machte sein Bett und setzte sich neben ihn, bis er langsam in einen Schlummer versank, den der Husten störte.

Ein paar Wochen später saß er eines Abends – es ging ihm besser – in eine alte Decke gehüllt zusammen mit seiner Lehrerin Fräulein Valentine am Feuer. Sie hatte ihn besucht und ihm eine Tüte Apfelsinen mitgebracht. Sie sagte, wie sehr alle bedauerten, daß Johnny weder die Sonntagsschule noch den Gottesdienst besuchen konnte. Aber hoffentlich wäre er bald wieder bei ihnen. Und Pfarrer Hunter ließe ihn ganz besonders grüßen. Sie alle hätten Johnny sehr gern, er wäre ein so lieber Junge, und seine Schuld wäre es nicht, wenn er während der letzten Wochen weder die Sonntagsschule noch die Kirche hätte besuchen können, und sie hätte Johnny einen besonders schönen Spruch mitgebracht, wie ihn nur die erhielten, die fleißig die Sonntagsschule und den Gottesdienst besuchten, und hoffentlich brächte diese Spruchkarte Johnnys Gedanken Gott näher.

Johnnys Mutter sagte zu Fräulein Valentine, es wäre sehr lieb von ihr, und Johnny mußte sich bei ihr bedanken. Zum Abschied reichte Fräulein Valentine Johnny die Hand, und Johnnys Mutter begleitete die Lehrerin nach unten und öffnete ihr die Haustür.

Als Johnny allein war, schob er die Binde hoch und hielt die Karte vor das gute Auge, betrachtete sie und sah einen dicken Strauß Narzissen und darunter einen Spruch aus der Bibel. Langsam buchstabierte er die Worte, aber er verstand sie nicht. Die Worte aber lauteten: ›Und das Licht scheinet in der Finsternis; aber die Finsternis hat's nicht begriffen.‹

Nachdem Johnny die Bronchitis überstanden hatte, wurde alles wieder, wie es gewesen war. Morgens wurde er geweckt, fühlte die Hand der Mutter an seiner Schulter, hörte sie sagen: Aufstehen! Aufstehen! Dann wurden die verklebten Augen gewaschen und in Wasser gebäht, das so heiß war, wie er es vertragen konnte, und die Dominussalbe wurde unter das Lid des schlimmen Auges gestrichen. Sie hieß Dominussalbe, weil sie zu Haus, im Heim, in der Heimat, in der Heimat, verwendet wurde, und kein Feuer brannte dort, und die Salbe enthielt Atropin, um die Pupille und das Geschwür auf der Hornhaut zu erweitern und zu schwächen. Dann schnell eine Tasse heißen Tee und dazu trockenes Brot, und die billige Frühstückstasche mit zwei Scheiben trockenen Brotes wurde ihm über die Schulter gehängt. Noch einmal ermahnte ihn die Mutter, sich zu beeilen, damit er beim Aufruf der Schüler nicht fehlte, denn sonst würde Slogan sich bei Hunter und Hunter sich wieder bei ihr beschweren. Widerwillig machte er sich auf den Weg in die Schule. Das Morgengebet und dann wieder Buchstabieren und Rechnen im Chor. Und wenn die große Pause kam, liefen alle hinaus in den schlammigen Hof, der nur in der Nähe der Kirche etwas Gras und Klee aufwies. Er setzte sich auf einen der Grasflecke, aß die zwei Schnitten Brot, von denen geschrieben steht: Er gab ihnen himmlisches Brot zu essen. Er beobachtete die andern beim Karten- oder Murmelspiel, sah zu, wie sie rauchten oder kreiselten, oder er wunderte sich, was die größeren Jungen zwischen den Strebepfeilern der Kirche taten, wo sie einen Jungen packten, ihn auf die Erde warfen und sich laut lachend an seiner Hose zu schaffen machten. Und dann wieder zurück in die Klasse, wenn Slogans Glocke ertönte, und wieder Buchstabieren und Rechnen im Chor.

Eines Tages ging Johnny während der großen Pause nach einem der mageren Rasenplätze, setzte sich und begann sein Frühstück zu verzehren. Eine Zeitlang beobachtete er den dicken Rauch, der aus den hohen Schornsteinen der Flaschenfabrik quoll und sich über dem Himmel verbreitete, bis dessen Blau unter seinem Gelb verschwand. Der goldene Schein auf den Flügeln eines Engels, so dachte er, würde verblassen, wenn er durch den dichten Rauch flog, und wenn er wieder in den Himmel kam, sah er sicher aus wie ein Schornsteinfeger.

Dann beobachtete er eine Gruppe von Jungen, die Drieseldop warfen. Der Dop hatte an dem einen Ende eine lange Stahlspitze und war mit Nuten versehen. In diese Nuten wurde eine Schnur gewickelt, und der so umwickelte Dop wurde auf den Boden geworfen, wobei man das Ende der Schnur festhielt, so daß der Dop sich schnell drehte, während die Schnur sich abwickelte. Ein geschickter Werfer brachte es fertig, daß der Dop sich summend längere Zeit auf der Spitze drehte. Die Jungen hatten auf dem Boden mit Kreide einen Kreis gezogen, in dem der Dop eines der Jungen auf der Seite lag. Jeder der Werfer bemühte sich, den Dop in dem Kreis mit der Spitze seines Dops zu treffen, und wenn ihm das gelang, durfte er mit der Spitze seines Dops drei Löcher in den Dop des andern stechen. Und wenn es ihm gar gelang, den Dop des andern zu spalten, dann wurde sein Dop als Sieger ausgerufen. Einer der Jungen hatte einen Dop, der schon zwanzigmal gesiegt hatte. Während Johnny, sein trockenes Brot verzehrend, den anderen zusah, kam ein Junge an ihm vorbei.

»Was tust du denn hier?«

»Ich esse mein Frühstück.«

»Du bist doch in Fosters Klasse. Wie heißt du?«

»Johnny Casside.«

»Ich habe Marmelade auf meinem Brot. Und du?«

»Ich mag keine Marmelade.«

»Gib doch nicht an!« höhnte der andere. »Das sagst du doch nur, weil du keine hast.«

Plötzlich schlug er Johnny auf die Hand, daß er sein Brot fallen ließ.

»Na, siehste?« sagte er und stieß mit dem Fuß gegen das Stück Brot. »Rappeltrocken.«

Ein anderer Junge, der älter war als die beiden, kam vorbei, sah Johnny an und packte den andern Jungen beim Arm.

»Komm, laß den mit seinen Drecksaugen doch in Ruh'.«

Johnny sah nach ein paar Jungen, die zwischen den Strebepfeilern der Kirche standen und rauchten. Er glaubte den starkknochigen, braunköpfigen Middleton zu erkennen, der ihm zuwinkte. Aber da er dessen nicht ganz sicher war, runzelte er die Augenbrauen, kniff das gute Auge zusammen, damit er besser sähe, ob Middleton etwas von ihm wollte. Middleton winkte wieder, und Johnny hörte ihn rufen: »Du mit der Augenbinde, komm mal her!«

Klopfenden Herzens erhob sich Johnny und lief hinüber zu Middleton und stand bald vor ihm, während die Jungen in der Nähe ihn mit verächtlicher Neugier anblickten. Johnny sah den Jungen mit dem großen Mund und dem rötlichen Haar an, der ihn verwundert, aber nicht unfreundlich mit seinen grauen Augen betrachtete. Die andern standen um ihn herum, großfäustig, grausam, hinterhältig, und warteten darauf, daß Middleton allerlei Fragen an ihn richtete.

»Was ist mit deinen Augen los?« fragte Middleton.

»Geschwüre«, antwortete Johnny.

»Was ist das?«

»Die bilden sich auf den Augen und tun sehr weh.«

»Scheinst ja eine nette Mutter zu haben, daß sie dich mit solchen Augen in die Schule schickt.«

»Meine Mutter hat keine Schuld. Schuld hat nur der alte Hunter.«

»Hunter würde sonst alles tun, daß sie keine Gemeindekohle mehr bekommt, wenn er nicht in die Schule geht«, höhnte ein untersetzter Junge mit Namen Massey, der gelbe Zähne hatte und dessen Hose an den Knien geflickt war.

Georgie Middleton sah Massey böse an und sagte: »Ich spreche mit dem Jungen und nicht du. Halt 's Maul. Andere bekommen auch Kohle von der Gemeinde.«

»Auch Masseys Eltern, das habe ich selbst gesehen«, mischte sich ein anderer Junge, Middleton zu Gefallen, ein.

»Hast du Geschwister?« fragte Middleton Johnny.

»Drei, zwei sind bei den Soldaten, und eine Schwester.«

Massey grinste.

»Hoffentlich ist was dran.«

»Er kennt den Unterschied zwischen Jungen und Mädchen noch nicht«, sagte Ecret, ein Junge mit gemeinem Gesicht.

»Das tue ich doch«, antwortete Johnny. »Ein Junge trägt eine Hose und ein Mädchen nicht.«

»Meinst du?« fuhr Ecret fort. »Dann hebe einem Mädchen mal den Rock hoch, und du wirst sehen, daß auch sie eine Hose anhat – eine weiße Hose mit Spitzen und Krausen und unten ganz weit, daß man leicht reinfassen kann.«

»Hast du deine Schwester schon mal nackt gesehen?« fragte Massey grinsend.

»Wollen ihm mal die Hose runterlassen, um zu sehen, ob er ein Junge oder ein Mädchen ist«, rief Ecret mit dem Kugelkopf und den dicken Armen. Seine Schuhe waren mit Bindfaden geschnürt, der nur schlecht geschwärzt war. Drohend legte er ihm die Hand auf die Schulter.

Johnny wehrte sich, aber Ecret hielt ihn an der Schulter fest. Johnny trat um sich und traf Ecrets Schienbein.

»Verfluchtes räudiges Aas«, schrie Ecret, »probier das noch mal, und ich schlag' dir die Fresse ein.«

»Das riskier nur mal«, sagte Middleton plötzlich. »Sollst mal sehen, was dir dann blüht.«

Gespanntes Schweigen. Ecret grinste und ließ Johnnys Schulter los. »Wozu mir an dem Dreckkerl die Finger schmierig machen?«

»Nur keinen Rückzieher«, drängte Georgie Middleton, während die andern, die eine Keilerei witterten, sich näher drängten und mit funkelnden Augen auf das hörten, was die zwei großen Jungen sagten. Einer von ihnen stieß Ecret an und flüsterte ihm zu: »Los, Fred, hau dem Scheißkerl doch eins in die Fresse.«

Ecret schnüffelte und murmelte unbehaglich: »Ich möchte Middleton den Spaß an seinem Freund nicht verderben.«

»Verdammter Lügner«, schrie Middleton. »Er ist nicht mein Freund. Ich wollte ihn nur mal was fragen, aber du mußtest dich natürlich mit deiner frechen Schnauze 'reinmischen.«

Ecret kam auf Middleton zu und sah ihn wütend an.

»Wer ist ein Lügner?« fragte er drohend.

»Du«, wiederholte Middleton.

»Wieso?«

»Weil du sagtest, er wäre mein Freund.«

»Das habe ich nicht gesagt.«

»Natürlich hast du das gesagt.«

»Nein, ich habe gesagt, wenn er dein Freund wäre. Hab ich das nicht gesagt?« wandte er sich an die andern. »Habe ich nicht das Wort ›wenn‹ gebraucht?«

Massey näherte sich mit schleppenden Schritten, blieb neben Ecret stehen, hob die hängenden Schultern hoch und sah Middleton an.

»Ich habe genau gehört, daß Ecret ›wenn‹ sagte, also zwei gegen einen«, rief er triumphierend.

Middleton sah Massey einen Augenblick lang an. Dann ging er auf ihn zu, blieb dicht vor ihm stehen und sagte warnend: »Verdufte, ehe es für dich zu spät ist.«

»Fällt mir gar nicht ein«, entgegnete Massey mit ängstlicher Verbissenheit.

Middleton näherte sich Massey noch mehr, bis ihre Nasen sich fast berührten. Sein Gesicht hatte sich gerötet, seine Augen funkelten, und seine geballten Hände bebten.

»Spiel dich nur ja nicht auf«, sagte er, »wenn ich sage, daß Ecret das Wort ›wenn‹ nicht gebraucht hat, dann stimmt das.«

»Ich habe es genau gehört«, wiederholte Massey mit derselben Verbissenheit.

»Das ist gelogen«, schrie Middleton und stieß dabei mit seinem Kopf hart gegen den Masseys, so daß dieser ein paar Schritte zurücktaumelte.

Johnny stand vorn am Rande des Kreises von Jungen, die den Streit aufmerksam verfolgten. Und wenn er auch fror und Angst hatte, so füllte ihn doch wärmende Freude, als er sah, wie Middletons Kopf den Masseys traf.

Während Massey zurücktaumelte, folgte ihm Middleton, und wieder traf sein Kopf den des Gegners: »Du verdammter Lügner, von ›wenn‹ war nicht die Rede.«

»Probier das nicht noch mal«, protestierte Massey, blaß, erregt und zitternd.

»Warum nicht?« höhnte Middleton und stieß wieder mit seinem Kopf gegen den Masseys.

Plötzlich schob Ecret Massey ein wenig beiseite und blieb mit wütendem Gesicht vor Middleton stehen.

»Wenn auch die ganze Schule Angst vor dir hat, ich habe keine Angst«, sagte er bitter. »Ich habe doch ›wenn‹ gesagt. Und wer Massey gegen den Kopf stößt, der stößt auch mich gegen den Kopf.«

Middleton antwortete nicht gleich auf die Herausforderung. Mit rotem Gesicht sah er die zwei anderen an, schätzte ihre gemeinsame Kraft, ihren Mut, ihre Geschicklichkeit bei einer Schlägerei ab. Seine Augen wanderten von dem einen zum andern, während sie herausfordernd, schwer atmend dastanden und warteten, was er unternähme.

Middleton versuchte die Entschlossenheit hinter ihrer Haltung zu erkennen. Sollte er sie angreifen? Und wenn sie standhielten, würde er mit beiden fertig werden? Es war gefährlich, und den Zuschauern entging sein Zögern nicht. Johnnys Herz war so kalt geworden wie das Wasser, das in dunkler Nacht aus der Quelle sprudelt.

»Gegen zwei Köpfe auf einmal kann niemand anrennen«, entgegnete Middleton ziemlich lahm.

»Das ist weiter nicht schwer, man braucht es nur zu wollen«, erwiderte Massey etwas kühler. »Probier's nur mal.«

Middleton wußte, daß er, wenn er jetzt kniff, als Stärkster in der Schule ausgespielt hatte. Er konnte auf das Machtgefühl nicht verzichten, das seinem Stolz so gut tat. Er wußte, daß sein Zögern seinen zwei Gegnern nicht entgangen war und daß beide kühner geworden waren. Er wußte, daß sie glaubten, er hätte Angst.

»Stoß Massey noch mal«, sagte Ecret. »Ich nehm's, als hättest du mich gestoßen.«

»Stoß Ecret, und ich nehm's, als hättest du mich gestoßen.«

Middleton ballte die Fäuste und zeigte die Zähne.

»Wenn ich wollte«, sagte er, »dann schlüge ich euch die Köpfe zu Brei. Das wäre bald geschehen.« Aber seine Stimme klang nicht gerade überzeugt.

»Und wann geht's los?« höhnte Massey.

»Sollst dich wundern, was dir dann passiert«, fügte Ecret hinzu.

Ein großer Junge zupfte Middleton am Ärmel. »Hau erst den einen zusammen«, flüsterte er, »der andere ist dann Kleinigkeit. Nur so kannst du mit den beiden fertig werden.«

»Ich schlag' euch beide zu Mus«, sagte Middleton, der entschlossen war, so vorzugehen, wie der andere ihm riet.

»Sollst dich wundern«, sagte Ecret, »mit uns beiden wirst du nicht fertig. Gib's auf, Feigling!« Er schlug Middleton mit der Faust auf die Schulter. In diesem Augenblick ertönte Slogans Glocke, die Pause war zu Ende, und alle mußten in die Klasse zurück, wieder im Chor buchstabieren und rechnen.

»Ich hau' euch schon zusammen, erst den einen, dann den anderen«, sagte Middleton und zeigte dabei seine fleckigen Zähne. »Zwei gegen einen, das ist nicht fair. Meint ihr nicht auch?« wandte er sich an die andern, die ihn umstanden.

»Erst den einen, dann den andern«, riefen die meisten der Jungen. »Das ist fair. Die werden schon was erleben.«

»Und das für den Feigling von jetzt eben!« sagte Middleton und schlug erst Massey, dann Ecret mit der Faust auf die Schulter.

»Nach der Schule also, auf dem Heimweg, in der Bradygasse«, sagte Ecret.

Die Glocke tönte ungeduldiger, und alle eilten, erregt davon sprechend, was sich in der Bradygasse auf dem Heimweg ereignen würde, in die Klasse zurück. Immer wieder betrachtete Slogan die Jungen, denn er fühlte, daß sich etwas vorbereitete, aber er ließ sich nicht anmerken, daß er ihre geheime Erregung spürte. Zum erstenmal sehnte Johnny den Schluß der Schulstunde nicht herbei. Wenn er sich auf dem Heimweg auch heimlich davonschleichen konnte, so wußte er doch, daß er den Jungen, der sich für ihn eingesetzt hatte, nicht im Stich lassen durfte. Er mußte dem Kampf beiwohnen. Hoffentlich kam jemand vorbei, der der Schlägerei ein Ende machte. Vielleicht hörte auch Slogan von dem Vorhaben der Jungen und unterband es von vornherein. Aber schon bald sah er, daß der Klassenälteste die Bücher einsammelte. Für heute war die Schule beendet. Die Jungen brachten die eingesammelten Bücher dem Hilfslehrer, der sie in den Schrank legte und den Schrank abschloß. Dann kehrten die Jungen an ihre Plätze zurück, setzten sich wieder oder blieben stehen und warteten auf das Schlußgebet. Er sah die Sonne auf Slogans kahlem Kopf glitzern, als er sich über ein Buch neigte, ein Zeichen in das Buch machte, das Buch zuklappte und beiseite legte. Dann stand Slogan auf und gab das Zeichen zum Gebet. Schlurfende Füße, als die Jungen sich erhoben und niederknieten. Johnny hörte, wie Slogan einem Jungen befahl, die Hände zu falten und die Augen zu schließen, und dann dröhnte das Gebet durch die stille Schule. Er flehte, daß alles, was an diesem Tage geschähe, tief einsänke in die jungen, unschuldigen, hier versammelten Herzen, daß es Freude brächte, zum Besten der Jungen und zur Ehre Gottes und Seines heiligen Namens. Amen.

Dann wieder Gescharre von Füßen, als die Jungen sich erhoben und ungeduldig aus der Schule drängten. Als Johnny sich durch die Menge zwängte, fühlte er, wie eine Hand seinen Arm ergriff. Er blickte auf und sah das rote, erregte Gesicht Middletons, das auf ihn herabblickte.

»Du hältst gleich meine Jacke. Und paß gut auf, wie ich den beiden die Fresse blutig schlage.«

Johnny lächelte ihn an und sagte: »Ja, du wirst die beiden schon vertrimmen, Georgie.«

»Warte es nur ab.«

Eine Gruppe von Jungen umgab Massey und Ecret, sagte ihnen, was alles sie am besten täten, Middleton zu ermüden, um ihn dann in aller Ruhe fertigzumachen.

»Laßt euch nur nicht einzeln von ihm packen, sonst seid ihr verloren. Haltet ihn euch vom Leibe. Jagt ihn herum, bis ihm die Luft ausgeht, und dann fallt über ihn her und haut ihm was in die Magengegend.«

In der Bradygasse, einem schmalen Durchgang zwischen einer Reihe kleiner Häuser und einem Eisenbahndamm, blieben die Jungen stehen und machten sich fertig. Die Hinterhöfe der Häuser und die Gruppe der Jungen, die auf Masseys und Ecrets Seite standen, bildeten das Nordende, und der Eisenbahndamm mit der Gruppe derer, die für Middleton waren, das Südende der Gasse und damit ein Viereck, in dem der Kampf stattfinden sollte.

Langsam zog Middleton die Jacke aus. Er reichte sie Johnny, der sie sich über die Schulter hängte. Dann knöpfte Middleton die Hosenträger los und band sie sich als Gürtel um den Bauch. Er rollte die Hemdsärmel in die Höhe, so daß man seine kräftigen Arme sah, und wartete voller Wut und Unruhe auf den Anfang des Kampfes. Zwei große Jungen, der eine von Middletons, der andere von Masseys Partie, nahmen die Sache in die Hand. Middletons Sekundant machte einen Schritt nach vorn und meldete dann der gegnerischen Partei, daß Middleton bereit wäre. Massey und Ecret verhandelten noch mit ihrem Sekundanten, wer von ihnen Middleton zuerst angreifen sollte.

»Ecret soll anfangen«, schlug Massey vor. »Er ist leichter als ich und kann ihn besser jagen, daß ihm die Puste ausgeht.«

»Fange du lieber an«, erwiderte Ecret. »Du bist schwerer als ich, und wenn du ihm ein paar Schläge in den Bauch versetzt hast, dann mache ich ihn fertig.«

»Beeilt euch«, rief Middletons Sekundant. »Er hat keine Lust, hier alt zu werden.«

»Wenn ihr euch nicht einigen könnt«, sagte der andere Sekundant ungeduldig, »dann lost doch. Oberseite für Ecret, Unterseite für Massey.« Und damit warf er einen abgegriffenen Penny in die Luft. Die Münze entschied für Massey. »Du fängst also an, Massey«, sagte der Sekundant. Massey zog die Jacke aus, krempelte die Hemdsärmel hoch und massierte sich die Arme, während Johnny betete, die beiden anderen möchten den Kampf verlieren und Middleton der Sieger sein.

»Fertig?« fragte der Sekundant.

Massey nickte.

»Fertig?« fragte der Sekundant wieder, sich Middleton zuwendend.

»Längst«, antwortete Middleton mit gemachter Ruhe.

»Dann los«, rief der Sekundant, und Johnny fügte still hinzu: Möge der Arm des Herrn und der Middletons stark sein in der nun beginnenden Schlacht.

Middleton stand ruhig da, den rechten Arm ließ er schlaff über Brust und Bauch hängen, den linken aber hatte er von der Schulter an gebeugt. Mit funkelnden Augen verfolgte er jede von Masseys Bewegungen, der jetzt einen Schritt vor, dann wieder einen zurück ging und auf die Gelegenheit wartete, zuzuspringen und zuzuschlagen. Middleton rührte sich nicht, folgte nur mit funkelnden Augen jeder Bewegung Masseys.

In einem der Häuser wurde ein Fenster geöffnet, und der zerzauste Kopf einer Frau erschien. Drohend blickte sie auf die Jungen hinab.

»Was macht ihr hier?« rief sie. »Wollt euch wohl gegenseitig umbringen? Macht, daß ihr fortkommt, ihr Lümmel. Balgt euch anderswo.«

Aber Middleton entging keine von Masseys Bewegungen.

»Schert euch zum Teufel«, schrie die Frau wieder, »oder ich hole die Polizei. Ist das das gottesfürchtige Benehmen, das ihr in der Schule lernt?«

Plötzlich sprang Massey auf Middleton zu, der einen Schlag nach der auf ihn zuspringenden Gestalt vollführte. Aber Massey sprang rechtzeitig beiseite, und Middleton drehte sich um und stand Massey wieder gegenüber. Immer noch beobachtete er mit funkelnden Augen jede Bewegung Masseys, während Ecret unbeweglich dastand und nervös an seinen Knöcheln kaute.

»So was! So was!« schrie die Frau aus dem Fenster. »Hätte der Schlag den Jungen getroffen, ihm wäre der Kopf geplatzt. Aber da kommt der Polizist um die Ecke!«

Während Middleton sich umblickte, sprang Massey wie der Blitz vor, und als Middleton sich ihm wieder zuwandte, traf ihn Masseys Faust am Mund. Massey sprang zurück, und alle sahen das Blut aus Middletons Lippen rinnen, während er, böse lächelnd, den andern wieder ruhig und stetig beobachtete.

»Ich hole sofort die Polizei«, rief die Frau aus dem Fenster, »und hoffentlich sperrt man euch alle bis morgen früh ein.« Ihr Kopf verschwand aus dem Fenster, das sie zuknallte.

Massey sprang plötzlich wieder auf Middleton zu, sprang wieder zurück, dann wieder vor, aber die harte Faust Middletons wirbelte über seinem Kopf, als er sich wieder in Sicherheit brachte.

»Paß auf, Massey«, sagte ein Freund aus der ihn beobachtenden Gruppe. »Diesmal hätte er dich beinahe erwischt.«

»Kommt der Polizist um die Ecke?« fragte plötzlich einer von Masseys Anhängern.

Wieder blickte Middleton sich um, und wieder sprang Massey vor. Aber wie der Blitz drehte Middleton sich wieder um, stieß mit aller Wut und Kraft die Faust vor, und alle hörten zuerst ein Stöhnen, dann einen Schrei, als die Faust Masseys Kiefer traf. Massey taumelte zurück, während Middleton ihm nachdrängte. Seine linke Faust traf Massey unterhalb des Ohres. Massey brach zusammen und kroch dann stöhnend auf Händen und Knien zu seinen Freunden.

Bleich und mit bebenden Lippen stand Ecret am Rande der Gruppe seiner Freunde. Er zögerte, aber seine Freunde drängten ihn, Middleton anzugreifen. »Los! 'ran! Ehe er wieder zu Atem kommt. Hau ihn zusammen!«

Aber er hatte schon zu lange gewartet. Als er jetzt ein paar widerwillige Schritte tat, schoß Middleton auf ihn zu. Ecret hob die Arme, seinen Angriff abzuwehren. Aber die erhobenen Arme wurden beiseite gefegt, und auf Ecrets Gesicht zeigte sich ein blutiger Fleck. Angst flackerte in seinen Augen, und er drehte sich um. Aber Middletons Faust traf ihn wieder an der gleichen Stelle, immer wieder, und bald krümmte er sich am Boden wie eben Massey. Die Gruppe von Masseys und Ecrets Anhängern hatte sich an die Hauswand zurückgezogen und sah von dort aus, wie Middleton, in Hemd und Hose, ein höhnisches Lächeln um die blutigen Lippen, auf seine geschlagenen Gegner herabsah.

»Das ist schnell gegangen«, sagte er spöttisch. »Hoffentlich seid ihr nun davon überzeugt, daß Ecret nicht ›wenn‹ gesagt hat.«

Zwei von den Jungen kamen auf Middleton zu und faßten stolz seinen Arm. Sie winkten Johnny, die Jacke zu bringen.

»Zieh deine Jacke an, Georgie«, sagte der eine von ihnen. »Es ist alles vorbei. Die beiden Memmen haben ihre gerechte Strafe.«

Glühende Freude wärmte Johnny, während er Middleton die Jacke brachte. Middleton zog die Jacke langsam an und betrachtete mit hämischem Stolz seine besiegten Gegner, die sich mit ihren schmutzigen Taschentüchern das Blut von den zerschlagenen Gesichtern wischten.

Dann umringten Johnny und seine Freunde Middleton. Einer von ihnen steckte ihm eine Zigarette in den Mund, zündete sie an, und, die Zigarette unbekümmert zwischen den blutenden Lippen haltend, tat Middleton ein paar tiefe Züge. Dann drehten sich die Jungen um und gingen erhobenen Hauptes davon, sprachen und lachten über alles, was sich ereignet hatte, während die zwei anderen Jungen immer noch auf dem Boden in der Gosse knieten und ihre Taschentücher sich vollsogen von dem Blut, das aus ihren zerschlagenen Gesichtern strömte.

DER STRASSENGLASER

Johnny, Georgie Middleton, O'Halloran, Kelly und ein paar andere Jungen waren gerade beim Murmelspiel, als der Jude vorbeikam, ein Straßenglaser, dessen Rücken sich unter der Last eines großen Gestells mit Tafelglas krümmte, das zwei breite Gurte über den Schultern und ein dritter um den Bauch hielten. Der Jude war klein und untersetzt. Sein Haar war struppig, und ein dünner, grauschwarzer Bart sproßte an seinem Kinn. Ein Paar tiefschwarze Augen blickten aus einem fetten, weißen Gesicht, und dunkle Locken baumelten ihm in die Stirn. Die Hose seines schäbigen schwarzen Anzugs war ausgefranst, seine Schuhe hatten schiefe Absätze; ein neuer, schwarzer, steifer Hut krönte seinen Kopf. Seinen Hals umgab ein hoher, steifer, weißer Kragen, den ein rot-gelb-grün-gemusterter Schlips zierte. Der Jude streckte die Arme vor, um so einen Ausgleich gegen die schwere Last auf dem Rücken zu schaffen. Sein Körper war derart gebeugt, daß sein Hinterkopf und sein Nacken ein Ganzes bildeten und er sehen konnte, was vor und um ihn geschah. Der Schweiß rann ihm über die Backen und bildete in den Achselhöhlen und zwischen den Schenkeln nasse Flecke. Die schwere Last auf seinem Rücken ließ ihn nur kleine Schritte machen. Während er weiterging, schaute er bald nach rechts, bald nach links, auf der Suche nach Arbeit und rief immer wieder: »Fensterscheiben! Fensterscheiben!« Er hielt scharf Ausschau nach Fensterscheiben, die vielleicht durch eine Murmel, einen Stein, einen Ball oder durch einen betrunkenen Ehemann zertrümmert worden waren. Und immer wieder rief er dabei: »Fensterscheiben! Fensterscheiben!«

Die Sonne funkelte derart auf dem Glas, daß O'Halloran meinte, der Jude trüge die Reste der feurigen Säule auf dem Rücken, die seine Vorfahren durch die Wüste geleitete.

Alle zehn Schritte gab der Jude dem mit Glas gefüllten Gestell einen Ruck, ohne dabei aber stehenzubleiben, ohne dabei aufzuhören zu rufen: »Fensterscheiben! Fensterscheiben!« Plötzlich hüpfte er wie ein Vogel auf ein Haus zu, etwa fünfzig Meter weiter unten auf der anderen Straßenseite, in dem er eine zerbrochene Scheibe entdeckt hatte. Die Jungen lasen ihre Murmeln auf und liefen hinter dem Juden her, um zu sehen, ob Frau Muldoon von ihm eine neue Scheibe einsetzen ließ.

Der Jude zögerte ein wenig vor der zerbrochenen Scheibe, die durch Papier ersetzt worden war. Langsam kam er dann näher und stieß mit dem Finger ein rundes Loch in das Papier, beugte sich vor und schaute in das Zimmer. Er trat vom Fenster weg, ging an die Flurtür, klopfte leise an und wartete geduldig, daß die Tür sich öffnete.

»Ich möchte den Haufen Glas nicht den ganzen Tag auf dem Buckel schleppen«, sagte O'Halloran, während die Jungen das Gesicht des Juden betrachteten.

»Eins der verlorenen Schafe der Herde Israel«, sagte Johnny.

»Einen so schäbigen Juden habe ich mein Lebtag noch nicht gesehen«, sagte Middleton.

»Sieh mal, wie die Sonne in dem Glas funkelt«, meinte Kelly. »Dem muß doch das Hemd am Leibe kleben.«

»Wenn er eins anhat, was ich nicht glaube«, spottete O'Halloran. »Und sein Kragen ist sicher auch nicht echt.«

»In weniger als einem Jahr hat der Kerl Pferd und Wagen.«

»Was wollen die Juden überhaupt bei uns? Als könnten wir unsere Fenster nicht selbst reparieren.«

»Anscheinend nicht«, entgegnete Middleton. »Das da drüben ist seit einem halben Jahr kaputt.«

»Länger«, sagte Kelly.

»Woher mag der Mann wohl kommen?« fragte Johnny.

»Aus Jericho oder Jerusalem natürlich«, erwiderte Middleton. »Woher denn sonst? Die strömen nur so aus Palästina in alle anderen Länder.«

Wieder klopfte der Jude an die Tür, und wieder wartete er geduldig, daß die Tür sich öffnete.

»Frau Muldoon wird ihn bestimmt nicht besonders freundlich empfangen«, sagte Kelly.

»Wollen ihm mal helfen«, sagte O'Halloran.

Sie gingen dahin, wo der Jude stand und geduldig darauf wartete, daß die Tür sich öffnete, während seine freundlichen tiefschwarzen Augen sie ängstlich beobachteten.

»Müssen fester klopfen, Herr Abraham«, sagte Kelly. »Die Frau ist schwerhörig.«

»Müssen viel fester klopfen, Herr Isaak«, echote Johnny lustig.

»Viel fester, Herr Jakob, die Frau hört schlecht«, sagte Georgie Middleton. »So...« Er faßte den Klopfer und ließ ihn gegen die Tür knallen, daß man es meilenweit hören konnte. Dann trat er ein paar Schritte zurück und überließ dem Juden die Tür. Auch der Jude machte einen Schritt zurück, als hätte er Angst vor dem, was nach dem Getöse passieren würde.

Im selben Augenblick wurde die Tür aufgerissen, und eine grauhaarige Frau mit bösem Gesicht, die ein zweijähriges Kind auf dem Arm trug, starrte ihn an.

»Was soll der Krach!« schrie sie. »Wollen Sie das Haus zum Einsturz bringen? So klopft man bei anständigen Leuten nicht an. Nicht einmal der Herr Statthalter würde sich das erlauben.«

»Das nächste Mal schlägt er die Tür einfach mit dem Hammer ein«, sagte Middleton.

»Die Scheibe, die zerbrochene Fensterscheibe... Ich setze Ihnen ganz billig eine neue ein«, sagte der Jude freundlich.

»Die zerbrochene Fensterscheibe«, machte die Frau ihm nach. Sie nahm das Kind von dem einen Arm auf den andern. »Wenn Sie noch mal anklopfen wie jetzt eben, können Sie mir eine neue Tür einsetzen.«

»Ich setze Ihnen die Scheibe sozusagen umsonst ein«, sagte der Jude freundlich.

»Scheren Sie sich zum Teufel«, schrie die Frau ihn an. »Ich habe was anderes zu tun, als mein Geld und meine Zeit für das Haus eines anderen zu vergeuden. Arbeiten Sie anderswo sozusagen umsonst. Wer die Scheibe kaputt gemacht hat, soll sie erneuern.«

Sie nahm das Kind wieder auf den andern Arm, drehte sich um, knallte die Tür zu. Der Jude starrte auf die geschlossene Tür, und die Jungen sahen den unentschlossenen Juden an.

O'Halloran näherte sich dem Juden und klopfte ihm auf die Schulter.

»Setzen Sie die Scheibe nur ein«, sagte er zutraulich, »wenn die Frau die neue Scheibe sieht, dann bezahlt sie auch. Ich kenne Frau Muldoon. Sie ist eine anständige Frau. Oder etwa nicht?« wandte er sich an die andern.

»Eine herzensgute Frau«, antworteten die andern im Chor.

Der Jude zögerte. Er betrachtete die zerbrochene Scheibe, dann die Jungen, und dann wieder die Scheibe. Seine Hand machte sich bereits an den Gurten zu schaffen, die das Gestell auf seinem Rücken hielten.

»Ich arbeite sozusagen umsonst, so wahr mir Gott helfe.«

»Fangen Sie nur an«, sagte Middleton, »setzen Sie die Scheibe ein. Frau Muldoon ist eine gute Frau, und sie zahlt auch, wenn Sie die Scheibe eingesetzt haben. Oder nicht, Jungens?« fragte er die andern.

Wieder sagten die andern, Frau Muldoon wäre eine herzensgute Frau.

»Los«, fügte er hinzu, »helft Jakob, daß er sein Gepäck los wird.«

Sie scharten sich um den Juden, schnallten die Gurte los und halfen ihm, das Gestell von dem Rücken zu nehmen. Sorgsam lehnten sie es dann an die Hauswand. Der Jude zog seine schäbige alte Jacke aus und machte sich an die Arbeit.

Aus einer Schublade im unteren Teil des Gestells nahm er Hammer, Meißel, Zange und Kittmesser. Die Jungen sahen zu, wie er die zerbrochene Scheibe aus dem Rahmen entfernte. Die weißen, etwas plumpen Hände arbeiteten schnell, meißelten den harten Kitt aus dem Rahmen und zogen die kleinen Nägel raus, die die alte Scheibe im Rahmen gehalten hatten. Als so alles für die neue Scheibe vorbereitet war, nahm der Jude den Schneidediamanten aus der Hüfttasche, maß die neue Scheibe aus und strich dann mit dem Diamanten am Lineal entlang über das Glas, wobei ein knirschender Laut entstand. Er steckte den Diamantschneider wieder in die Hüfttasche, brach mit leichtem Druck das abgemessene Stück von der Glastafel. Er setzte die neue Scheibe in die gesäuberte Nut des Fensterrahmens und schlug dann geschickt und sorgsam die kleinen Nägel ein, die die Scheibe hielten. Dann rollte er etwas Kitt zwischen den Handflächen, drückte ihn am Rand der neuen Scheibe fest, drückte ihn noch fester und glättete ihn mit dem Kittmesser.

Ein müdes Lächeln legte sich über sein Gesicht, während er weiterarbeitete.

»Irische Jungen«, sagte er, während er den Kitt weglegte, »sind klüger und lieber als alle anderen Jungen. Ich mache gute Arbeit«, murmelte er, den Kitt noch einmal andrückend, »gute Arbeit fast umsonst. Wenn die Dame die neue Scheibe sieht, dann sagt sie: Vielen Dank für die gute Arbeit.«

Mit dem schmutzigen Hemdsärmel wischte er sich den Schweiß von der Stirn, packte sein Werkzeug und die Kittreste in die Schublade des Gestells, zog die Jacke an, ergriff die Gurte des Gestells, bückte sich und schwang sich das Gestell auf den Rücken. Dann schnallte er die Gurte zu, ging wieder an die Tür und klopfte leise an.

»Gute Arbeit für eine gute Frau«, sagte er, während er leise an die Tür klopfte.

Dann hörte er die Jungen laut lachen. Das müde Lächeln verschwand von seinem müden Gesicht, als die Tür geschlossen blieb und niemand auf sein Klopfen antwortete. Er wartete geduldig. Die heiße Sonne funkelte auf dem Glas, das schwer auf seinem Rücken lastete.

Die Jungen schlichen sich davon. An der nächsten Straßenecke blieben sie stehen, beobachteten den Juden, der immer noch geduldig vor der Tür wartete, die sich nicht öffnete. Die Straße war still und einsam. Die Vorhänge vor den Fenstern der Häuser waren dicht geschlossen, die Blenden heruntergelassen, um die glühende Sonne aus den Vorderzimmern fernzuhalten. Niemand in der Straße. Totenstille. Immer noch stand der Jude vor der Tür, und die Jungen lachten und höhnten, während er immer wieder an die Tür klopfte, die sich nicht öffnete.

»He!« hörte der Jude eine Stimme durch das höhnische Lachen rufen, »hier ist noch eine zerbrochene Scheibe, Abraham, kannst gleich weiterarbeiten, und die Frau wird gern das bißchen zahlen, das du verlangst.«

Ein Spatzenschwarm flatterte von den Hausdächern und sammelte sich vor den Füßen des wartenden Juden. Die Vögel hatten die Kittreste entdeckt und hofften, eine freundliche Macht würde sie in Brot verwandeln. Sie hüpften hin und her, sahen den wartenden Juden, der vor der geschlossenen Tür stand, von der Seite an. Plötzlich flogen sie wieder auf die Hausdächer, als ein Stein über das Pflaster polterte, den Juden an der Wade traf, ihm die schäbige Hose zerriß und sein Bein ein wenig verletzte. Sein vorgebeugter Kopf hob sich plötzlich und sah nach den Jungen, die an der Straßenecke standen. Aber die Jungen blickten unschuldig in die entgegengesetzte Richtung, und der Jude senkte den Kopf wieder und wartete, ob sich die geschlossene Tür nicht doch noch öffnete.

Wieder flog ein Stein dahin, wo der Jude stand. Er drehte sich um und schaute nach den Jungen, sah dann wieder nach der Tür, betrachtete lange die neueingesetzte Scheibe, wollte weitergehen, blieb dann aber doch stehen, war wieder auf dem Wege nach der Tür, zögerte wieder. Dann tappte er langsam durch die leere Straße davon, tief gebeugt unter der Last des Gestells mit dem Glas, das er auf dem Rücken trug. Die Arme hatte er vorgestreckt, um das Gleichgewicht nicht zu verlieren. Der Hinterkopf versank im Nacken, so daß er sehen konnte, wo er ging, und während er dahintappte, rief er wieder: »Fensterscheiben! Fensterscheiben!«

Lautes Lachen schallte aus der Gruppe der Jungen an der Straßenecke, als sie den Juden verschwinden sahen.

Ohne die gewöhnliche Schnitte Brot zum Frühstück saß Johnny an jenem Tag auf einem der mageren Grasflecken im Hof und beobachtete mit seinem guten Auge Georgie Middleton und eine Gruppe von Jungen, die zwischen zwei Strebepfeilern der Kirche saßen, Karten spielten, Zigaretten rauchten und sich laut unterhielten. Er stand auf, näherte sich den Jungen, und Middleton hob den Kopf und lächelte ihm zu.

»Komm näher und bring mir Glück«, sagte er zu Johnny.

Johnny kam verlegen näher, legte Georgie die Hand auf die Schulter und sah dem Kartenspiel zu. Sie spielten ›Fünfundzwanzig‹ mit einem Einsatz von einem Penny für das Spiel und einem halben Penny für den besten Trumpf bei der Verteilung der Karten. Nach je sechs Spielen mußte einer der Spieler ausscheiden und Schmiere stehen, damit sie nicht von Slogan bei ihrem Tun überrascht würden. Augenblicklich war Massey an der Reihe. Ungeduldig wartete er auf das Ende der sechs Spiele, damit er wieder mitspielen konnte. Die Karten wurden verteilt, das Spiel begann, und Middleton gewann. Wieder wurden die Karten gemischt, verteilt, die Stiche wurden gezählt, und wieder hatte Middleton gewonnen.

»Das dritte Spiel für mich«, sagte Middleton froh. »Los, Ecret, gib. Ich hab' heute Glück.«

»Ich bin am Geben«, mischte Massey sich ein. »Es war das sechste Spiel, und Ecret muß jetzt Schmiere stehen.«

»Es ist erst das fünfte Spiel«, erwiderte Ecret. »Also noch eins.«

»Das sechste«, beharrte Massey. »Ich habe genau gezählt. Los, steh auf!«

»Es ist erst das fünfte Spiel«, knurrte Ecret und mischte die Karten.

»Das sechste, das sechste«, wiederholte Massey ungeduldig. Er streckte die Hand aus, um Ecret die Karten abzunehmen.

»Nur kein Gemecker, wo ich gerade gewinne«, sagte Middleton verdrießlich.

»Alles, was recht ist«, knurrte Massey. »Ich habe sechs Spiele lang hier gestanden, und Ecret ist jetzt an der Reihe.«

»Setz dich«, sagte Middleton, dem viel daran gelegen war, seine Glückssträhne auszunutzen und noch einen Penny mitzunehmen.

»Setz dich, wenn du absolut willst. Johnny paßt inzwischen auf.« Er sah Johnny an und fügte hinzu: »Mach dich nützlich, Johnny, strenge dein gutes Auge mal an, und wenn du Slogan um die Ecke kommen siehst, gib uns ein Zeichen, dann reden wir gleich davon, wie David Bathseba im Bad beobachtete.«

Johnny bekam große Angst, daß er vielleicht Slogan nicht früh genug sähe, wenn er um die Ecke käme. Er hatte aber nicht den Mut, die andern darauf aufmerksam zu machen, daß er auch mit dem guten Auge nicht gut sähe. Er bemühte sich also, so gut er es konnte, und schaute immer nur nach der Ecke, um die Slogan kommen mußte, wenn er überhaupt kam. Hoffentlich kam er nicht, und hoffentlich verkündete die Glocke bald, daß die Zeit zum Kartenspiel vorbei war und alle wieder in die Klasse mußten, wo der Singsang mit Buchstabieren und Rechnen wieder begann.

»Einer hat noch nicht gesetzt. Nur neun Pennys im Pott. Wer mogelt da?«

»Ich«, erwiderte Massey, der gerade die Karten verteilte. Als er damit fertig war, legte er seinen Penny in den Pott. »Ecret spielt aus. Schippe ist Trumpf«, und er betrachtete erwartungsvoll die Karten in seiner Hand.

Sie spielten und trumpften, sammelten ihre Stiche; mischten, hoben ab, verteilten, trumpften und sammelten wieder ihre Stiche - während Johnny nach der Ecke schaute, von der Gefahr drohte, und sich nach dem Glockenzeichen sehnte.

Plötzlich fühlte er einen Schmerz in den Augen, als würde mit tausend Nadeln in sie gestochen. Der Schmerz ergriff seinen Kopf, und rotes Licht flammte ihm vor den Augen. Er biß die Zähne zusammen, preßte die Lider aufeinander, bis sich die Tränen einen Weg durch sie bahnten und ihm heiß über die Backen rannen. In diesem Augenblick hörte er Schritte, fühlte, wie jemand ihn bei den Schultern packte. Als der Schmerz nachgelassen hatte, öffnete er das gute Auge und sah Slogan, der mit wütendem Gesicht das Geld aus dem Pott nahm und die Karten einsammelte. Verlegen und stumm standen die Jungen da. Als Slogan, ohne auch nur ein Wort zu sagen, Geld und Karten eingesteckt hatte, ließ er die Jungen stehen, wo sie standen, und ging weiter.

Wütend schrie Middleton Johnny an: »Warum hast du uns nicht

gewarnt, verdammt noch mal?« Aber Johnny, der vor Scham und Angst zitterte, antwortete nicht.

»Hat uns geschnappt wie 'ne Hammelherde«, murmelte Massey.

Middleton drehte sich um und schlug Johnny mit dem Handrücken ins Gesicht, daß ihm das Blut aus der Lippe floß. Dabei schrie er: »Du halbblinder, blöder Hammel, kannst du nicht mal für ein paar Minuten deine dämlichen Augen offenhalten? Jetzt werden für unsere Pennys für die Heiden in Bengalen Bibeln gekauft.«

»Hat uns geschnappt wie eine Herde blöder Hammel«, knurrte Massey.

Middleton versetzte Johnny einen Stoß, der ihn zurücktaumeln ließ.

»Scher dich zum Teufel, du blindes Schwein!«

Die anderen lachten, umringten Johnny, stießen und pufften ihn, als er sich langsam von ihnen entfernte.

Als er um die Ecke kam, ertönte Slogans Glocke zum letztenmal, die große Pause war beendet. Johnny ging an dem Lehrer vorbei, betrat das Klassenzimmer, setzte sich auf seinen Platz, bohrte sein gutes Auge in ein Schulbuch, während ihm das Herz schwer in der Brust hämmerte. Die andern Jungen strömten in die Klasse, und seine Kameraden setzten sich neben ihn, flüsterten erregt über das, was sich ereignet hatte.

Plötzlich verstummte das Geflüster, denn Slogan, der an seinem Pult am oberen Ende des Raumes stand, läutete seine Glocke, und alle, außer Johnny, wußten, daß, wenn die Glocke von dort aus ertönte, der Lehrer etwas Wichtiges zu verkünden hatte. Und alle in der Klasse hörten des Lehrers Stimme aus der Stille kommen, und in ihr klang etwas wie dumpfe Freude, wie das Gepiepe eines ekelhaften Vogels.

»Als ich heute über den Spielplatz ging oder bummelte, wie ihr sagt, überraschte ich mehrere unserer älteren Schüler bei einem sündigen Zeitvertreib, wie er bei katholischen Jungen üblich ist, beim Kartenspiel. Sie schienen sich in diesem Gebetbuch des Teufels gut auszukennen und hatten wohl ganz vergessen, daß sie protestantische Jungen sind, getauft mit dem Wasser des Boyne, was ihnen die Verpflichtung auferlegt, sich tadellos zu benehmen vor Gott und den Menschen und den Katholiken, die immer darauf bedacht sind, jede Kleinigkeit zu übertreiben, die protestantische Jungen sich zuschulden kommen lassen. In meiner ersten Empörung war ich entschlossen, jeden Knaben, der sich der Sünde schuldig gemacht hat, streng mit einer gehörigen Tracht Prügel zu bestrafen. Aber ich habe es mir dann anders überlegt: Ihr eigenes Gewissen soll sie strafen, und diese Strafe wird sie schwerer treffen, als Stockschläge es vermögen. Aber ein Junge ist in diese Sünde, in dieses Kartenspiel, verstrickt, dem niemand sie zugetraut hätte..., und dieser Junge muß bestraft werden. Und die Strafe soll sofort an ihm vollzogen werden. Und sie soll derart sein, daß ihm die Lust an dieser Sünde ein für allemal vergeht. Der Junge, an dem ich die Güte meines Stockes ausprobieren werde, stand Schmiere, damit die Partie nicht von dem bösen Lehrer gestört werde. Aber leider hat der Junge nicht nur schlecht aufgepaßt, er schlief auf seinem Posten ein, und schon bald wird er bedauern, ein so schlechter Wächter gewesen zu sein. Die Mutter des Jungen ist Witwe, er hat keinen Vater mehr, der seiner achtet; und ich bin dafür verantwortlich, und es ist meine Pflicht, alles zu tun, daß das Böse nicht einziehe in das Wesen des kleinen Jungen der armen Witwe. Und wenn ich gleich seinen Hintern mit dem Stock gerötet habe, dann wird er, dessen bin ich sicher, für lange Zeit ein guter Junge sein und jede Spielkarte meiden wie die Pest.« Er ließ den Stock durch die Luft sausen und wandte sich an die Schüler: »Wer hat gesagt: Wer sein Kind lieb hat, der züchtigt es?«

»Salomo, Herr Lehrer, Salomo«, antwortete ein Dutzend Jungen.

»Und wo in der Bibel steht das?«

»In den Sprüchen Salomonis, 13. Kapitel, Vers 24«, antwortete ein Dutzend Jungen.

»Und wie lautet die Stelle genau?«

Totenstille. Nur ein Junge hob die Hand.

»Gut, Ecret, sage du den Dummköpfen, was Salomo der Weise sagte, als er uns lehrte, wie man mit Jungen umgehen soll.«

»Wer seine Rute schonet, der hasset seinen Sohn«, sagte Ecret mit erhobenem Kopf.

»Und war Salomo von Gott inspiriert?« fragte Slogan.

»Ja«, antworteten alle Schüler.

»Und wie beweiset ihr das?«

Wieder tiefe Stille.

»Die ganze Heilige Schrift ist von Gott eingegeben«, sagte Slogan,

»und die Sprüche Salomonis bilden mit ihrem 13. Kapitel, Vers 24, einen Teil der Bibel. Ergo: Der in dem Verse ›Wer seiner Rute schonet, hasset seinen Sohn‹ enthaltene Rat ist heilig und damit von Gott eingegeben. Wäre es nicht eine arge Sünde meinerseits, wenn ich diesen von Gott gegebenen Rat außer acht ließe, denn ich stehe doch in loco parentis euch allen und vor allem dem Jungen der Witwe, dem kleinen John Casside, gegenüber.«

»Ja, Herr Lehrer«, antworteten die Schüler im Chor. Nur Georgie Middleton schwieg. Johnny sah, daß er den Kopf geneigt hatte und sich um das, was zwischen den Jungen und dem Lehrer geschah, nicht kümmerte.

»Ihr seid also alle meiner Meinung«, sagte Slogan und nickte den Jungen freundlich zu. »Also, Johnny, mein Söhnchen, nun komm mal her, damit ich dir zuteil werden lasse, was Gott geraten hat. Es wird weh tun, aber deiner Seele wird es förderlich sein.«

»Slogan hat dich gerufen«, flüsterte der Junge, der rechts von Johnny saß, »will dich verhauen, weil du während der Pause Karten gespielt hast.«

Johnny rührte sich nicht. Mit gesenktem Kopf saß er still da.

»Hast du nicht gehört?« flüsterte sein Nachbar zur Linken. »Er ruft dich...«

»Komm, mein Söhnchen«, sagte Slogan wieder. »Komm und hol dir, was du verdient hast.« Johnny neigte den Kopf noch tiefer und rührte sich nicht.

»Er zögert«, fuhr Slogan fort. »So macht das Gewissen Feige aus uns allen; die angeborene Farbe der Entschließung wird durch des Gedankens Blässe angekränkelt. Nun komm, mein Söhnchen.«

»Er rührt sich nicht, Herr Lehrer«, sagte der Junge zur Linken Johnnys.

»Komm doch, komm doch«, lockte ihn der Lehrer. »Vergiß nicht, was deine Paten und Patinnen für dich versprachen: dich deinen Erziehern und Lehrern, deinen Pfarrern und Herren in aller Achtung zu unterwerfen. Komm doch! Später wirst du dich über die Schläge freuen, die dir dein guter Lehrer verabreichte.« Er blickte zu Johnny hin und fuhr mit ruhiger, aber strenger Stimme fort. »Komm jetzt und hole dir die Medizin, oder soll ich sie dir bringen?«

Langsam und voller Angst kletterte Johnny aus seiner Bank und ging langsam auf Slogan zu. Sein Herz klopfte wild, und der Schweiß stand ihm auf der Stirn. Er fühlte, daß Slogan ihn die Angst entgelten lassen wollte, die er vor den großen Jungen hatte. Er hatte Middleton, Massey und Ecret sagen hören, wenn Slogan sie anrührte, schlügen sie ihm mit der Schiefertafel den Schädel ein. Außerhalb der Reichweite des Stockes blieb Johnny stehen.

»Ein bißchen näher, ein bißchen näher«, knurrte Slogan. »Du hast die Schläge verdient, also nimm sie hin wie ein kleiner Spartaner. Weißt doch, was ein Spartaner ist? Nicht einmal das weiß er«, grinste Slogan, sich an die andern Schüler wendend. »Vor langer, langer Zeit lebten in Griechenland die Spartaner und waren bekannt dafür, daß sie, ohne mit der Wimper zu zucken, alle Schmerzen ertrugen. In Sparta wurde jeder Junge, ob er gut war oder böse, geschlagen, damit er hart würde. Beiße also die Zähne zusammen, mach die Augen zu und nimm die Schläge hin. Und alle werden in dir den kleinen Spartaner sehen. Deine Hose ist ein wenig dünn, aber das macht alles nur erregender. Nun brauchen wir nur noch zwei kräftige Jungen, die dich festhalten, falls du dich sträuben solltest, damit du der ganzen Wohltat einer gütigen, wenn auch strengen christlichen Züchtigung teilhaftig werdest. Wer ist dieser Ehre würdig?« Slogan ließ seine Blicke über die gespannten Gesichter aller in den gelben Bänken sitzenden Jungen schweifen.

»Ich?« rief Massey und hob die Hand hoch, um seinen Lehrer auf sich aufmerksam zu machen.

»Ja, Massey«, antwortete der Lehrer. »Du wärest der eine. Du bist stark und wirst, falls es nötig sein sollte, deine Pflicht tun. Und nun noch der andere. Der größte Junge der Klasse sollte der Ehre teilhaftig werden, den Jungen festzuhalten... Ja, du, Georgie. Du sollst helfen.«

Middletons Gesicht rötete sich, als er den Kopf neigte und murmelte: »Lieber nicht.«

Slogan legte die Hand an sein weniger taubes Ohr, beugte sich vor und sagte: »Was?«

Middleton, der den Kopf immer noch geneigt hatte, antwortete lauter: »Lieber nicht. Ich will nichts damit zu tun haben, wenn der Junge geschlagen wird. Und außerdem ist er viel zu schwächlich.«

Slogan wurde kreidebleich.

»Middleton«, sagte er mit ruhiger Bitterkeit, »du solltest deine Meinung nur äußern, wenn du gefragt wirst.«

Middleton sprang auf. Seine Augen waren böse wie die eines wütenden Hundes, als er die schmutzigen Hände so fest auf die Bank stemmte, daß ihre Knöchel weiß wurden.

»Und dann hat der Junge mit all dem nichts zu tun«, stieß er hervor. »Schuld sind allein ich und die andern. Er hat keine Karte angerührt, er kann überhaupt nicht Karten spielen. Wir haben ihn gezwungen, Schmiere zu stehen.«

Tiefe Stille legte sich über die Klasse.

»Georgie Middleton«, sagte Slogan mit leiser Stimme und sah dabei die Klasse mit seinen leeren Augen an, »verläßt bald die Schule, um sich in der Welt einen Platz zu erobern, und wir alle wünschen ihm viel Glück. Er wird in einem großen Geschäft beginnen, dessen Inhaber einen Jungen einstellen will, der gerade die Schule verlassen hat. Herr Middleton hat unsern Rektor gebeten, Georgie ein Zeugnis auszustellen, und der Rektor hat sich an mich gewandt, ihm über Georgies Verhalten in der Schule zu berichten. Wenn Georgie einen guten Start haben will, sollte er sich das Wohlwollen seines Lehrers nicht verscherzen. Habe ich nicht recht, Georgie Middleton?« fragte Slogan und sah den Jungen, der immer noch den Kopf geneigt hatte, an. Middleton zögerte einen Augenblick, dann hörten alle ihn sagen: »Ja, Herr Lehrer.« Er setzte sich wieder, konnte nicht fertig werden mit seiner Wut darüber, daß Gefahr oft stärker war als Mut.

»Glaubst du nicht auch, Georgie, daß dieser Junge bestraft werden muß?« fuhr der Lehrer fort. Schweigen. Dann hörten alle Middleton sagen: »Ja, Herr Lehrer.«

»Dann tritt also vor«, sagte Slogan, »und sei bereit zu helfen, wenn deine Hilfe notwendig ist.« Bleich vor Scham schlich Middleton nach vorn. Voll stumpfer Bitterkeit stand er neben dem hartherzigen, erregten Lehrer, der die Hand auf seine Schulter legte.

»Bist ein braver Junge, Georgie«, sagte er, »denn du hattest den Mut, einen Irrtum zu bekennen, was vielen von uns sehr schwer fällt. Im Himmel herrscht mehr Freude über einen reuigen Sünder als über neunundneunzig andere, die der Reue nicht bedürfen. Und nun«, er packte Johnny beim Kragen, »wollen wir mit aller Vorsicht dem Gewissen und der Seele des Jungen ein wenig nachhelfen.«

Johnny zitterte, als er den Griff fühlte, und ihm wurde schlecht bei dem Gedanken an die Schmerzen, die auf ihn warteten.

»Meine Mutter hat gesagt, ich dürfte meiner Augen wegen nicht geschlagen werden«, sagte er schnell und flehend. »Schlagen Sie mich nicht. Ich verspreche auch, so etwas nie wieder zu tun.« Aber schon traf ihn der heiße Schlag des Stocks an den Schenkeln, und er schrie und zerrte mit den kleinen Händen an dem Lehrer, wand und krümmte sich und trat nach Slogans Schienbeinen. Manche seiner Tritte trafen, der Lehrer heulte wie ein Hund, und Grausamkeit funkelte in den fahlen Augen.

»Massey und Middleton«, schrie er, »packt seine Arme und zieht ihn über die Bank, damit ich den Teufel des Widerstandes aus ihm herausschlage.« Die zwei Jungen packten Johnnys Arme und zogen ihn über die Bank und überließen ihn der Gnade und Ungnade des Lehrers, während Johnny immer wieder beteuerte: »Nein, Herr Lehrer! Ich habe mit dem Kartenspiel nichts zu tun. Nein, nichts.«

Aber der gemeine Kerl schlug keuchend und mit höhnisch verzerrtem Gesicht immer wieder zu. Johnny fühlte, wie Massey ihm den Arm verdrehte und so tat, als wäre er nur schwer zu halten. Schließlich konnte Slogan nicht mehr. Er versetzte Johnny noch ein paar Schläge und wischte sich dann mit dem Taschentuch über das Gesicht.

»Los, 'rauf auf den Stuhl neben dem Pult«, schrie er den bebenden Jungen an, »damit jeder dich sehen kann.« Ein neuer Schlag über die Beine jagte Johnny, der einen Schrei ausstieß, auf den Stuhl. Und alle lachten über seine Hast. Er schämte sich, vor der Klasse den schmerzenden Hintern und die Beine zu reiben. Mühsam suchte er das Gleichgewicht auf dem Stuhl zu halten. Die Augenbinde, die sich während des Gebalges gelöst hatte, hing ihm um den Hals, und die Augen schmerzten von den Geschwüren und den Tränen, die aus ihnen strömten, und Johnny konnte nicht begreifen, weshalb man ihn so quälte. So stand er da und bemühte sich, des Schluchzens Herr zu werden, das sein Herz immer wilder klopfen ließ.

Slogan sah ihn an, dann schüttelte er verächtlich den Kopf.

»Ein Spartaner ist er nicht«, sagte er, sich mit einem Grinsen den andern zuwendend, »und meine Meinung über ihn ist noch schlechter als bisher. Ja, wir alle müssen vorsichtig sein, denn ein räudiges Schaf kann leicht eine ganze Herde anstecken.«

Wieder sah er Johnny an. »Wir wollen ihm noch ein paar Minuten Zeit lassen, sich zusammenzureißen und ein Mann zu sein. Aber wenn er uns dann noch mit seinem Geplärr ärgert, dann bekommt er so lange Hiebe, bis er still ist. Meint ihr nicht auch?«

»Ja, Herr Lehrer«, antworteten die andern im Chor.

Eine Glocke ertönte. Die, die bisher in den Bänken gesessen hatten, standen auf, und die, die bisher gestanden hatten, setzten sich in die Bänke. Johnny weinte und jammerte immer noch, bis Slogan sich wütend, mit dem Stock in der Hand, vor ihn hinstellte.

»Höre endlich mit dem Gewimmer auf«, schrie er und packte Johnnys Arm. »Oder...«

Der Junge versuchte, sein Schluchzen zu unterdrücken, aber es gelang ihm nicht.

»Höre sofort auf! Bist du bald fertig?«

»Ja, Herr Lehrer«, antwortete Johnny.

»Ganz fertig?«

»Ja, Herr Lehrer.«

»Ich will keinen Laut mehr hören – sonst saust dir der Stock wieder um die Beine.«

Johnny gelang es endlich, seines Schluchzens Herr zu werden. Verloren stand er auf dem Stuhl und sah Slogan sich ans Pult setzen, um Hefte zu korrigieren. Er sah nach dem dünnen Sonnenstrahl, der durch die Tür fiel. Sie war etwas geöffnet worden, den Raum zu lüften, der heiß war vom Atem der Kinder und des Lehrers.

Dann ertönte wieder die Glocke, und alle erhoben sich von den Bänken. Die Tafel mit den ›Schulregeln‹ wurde mit der bedruckten Seite der Wand zugekehrt und die mit den ›Religiösen Regeln‹ zeigte den Schülern ihre bedruckte Seite. Slogan schlug mit einem blanken Lineal aus Ebenholz auf das Pult und gebot auf diese Weise Schweigen. Dann legte er das Lineal neben sich, neigte den grauen, alten Kopf und sagte mit milder Stimme: »Laßt uns beten.«

Lärm sich bewegender Körper, als alle niederknieten. Auch Slogan kniete nieder, sein grauer Kopf ruhte auf seinen Armen auf dem Sitz des Stuhles, von dem er sich erhoben hatte. Unbeweglich lag das schwarze Lineal auf dem Pult neben ihm. »Herr, öffne unsere Augen, damit sie all das Wunderbare sehen, das Du geschaffen.« Das schwarze Lineal lag unbeweglich neben ihm auf dem Pult. »Vater unser, der

Du bist im Himmel. Geheiliget werde Dein Name.« Johnny sah den rötlichen, kahlen Kopf mit dem grauen Haarkranz, als Slogan sich über den Sitz des Stuhles beugte, auf dem seine Arme ruhten.

Plötzlich glitt Johnny von dem Stuhl, auf dem er stand. Wilde Wut loderte in ihm auf. Er packte das schwere, schwarze Lineal, und mit dem ganzen Haß seines Herzens, seiner Seele und seines Geistes und mit aller Kraft ließ er das schwarze Lineal herabsausen auf den rötlichen, kahlen Kopf mit dem grauen Haarkranz und fühlte jubelnde Freude in sich, als er das schmerzvolle Stöhnen vernahm, das aus Slogans Munde brach, als das schwarze Lineal ihn traf.

Das schwarze Lineal in der Hand, rannte er nach der offenen Tür und der Sonne. Er sah, wie Middleton Ecrets Schulter packte, als dieser aufstehen wollte, ihn in seiner Flucht zu hindern. Er sah noch, wie Masseys Hand sich ausstreckte, ihn festzuhalten, hörte noch Masseys bösen Schrei, als das schwarze Lineal seine ausgestreckte Hand traf. Er rannte davon durch die Tür, über die Straße, durch die schmutzige Bradygasse, kroch schnell den Bahndamm hinauf, ließ das Lineal beim Klettern fallen, hörte das Dröhnen eines sich nähernden Zuges, in das hinein ein lauter Pfiff schrillte, taumelte über die Schienen, wurde ein paar Sekunden lang von dem Wind aufgehalten, als der Zug vorbeifuhr, sah wie in einem Nebel das kreideweiße Gesicht des Lokomotivführers, dessen Mund sich wie irr öffnete und schloß. Sich mit aller Gewalt aus dem Wind befreiend, den der vorbeifahrende Zug verursachte, glitt er an der andern Seite des Dammes hinab, zerriß sich dabei die Hose und ritzte sich das Bein an einem Stein auf, jagte dann weiter durch die links gegenüberliegende Straße, stieß die Haustür auf, stürmte in das Zimmer und brach dann ohnmächtig vor den Füßen seiner erschrockenen Mutter zusammen.

Als er wieder zu sich kam, badete die Mutter seinen zerschundenen Körper mit lindem, warmem Wasser. Der Schmerz in seinen Beinen hatte nachgelassen, denn die Mutter hatte sie mit Vaseline eingerieben. Er streckte die Hand aus und hielt sich an ihrem Leibchen fest.

»Laß Hunter und Slogan nicht 'rein, Mutter«, flehte er.

»Die kommen hier nicht wieder 'rein, darauf kannst du dich verlassen«, antwortete die Mutter. »Aber weshalb bist du so gelaufen, und weshalb hat man dich geschlagen, daß dein Körper eine einzige Strieme ist?«

»Slogan schlug mich immer wieder und behauptete, ich hätte Schmiere gestanden, als ein paar Jungen hinter den Pfeilern der Kirche Karten spielten. Und ich konnte mich nicht wehren, weil sie größer waren als ich. Und dann konnte ich auch nicht ordentlich sehen. Ich wollte erst nicht, aber sie zwangen mich dazu. Und dann kam Slogan. Und da die andern alle größer waren als ich, schlug er mich, bis er nicht mehr konnte.«

Vorsichtig verband die Mutter das schlimme Auge, deckte ihn warm zu, beugte sich über ihn und küßte ihn.

»Nun schlaf und vergiß alles bis morgen«, sagte sie.

Und er legte sich auf die Seite, und er wußte, daß sie ihn behütete, und er fiel in tiefen Schlaf.

GOTTES URTEIL IST GERECHT

Frau Casside setzte sich in der Nähe des Ofens auf eine Butterkiste, die mit einem Stück alten roten Stoffs bedeckt war. Und während sie in der Nähe des Ofens auf der Butterkiste saß, die mit einem Stück alten roten Stoffs bedeckt war, stellte sie seufzend fest, daß sich das Stroh in der Matratze von Johnnys Bett wieder lockerte. Schon so oft hatte sie sie geflickt – alles umsonst. Frau Casside seufzte. Sie betrachtete den vom Rauch des Feuers geschwärzten Kessel auf der Herdplatte. Seinen lecken Boden hatte sie mit kleinen Scheiben aus Kork und Zinn geflickt, die man in dem Eisenwarengeschäft – sechs Stück für einen Penny – kaufen konnte. Die Bratpfanne und die Kasserolle waren Gott sei Dank noch in Ordnung. Dickbäuchig stand der Schrank in der Ecke, und in ihm ein kleiner Vorrat an Geschirr. Seufzend stellte sie fest, daß die Federn durch den Bezug des Roßhaarsofas stießen, das etwas wacklig an der Wand des Zimmers unter dem Fenster stand. Der schmale Streifen Baumwollköper, der sein möglichstes tat, Johnnys nackte Beine vor den Strohstoppeln der Matratze zu schützen; die dünne Decke und die Mäntel, die sich bemühten, ihn warm zu halten; die noch einigermaßen brauchbaren Küchenstühle; der mit Schmirgelpapier silberblank geputzte Aschenkasten; die Bilder ›Nelson auf der Fahrt nach der Trafalgarbucht‹ und ›Königin Victoria‹, die langsam inmitten der verwelkenden Rosen der Tapete alt wurden; der Mahagoniausziehtisch, den ihr Mann noch von einem Fenier gekauft hatte, der aus der Heimat fliehen mußte; die große Kiste, die sie für einen halben Schilling bei einem Krämer gekauft hatte, die als Kohlenkiste diente und über der ein Brett lag, auf dem ein Eimer für das frische Wasser und ein anderer für das Spülwasser standen, das nach unten gebracht wurde; auf dem Fensterbrett die zwei Geranien, die eine weiß, die andere rot, und eine rote Fuchsie, die fröhlich inmitten all des Gerümpels, das die andern Dinge darstellten, blühten..., das alles sah und betrachtete sie, während sie auf der Butterkiste saß, die mit einem Stück alten roten Stoffs bedeckt war.

Die Stunden vergingen und Johnny schlief und schlief. Archie kam von der Arbeit nach Hause, trank seinen Tee, las die Zeitung, fragte, weshalb Johnny im Bett läge, und meinte, als die Mutter antwortete, es ginge ihm nicht gut, der Junge wäre meist krank. Er verließ das Haus, um sich nach der Tagesarbeit ein wenig zu vergnügen.

Und dann wurde es dunkel, und die Sterne lugten aus der Dunkelheit, während sie in der Nähe des Ofens auf der Butterkiste saß, die mit einem Stück alten roten Stoffs bedeckt war.

Wenn Gott mit uns ist, so dachte sie, wer kann dann gegen uns sein? Viele können gegen uns sein, und mancher von ihnen ist sehr stark, dachte sie weiter. Sie stand auf und zündete die Petroleumlampe an, die auf dem Mahagonitisch stand. Wenn Gott für uns ist, wer kann dann gegen uns sein?

Unten im Hausflur Lärm, aus dem ihr Name ertönte. Sie verließ ihr Zimmer und sah über das Geländer hinab in die Dunkelheit unten.

»Will mich jemand sprechen?« rief sie.

»Der protestantische Pfarrer. Wegen Johnny. Der protestantische Pfarrer«, riefen ihr lebhafte und müde, junge und alte Stimmen aus der Dunkelheit zu. Ihr Herz begann auf einmal wild zu schlagen. Hätte sie sich doch still verhalten! Wäre sie doch in ihrem Zimmer geblieben! Hätte sie doch die Lampe nicht angezündet! Wäre sie doch still sitzen geblieben auf der Butterkiste, die mit einem Stück alten roten Stoffs bedeckt war! Hätte sie sich doch nicht um das gekümmert, was unten in der Dunkelheit geschah!

»Ist Frau Casside zu Hause?« tönte die Stimme des Pfarrers wie die einer Harpyie aus der Dunkelheit des Treppenhauses.

»Ja, ich bin zu Hause. Kommen Sie bitte 'rauf.«

»Holen Sie Licht, damit ich mich zurechtfinde.«

Sie kehrte in ihr Zimmer zurück, eine Lampe, ein Licht zu holen, das dem Pfarrer leuchtete auf dem Weg in ihr Zimmer, damit er selbst Licht brächte in das Herz ihres Sohnes, der fest schlief und für den augenblicklich Licht und Finsternis dasselbe waren; der nichts wußte von dem Feind an den Toren, der eindringen wollte, wo Licht und Finsternis eins sind; der Sorge stiften wollte, wo Freude herrschen sollte, denn Jesus herrscht da, wo die Sonne scheint, Sein Reich erstreckt sich bis dahin, wo die Monde weder zu- noch abnehmen, und verflucht sei, wer das Urteil des Fremden, des Vaterlosen, der Witwe trüben will.

Mit der Lampe in der Hand ging sie auf den Treppenflur und hielt sie weit über das Geländer, dem Pfarrer den Weg über die schmale Treppe zu erleuchten, die in ihre Wohnung führte. Sie sah die Gesichter der Hausbewohner und der Nachbarn von nebenan. Gespannt sahen sie zu, wie der protestantische Pfarrer nach dem Treppenabsatz kletterte, wo die Mutter auf ihn wartete, bis er in der Wohnung der Witwe und ihres Sohnes verschwand. Blinzelnd stand der Pfarrer in dem Halbdunkel, während Frau Casside vorsichtig die Lampe auf den Mahagonitisch stellte. Sie schob dem Pfarrer einen der schweren Küchenstühle hin, auf dem er steif Platz nahm. Sie setzte sich ebenso steif auf einen anderen, legte die gefalteten Hände in den Schoß und wartete darauf, daß er zu sprechen begänne.

»Ich habe eine sehr wichtige Arbeit liegen lassen«, begann er, während er in dem verräucherten Raum um sich blickte, »um mit Ihnen über Johnny zu sprechen.« Er schwieg einen Augenblick, dann fuhr er fort: »Er ist heute aus der Schule fortgelaufen. Wissen Sie das, Frau Casside?«

»Ja, Herr Pfarrer. Der Junge hat es mir erzählt. Die großen Jungen zwangen ihn, Schmiere zu stehen, während sie Karten spielten. Dann kam Herr Slogan und erwischte sie beim Spiel. Die wirklichen Täter wurden nicht bestraft, wohl aber Johnny. Deshalb ist der Junge aus der Schule fortgelaufen.«

Immer wieder dasselbe, dachte der Pfarrer. Immer wieder haben diese Leute Entschuldigungen für ihre Kinder. Hier kann nur Strenge helfen.

»Johnny hat Ihnen aber nicht berichtet«, entgegnete der Pfarrer mit lauter Stimme, »daß sein Lehrer, Herr Slogan, krank zu Bett liegt. Er mußte nach Hause gebracht werden, nachdem ihn Johnny mit dem schweren Ebenholzlineal auf den Kopf geschlagen hatte. Hat er Ihnen das auch erzählt? Und dann weist Herrn Slogans Schienbein eine böse Wunde auf, die von einem Tritt herrührt, den Ihr Sohn dem Lehrer versetzte. Hat er Ihnen das auch erzählt, Frau Casside?«

Stumm und steif saß die Frau da und sah den Pfarrer an.

»Wir müssen verhüten«, fuhr der Pfarrer fort, »daß Ihr Sohn ein Verbrecher wird. Wenn er in dem Leben, in das Gott ihn hineinstellte, etwas erreichen soll, dann müssen diese gefährlichen Neigungen des Jungen unbarmherzig ausgerottet werden. Sind Sie nicht auch dieser Meinung, Frau Casside?«

Stumm und steif saß die Frau da und sah den Pfarrer an.

»Wenn der Junge sich von sich aus nicht bessern will, dann muß er dazu gezwungen werden. Er muß dazu gezwungen werden, sich unterzuordnen«, fuhr die glatte, leise, kalte Stimme fort. »Wenn dieses unglaubliche Benehmen nicht geahndet wird, dann wird er dabei beharren und nie ein nützliches Mitglied der menschlichen Gesellschaft werden. Der Angriff auf Herrn Slogan stellt eine Schurkerei dar. Der Junge muß hart bestraft werden. Eine gehörige Tracht Prügel wird ihm nicht schaden, und hinterher wird er seinen Lehrer in Anwesenheit der ganzen Schülerschaft auf den Knien um Verzeihung bitten.«

Stumm und steif und leicht bebend saß die Frau da und sah den Pfarrer an.

»Wenn Johnny morgen früh wach wird, werde ich mit ihm über das, was er Herrn Slogan angetan hat, sprechen.«

»Morgen früh, morgen früh!« entgegnete der Pfarrer gereizt. »Wecken Sie den Jungen sofort, und sagen Sie ihm, daß ich ihn morgen früh in der Schule erwarte, daß er nach dem Morgengebet vor der versammelten Schülerschaft eine Tracht Prügel bekommt und nach der Strafe Herrn Slogan wegen seines gemeinen Verhaltens auf den Knien um Verzeihung bittet, damit er in Zukunft nie wieder die Hand erhebe gegen jemanden, den der Herr ihm zum Vorgesetzten gab.«

Die Frau sah den Pfarrer an. Stumm und steif saß sie da. Leicht bebte ihr Mund, als sie endlich leise zu sprechen begann.

»Vielleicht wird der Junge vor Schmerzen in den Augen bald wach. Und wenn ich dann täte, was Sie verlangen, so würde das seine Qual nur vermehren.«

»Sie stürzen Ihren Sohn ins Verderben«, erwiderte der Pfarrer, »wenn Sie ihn weiter derart verziehen.«

Der Mund der Frau, die stumm und steif dasaß, bebte wieder.

»Seine Mahlzeiten haben mehr als einmal aus trockenem Brot und Tee bestanden, seit der Vater tot ist«, sagte der bebende Mund. »Er friert in seinem dünnen Anzug, seine Schuhe verdecken kaum die Blöße seiner Füße, und nachts quälen ihn stundenlang die Augenschmerzen..., weder ich noch der Herrgott verwöhnen den Jungen.«

Der Pfarrer erhob sich.

»Jeder von uns muß lernen, mit dem fertig zu werden, was ihm der Herrgott auferlegt – das hat sicher sein Gutes. Aber eins sollten Sie jetzt nicht vergessen: Der Herrgott ist böse auf Ihren Jungen. Wird er nicht in der Weise bestraft, dann sicher in einer andern, die vielleicht noch viel schwerer ist. Er muß nun einmal seine Strafe hinnehmen, um vor einer schwereren bewahrt zu bleiben. Seien Sie stark, Frau Casside.«

Während er auf die Tür zuging, erhob sich die Frau von ihrem Stuhl, durchschritt das Zimmer, setzte sich, die Hände im Schoß gefaltet, auf die Butterkiste, die mit einem Stück alten roten Stoffs bedeckt war. Stumm und steif saß sie da und sah den Pfarrer an.

»Seien Sie also«, fuhr der Pfarrer fort, »morgen früh mit Johnny in der Schule. Dort werde ich Ihnen den Jungen abnehmen und persönlich dabei sein, wenn er seine Strafe erhält. Und wenn dann alles vorbei ist, werden wir einen besseren Schüler und Sie einen besseren Sohn haben.«

Der weiche Mund der stillen Frau, die auf der Butterkiste mit dem alten roten Stück Stoffs saß, wurde hart.

»Morgen«, sagte der weiche Mund, der hart geworden war, »morgen muß ich mit dem Jungen in die Klinik.«

Der harte Mund des Pfarrers zuckte vor Erregung.

»Die Strafe kann und darf nicht verschoben werden, Frau Casside«, sagte der harte Mund. »Vergessen Sie das nicht. Sie muß vollzogen werden, solange die von dem Jungen begangene Schurkerei noch lebendig in seinem Gedächtnis ist.«

Der weiche, bebende Mund der Frau auf der Butterkiste, die mit einem Stück alten roten Stoffs bedeckt war, wurde genauso hart wie der harte Mund des Pfarrers.

»Morgen früh«, sagte der weiche Mund, der hart geworden war, »wird der Junge da sein, wo Gott durch seine Ärzte seinen Augen vielleicht Linderung bringt. Die harte Hand, die ihn heute schlug, soll ihn weder morgen noch an einem andern Tag schlagen. Nie wieder soll er ihren dunklen Schatten sehen. Sagen Sie das Herrn Slogan von der Mutter des Jungen.«

»Frau Casside, Frau Casside«, sagte der harte Mund des Pfarrers.

»Gute Nacht«, fuhr die sanfte Stimme, die hart geworden war, fort. »Und wenn Sie jetzt gehen, dann lassen Sie die Tür offen, damit Sie auf dem Weg nach unten etwas Licht haben.«

Der Pfarrer setzte seinen weichen Hut auf und verließ das Zimmer. Dann ging die stille Frau an das Bett, in dem Johnny schlief. Sie beugte sich über den Jungen und küßte ihn.

DIE TRAUMPARADE

Johnny wurde wach und versuchte die Augen zu öffnen, aber die geschwollenen roten Lider klebten fest zusammen von dem, was sie während der vielen stillen Stunden der Nacht abgesondert hatten. Er rieb die Augen hart und unbarmherzig, versuchte etwas von der gelben Kruste zu entfernen, aber die entzündeten Lider klebten fest zusammen. Er zupfte mit den Fingernägeln an den Krusten, bis sie sich lösten und er die Augen ein wenig öffnen konnte. Dann sah er um sich, aber das Zimmer war voller Dunkelheit, und er sah nichts. Er schloß die Augen wieder und tastete über das Bett, suchte seine Hose. Dabei berührte seine Hand die Binde, die während der Nacht von den Augen gerutscht war. Er band sich die Binde lose um die Stirn, verdeckte das linke Auge ganz und das rechte nur teilweise. Wieder ließ er die Hand suchend über das Bett gleiten, aber er fand die Hose nicht. Er setzte sich aufrecht, beugte sich seitwärts, wobei das Bettgestell knarrte und die alten Latten klapperten. Er griff mit der Hand aus dem Bett nach dem alten splittrigen Fußboden. Er fand ein Kleidungsstück, zog es an sich, fühlte die Knöpfe und den Schlitz und wußte, daß es seine Hose war. Er legte sie neben sich auf das Bett.

Es mußte längst Morgen sein, denn vor langer Zeit, als er halb wach war, hatte er den Postboten die Namen derer im Haus rufen hören, für die er einen Brief hatte. Er rückte in den wärmeren Teil des Bettes. Plötzlich hörte er die frohen, munteren Rufe von Kindern, er nahm die Binde ab und setzte sich aufrecht, stützte sich dabei auf seinen Ellbogen und lauschte.

Er hörte die Stimme seiner Mutter, die mit einer Frau unten an der Tür sprach. Er schlüpfte aus dem Bett, tastete sich nach der Tür, öffnete sie ein wenig, damit er hörte, was die zwei Frauen sagten.

»Bei dem Zustand seiner Augen konnte ich ihn nicht mitgehen lassen«, sagte die Stimme seiner Mutter.

»Der arme Junge«, erwiderte die Stimme der alten Frau, »der arme Junge.«

»Ich habe das Fenster mit einem Tuch verhängt«, fuhr die Mutter fort, »damit das Morgenlicht ihn nicht weckt, wenn sie aufbrechen, die Parade zum Geburtstag der Königin zu sehen. Bei dem Zustand seiner Augen konnte er auch nicht mit Archie gehen.«

»Der arme Junge«, erwiderte die andere Stimme, »der arme Junge.«

»Jetzt versammeln sich die Schulkinder, marschieren nach der Nelsonsäule, und von da aus fahren sie mit der Tram nach dem Parktor. Dort steigen sie aus und gehen bis dahin, wo die königliche Standarte mit der irischen Harfe, dem schottischen Löwen und den englischen Leoparden flattert. Sie warten auf die galoppierende Ankunft des Vizekönigs von Irland, damit er das Fest eröffne. Barhäuptig, mit präsentiertem Gewehr, wenn die Nationalhymne ertönt. Johnny hatte sich schon auf den Parademarsch der Grenadiere und der stolzen Hochländer in ihrem Kilt gefreut, auf den würdigen Aufmarsch der Infanterie, den stolzen Trab der Artilleriepferde, den Stolz der Armee, die die Kanonen ziehen, und auch auf die schneidige Kavallerie, die glitzernd vorbeitänzelt nach dem harten Takt der Kesselpauken. Aber bei dem Zustand seiner Augen muß er zu Hause bleiben.«

»Der arme Junge«, sagte die Stimme der alten Frau, »der arme Junge.«

Johnny schloß leise die Tür, tastete sich nach dem Fenster, fühlte das Tuch, das das Fenster verdeckte, faßte es, riß es herunter und warf es auf den Fußboden. Das Licht des Maihimmels flutete in das Zimmer. Johnny nahm die Binde von dem Auge und sah durch das Fenster auf die versammelten Kinder, die sich unter der Leitung des Lehrers Slogan und des Pfarrers auf den Weg zur Parade machten. Jedes Kind trug eine rotweißblaue Rosette, während Slogan eine kleine englische Fahne in der Hand hatte.

Das Licht, das in das langverdunkelte Auge fiel, tat ihm weh bis ins Mark der Knochen. Aber er biß die Zähne zusammen und blickte hinaus auf die Straße, sah, wie Hunter die Hand hob und wie die Kinder in Dreierreihen losmarschierten, und hörte sie fröhlich singen:

»Die Königin hat Geburtstag heute,
Darum freun sich alle Leute.
Heute soll die Sonne scheinen,
Morgen kann der Himmel weinen.«

Johnny blickte hinauf nach dem Himmel und sah, daß er hellgrau, aber nicht blau war und die Sonne nur schwach schien.

Er ging wieder zurück an das Bett, schlug die alten Decken auf, kroch hinein, zog die Decke hoch und lag viele Minuten ganz still. Dann faltete er die Hände, schob dabei die Finger fest ineinander und hob die gefalteten Hände über den Kopf, bis ihm die Gelenke knackten. Dann murmelte er in stiller Verzweiflung: »Lieber Gott, laß es regnen, laß schnellen, schweren Regen aus dem Himmel fallen auf die Straßen und die Felder, auf die Parks und die Menschen und die Kinder, laß es den ganzen Tag über regnen, ohne daß es auch nur eine Sekunde aufhört, laß es überall regnen, auch weit weg von hier, wo ich liege. Mache aus den kleinen Wolken am Himmel schwere Wolken, breite sie aus über den ganzen Himmel, auch da, wo jetzt keine Wolken sind. Laß auch den Wind wehen, lieber Gott, scharfen, kalten Wind, damit der Regen noch ärger wird, laß ihn alles durchdringen, damit die Erwachsenen und die Kinder die Freude, die sie suchten, nicht finden, damit sie frieren und sich danach sehnen, was sie nicht haben, weil der Wind so bitter kalt weht und weil es regnet, auch in der Ferne, weit fort von hier, wo ich jetzt liege.«

Er faltete die Binde neu und bedeckte mit ihr wieder die Augen, so daß das Licht im Zimmer wieder tiefe Finsternis wurde. Er lag ganz still da, atmete leise, war dem Einschlafen nahe und verband seine

Gedanken mit einer Welt aus marschierenden Soldaten. Kanonen ratterten über die steinigen Straßen; Kavalleriesäbel rasselten an den Hüften der Reiter mit Brustharnisch, Schnüren und Gürteln; und die leichte und die schwere Infanterie marschierten einher, weniger glorreich geputzt, aber funkelnagelneu, genau wie die andern; mit Koppel und Patronentasche und auf dem Rücken den Tornister; Gewehr über und die Sturmriemen an Helm und Kalpak fest unter dem Kinn. Marschierten dahin: links-rechts, links-rechts, immer genau im Takt, und die Beine hoben und senkten sich alle zur selben Zeit, und die Füße der jungen Männer stampften ein Lied von dem Stolz und der Größe der Nation aus dem Pflaster.

Er sah, wie die Zuschauer sich reckten und strafften, die vom Straßenrand aus oder aus den Fenstern zusahen, als das Regiment mit klingendem Spiel vorbeizog.

»Zuerst schrubbten wir den Boden mit ihm
Und schleiften ihn treppauf und treppab;
Dann jagten wir ihn unter den Tischen her
Und über die Stühle im Trab.
So was hat noch niemand gesehn.
Und er hatte sein Gebet noch nicht gesprochen,
Da war von dem, der O'Hara erschlug,
Nichts weiter übrig als Lumpen und Knochen.«

Und dann die Trommeln und Pfeifen. Sie spielten, wenn die Blechmusik schwieg, marschierten dicht hinter den bärtigen Pionieren mit Axt, Schaufel und Hacke auf den Schultern.

Es war etwas Herrliches für den berittenen Oberst. Er führte neunhundertneunundneunzig Mann, die alle mit Gewehr und Bajonett und hundert Schuß Platzpatronen bewaffnet waren. Sie alle folgten ihm wie ein Mann, und wenn er befohlen hätte, links schwenkt marsch über die Mauer in den Fluß, sie wären alle nach links geschwenkt, hätten die Hand ans Geländer gelegt, und dann mit einem Schwung rein ins Wasser, und keiner hätte gefragt, warum..., denn sie taten alles, was der Offizier ihnen befahl. Seine Pflicht tun und sterben, ohne lange zu fragen warum – das ist der Anfang und das Ende des Lebens eines Soldaten.

Und Johnny hörte die Zuschauer sagen, er wäre der jüngste

Oberst, und die Orden an der Brust hätte er sich in Afghanistan und Burma verdient, als er mit seinen Leuten von Kabul und Kandahar hinter Oberst Burnaby herritt und nach einem schweren, heißen Gewaltmarsch, der fünfzehn Stunden durch baumdunkles, tropisches Dschungel führte, Theebaw den ersten Schlag versetzte.

Sie hatten eine befestigte Palisade der rebellischen Burmanen erreicht; die Hörner bliesen zum Angriff, und inmitten von Geschrei und Gebrüll, von sausenden Speeren und blitzenden Messern und krummen Säbeln, von dumpfen Gongschägen und dröhnenden Glokken und gellenden Hörnern bahnten sich die Bajonette ihren Weg vorwärts und färbten die bronzefarbene Brust der Burmesen rot.

Johnnys Hand schoß unter die Decke nach seinem Bauch, und sein Zeigefinger legte sich schwer auf einen beißenden Floh. Er rollte ihn über sein Fleisch, drückte, bis es knackte, und dann knipste er ihn mit Zeigefinger und Daumen fort, daß er irgendwo in den Strohsack fiel, und wieder war einer dieser Quälgeister dort, wohin die kleinen Neger kommen.

Als der Rest derer hinter der Palisade ausriß wie Schafsleder, um sich in das Dschungel zu retten, strömten die Lanzer in dem weißen Drell und den Tropenhelmen in die Lichtung vor der Palisade, stießen die Lanzen in die Bäuche und Rücken der schreienden Burmesen, britische Muskeln hinter britischem Stahl, rissen ihnen die Eingeweide aus dem Leib und düngten mit ihnen das Dschungel; zeigten ihnen, was es heißt, britischer Herrschaft und britischer Gerechtigkeit zu spotten; und die Briten jubelten, und die wilden Tiere des Dschungels spitzten die Ohren und fragten sich verwundert, weshalb die dunklen Gestalten durch das dichte heiße Gras krochen, sich zu verbergen, wobei sie leise ihre furchtbaren und erbarmungslosen Götter aus Holz und Stein um Hilfe anflehten, bevor sie sich ein letztes Mal reckten und für immer steif liegenblieben.

Johnny streckte plötzlich den ganzen Körper und biß die Zähne fest aufeinander, als wieder krampfhafter Schmerz ihm in die Augen stach, daß ihm der Kopf zu bersten schien. Dann wich der Schmerz langsam wieder, Johnny entspannte sich, schob die Binde hoch, so daß der von der Absonderung feuchte Teil die Stirn berührte. Dann schlummerte er wieder ein und träumte weiter.

Er sah, wie der Oberst den glänzenden Hals seines Pferdes klopfte, auf dem er stolz an der Spitze der Fermanagh-Füsiliere ritt, die links-rechts, links-rechts, wenn man scheißt, dann stinkt's nicht schlecht, einhermarschierten.

Plötzlich vernahm er von der andern Seite des Flusses her das schrille Pfeifen der Dudelsäcke, und dazu dröhnte dauernd der dunkle Baß, um die Melodie gefälliger zu machen. Und die wehenden Schärpen, die nickenden Mützen und das Schwingen der gelbgestreiften Kilts zeigten die lustigen Grahams an, die nach der Melodie ›Wir sind die lustigen Hochländer‹ marschierten und alles taten, die Aufmerksamkeit auf sich zu lenken. Sie eilten dahin, wollten das Parktor eher erreichen als sein Regiment. Aber er würde ihnen schon zeigen, was eine Harke ist, und sie sollten erkennen, daß der Wahlspruch der Fermanagh-Füsiliere: Sinneraria est magnificat sanctiorum – das ist Latein und bedeutet: Große Sünder sind so groß wie große Heilige – keine leere Redensart ist.

Aber die Kilts machten Beine wie noch nie, und der Oberst trieb sein Pferd an und kommandierte: »Laufschritt marsch, marsch!« Aber die Grahams setzten sich in Trab und waren den Fermanaghs bald ein wenig voraus.

Der Oberst stellte sich in die Steigbügel und zog den Säbel.

»Los, Leute«, rief er, »zeigt den Dudelsackpfeifern, daß die Fermanagh-Füsiliere sich von Prahlhänsen nicht an die Wand drücken lassen und als erste den Park erreichen. Also los, Jungens aus Ormond Quay und Stoneybatther, um der Ehre eures Landes und eures Obersten willen: Eilmarsch auf das Parktor, daß es aussieht, als liefen die andern rückwärts!«

Und die Zuschauer jubelten, als die Fermanaghs lossausten, Köpfe und Schultern vorgestreckt und keuchend, das Gewehr in der rechten Hand am Riemen tragend, schwitzend und wütend, als sie nach dem Parktor stürmten. Und die Dudelsäcke verstummten und jagten auch nach dem Parktor, und die Zuschauer auf den Pfaden riefen und schrien, zischten und johlten, versuchten die Hochlandbläser zu behindern, griffen nach den schwingenden Kilts und hielten sie fest wie der grimmige Tod, so daß die Hochlandbläser nicht weiter konnten und alle Hände voll zu tun hatten, daß die erregte Menge ihnen die Kilts nicht vom Leibe riß. Aber viele blieben nicht stehen, und abgesehen von ihren Mützen und Patronentaschen sahen sie aus wie damals, als sie zur Welt kamen, nur daß sie größer waren. Manche von ihnen liefen auf die Bürgersteige in die Lokale, ihre Nacktheit zu verbergen, aber die Frauen, die dort Limonade tranken, erhoben großes Geschrei und flohen auf die Straße, wo die Grahams ein wildes Durcheinander bildeten, das durch die Offiziere noch vergrößert wurde, die unruhig in den Sätteln saßen und ihren Leuten befahlen, sich in Viererreihen und Kompanien zu formieren und weiterzumarschieren, ganz einerlei wie sie aussahen. Und ihre lauten Befehle zwangen die zu Gehorsam, die in die Lokale auf den Bürgersteigen geflüchtet waren, und ließen sie wieder zum Vorschein kommen, wobei sie versuchten, ihre Blöße mit den Mützen und ihren Patronentaschen zu bedecken. Verwirrt sahen sie nach ihren Offizieren, wollten wissen, wie sie sich verhalten und was sie tun sollten, machten die weltbekannte Anständigkeit der englischen Armee lächerlich in den Augen der Dubliner. Und die Polizisten, die mit den Knüppeln dreinschlugen, schrien, man sollte sich anständig benehmen, Männer sowohl als auch Frauen, und sich verhalten wie Herren und Damen, die nur das sehen, was sich zu sehen gehört. Unterdessen jagten die Fermanagh-Füsiliere schweißtriefend in den Park und freuten sich, daß sie das Rennen gewonnen hatten, während die Grahams nicht aus noch ein wußten, weil sie ihre Kilts verloren hatten und zu Hunderten in geschlossenen Wagen in die Kaserne geschafft werden mußten, damit endlich einmal das Gerede über das seltsame Geschehen in der Stadt Dublin aufhörte.

Als endlich wieder Ordnung herrschte und die Grahams erkannten, daß für sie nichts mehr zu gewinnen war, marschierten sie unter den Klängen des ›Hahn aus dem Norden‹ in den Park und stellten sich neben die Fermanaghs, die den ›Steinig ist der Weg nach Dublin‹ wunderbar schön spielten.

Plötzlich kam ein Adjutant in grüner Kniehose und blauem, goldverschnürtem Rock auf einem Schimmel herangaloppiert. Er trug einen kecken Dreimaster mit schwarzrotem Federbusch, der sich wie ein Strom aus Flammen und Rauch von dem Hut ergoß. Er hielt vor den zwei Obersten und wollte, ohne lange zu fackeln, wissen, wie dieses Durcheinander entstanden wäre, und erinnerte sie daran, daß sie die Uniform Ihrer Majestät der Königin trügen, was allein schon sie hätte veranlassen müssen, alles zu vermeiden, was die Truppen Ihrer

Majestät in den Augen der Iren herabsetzen könnte, die immer darauf bedacht wären, etwas zu finden, das die große Tradition der englischen Armee befleckte, die so viel für die Sauberkeit und Sicherheit der Welt getan hätte und noch täte. Und wenn auch nur noch das Geringste vorkäme, das den guten Ruf der Truppen schädigte, würde er dem Vizekönig Bericht erstatten, und dann würden die Herren Offiziere zur Verantwortung gezogen und müßten erklären, wie es käme, daß Einheiten der Streitmacht von den Ihren ihrer Kleidung beraubt würden, und weshalb keiner der Betroffenen gewußt hätte, wie er sich in dieser Nacktheit zu verhalten hätte.

Und dann sprach der Oberst der Grahams und sagte zu dem mit dem rotschwarzen Federbusch, wir lebten in einer konstitutionellen Monarchie und könnten denken, was wir wollten, und nach unserm Gewissen handeln, das sich dagegen sträubte, einem glattzüngigen Adjutanten mit stolzem Federhut, der eben die Militärschule verlassen hatte, Achtung zu bezeugen.

In diesem Augenblick gab der Oberst der Fermanaghs seinem Pferd die Sporen und drängte sich zwischen die Streitenden. Er sah den Adjutanten mit dem Federhut an und sagte leise: »Wir wollen die Sache gleich in Ordnung bringen. Wir wollen lieber unsere Pflicht tun, als uns mit jemand herumstreiten, der gleich nach Hause läuft und seiner Oma alles berichtet, der schnell wie der Wind in die Kasernen rennt, um das ganze Regiment zu blamieren. Lassen Sie sich also einen guten Rat geben und verschwinden Sie, bevor ein Schlag in die Fresse Sie entstellt, und stecken Sie Ihre Nase nicht in Dinge, die Sie nichts angehen. Verduften Sie also, solange die Sonne noch scheint und Sie noch einigermaßen sicher im Sattel sitzen. Verduften Sie schleunigst dahin, woher Sie kamen und verkriechen Sie sich unter das flatternde königliche Banner.« Und dann versetzte der Tambourmajor der Fermanaghs mit seinem Stab dem Pferd einen Schlag auf das Hinterviertel, daß der Reiter mit dem Federhut in wildem Galopp verschwand.

Und dann schwenkten die Fermanaghs und die Grahams nach links und marschierten Schulter an Schulter durch enge, blattreiche Gassen, und der blaue Himmel über ihnen war rautenförmig gemustert von großen, sich weit dehnenden, sanft wogenden Massen aus Rot- und Weißdorn, so daß die Soldaten sich tief bücken mußten, damit die dornigen Blütenzweige ihnen nicht die Kalpaks und Mützen vom Kopf rissen. Und dann heraus aus den engen, schattigen, blattreichen Gassen auf das fünfzehn Morgen große, grüne, ebene Gelände, das nur ganz allmählich niedrige Hügel bildete, die aber hoch genug waren, daß Regimenter hinter ihnen verschwinden konnten, wenn sie ihre augenblickliche Aufgabe erfüllt hatten; und die niedrig genug waren, daß die Truppen plötzlich wieder erscheinen konnten, wenn die Zeit gekommen war, sich den Zuschauern wieder zu zeigen, die der Vorbeimarsch und das Scheingefecht begeisterten; hoch genug, die Kavallerie, die Infanterie und die Sanitäter zu verbergen, deren Planen auf jeder Seite ein rotes Kreuz hatten, so daß der Feind gleich erkannte, daß sie nur die Verwundeten aufschnitten und wieder zusammenflickten; und dazu auch die schwere Artillerie und die Feldartillerie und den Train mit seinen Wagen, die meist von Maultieren gezogen wurden. Alle mit dem Gesicht dahin, woher der Vizekönig bald kommen würde.

Und da kommt er auch schon in der Kutsche, die von vier nußbraunen, ruhig trabenden Pferden gezogen wird, und neben ihm sitzt, aufgemacht und frisch, mit dem Sonnenschirm in der Hand, seine Lady. Und alle Kapellen spielen zusammen, auf die Sekunde genau, ›God save the Queen‹. Und die Artillerie, die leichte und die schwere, feuert einundzwanzig Salutschüsse ab, halb verborgen in dem dichten Haselnuß- und Weißdorngesträuch. Große Kugeln aus dichtem, weißem Rauch, der an den Rändern etwas dünner wurde, erhoben sich hinter den Büschen und folgten dem dumpfen Knall, der die Zuschauer erschreckte, als sie den Boden unter den Füßen beben fühlten, und ihnen doch die Gewißheit gab, daß eine solche Menge bewaffneter Männer sie gegen die ganze Welt zu schützen vermochte. Und die aufmarschierten Soldaten gaben ein Freudenfeuer ab, einer nach dem andern, so daß das Geknatter der Gewehre von einem Ende der Linie erscholl bis zum andern, und das wiederholte sich dreimal. Auf Befehl ihrer Offiziere schwenkten die Soldaten die Helme und Tschakos, ihre Kalpaks und Bärenmützen auf den Spitzen der Bajonette. Und gleichzeitig damit ließen sie ein dreimaliges Hoch auf Ihre Majestät die Königin, ihre Erben und Nachfolger in alle Ewigkeit laut erschallen.

Dann schwang sich der Vizekönig, der einen schwarzen Rock, eine weiße Weste, eine cremefarbene Hose, hohe braune Stiefel und einen kleinen schwarzen, steifen Hut trug und ein Rosensträußchen im Knopfloch hatte, auf einen Apfelschimmel und sprengte davon, nachdem er sich von den Damen für kurze Zeit verabschiedet hatte. Ihm folgte die berittene vizekönigliche Eskorte in blauem Waffenrock und Brustpanzer, mit roten Federn am silbernen Helm, und eine Abteilung Stallmeister in grünen Röcken und mit silbernen Epauletten und in roten Röcken mit goldenen Epauletten und in grünen Röcken mit bronzefarbenen Epauletten, mit roten Streifen an den grünen Hosen und weißen Streifen an den blauen Hosen und mit grünen Streifen an den schwarzen Hosen. Sie trabten schnell weiter zwischen den Reihen der aufmarschierten Soldaten, die mit Augen geradeaus stocksteif dastanden wie Holzsoldaten, die ein Junge auf dem Tisch aufbaut. Und ihre Offiziere standen jeder wie angewurzelt an seinem Platz, rechts oder links oder vor ihren Abteilungen, als hätte ein Zauber sie alle gebannt. Und während die Besichtigung weiterging, vorbei an der Feldartillerie in ihrer blauen, gelbpaspelierten Uniform; der schweren Artillerie mit der blauen Uniform, deren Rock mit so viel gelben Schnüren versehen war, daß sich die Artilleristen nur mit Mühe aufrecht halten konnten, mit dem roten Lappen am Kalpak und der dicken, gelben Schnur, die von dem roten Lappen herabhing auf die dicke, gelbe Schnur auf der Schulter, dann unter dem Arm her über die Brust weiterlief, um schließlich in zwei knotengleichen Quasten zu enden. Und weiter ritt der Vizekönig durch die Reihen der Infanterie in roten Röcken mit blauen, braunen, weißen und grünen Aufschlägen; und der Vizekönig warf einen Blick nach hier und nach da, um sich davon zu überzeugen, daß jeder Sturmriemen richtig unter dem Kinn saß und daß Brotbeutel und Patronentasche am Koppel am vorgeschriebenen Platz und die Feldflasche richtig an der linken Hüfte hing, daß die geweißten Koppel keine Flecke aufwiesen, die Messingknöpfe und Abzeichen funkelten und blitzten, daß alles die Sauberkeit der britischen Soldaten dartat, die mit Gewehr-über dastanden und daran erinnerten, daß es nicht ihre Sache war, lange zu überlegen, sondern zu gehorchen, zu sterben, wenn's verlangt wurde. Und der Oberst jedes Regiments ging neben dem Vizekönig her, bis der letzte Mann des Regiments erreicht war, und dann trabte der Vizekönig weiter und inspizierte ein anderes Regiment, gefolgt von den Offizieren seines Stabes, die steif im Sattel saßen, die Augen auf den Hintern des Vizekönigs gerichtet, der vor ihnen herritt, sich zu überzeugen, daß im Lande ihrer Königin alles in Butter war.

Ein paar Fenier standen dort in der Menge, wo die weniger respektablen Iren die Ereignisse verfolgten. Sie machten dreckige Bemerkungen, wurden aber gleich von den Polizisten beim Kragen gepackt und abgeführt. Natürlich hatte man sonst gegen die Armen, solange sie sich anständig und ordentlich benahmen, nichts einzuwenden.

Der Vizekönig ritt die Front der Prinz-Albert-Husaren in den blauen Waffenröcken mit den gelben und den weißen Federn am Helm ab. Sie standen den Königin-Victoria-Ulanen gegenüber, die in den roten Röcken mit dem schwarzen Bruststück und den langen schwarzen Federn am oben viereckigen Helm einen herrlichen Anblick boten. Weiter vorbei an den schweren Dragonern mit den Messinghelmen und vorbei an den leichten Dragonern, deren silberne Helme schwarze Federn zierten. Dann kanterte er vorbei an den Hochländerregimentern, die so stolz auf ihre Dudelsäcke waren und stramm in dem gelbgrünen, grün-weiß-schwarzen und rot-gelb-blauen Tartan dastanden. Sie waren in ihrem Schmuck genauso tapfer wie jeder andere Truppenteil der britischen Armee. Wie Säulen standen ihre Offiziere vor ihnen, und ihre mit Edelsteinen besetzten Dolche funkelten in den Strümpfen.

Und schließlich inspizierte er die Fermanagh-Füsiliere, die mit gewölbter Brust dastanden. Er erwiderte den Degengruß des Obersten mit einer lässigen Handbewegung. Der Oberst folgte in angemessener Entfernung Seiner Exzellenz, dem Vizekönig, der zu der tadellosen Haltung der Fermanaghs zustimmend nickte. Als er das Ende der Reihe erreicht hatte, hob er sich in den Steigbügeln, klopfte dem Oberst auf den Rücken und sagte: »Es ist mir eine besondere Freude, ein so herrliches Regiment von Iren zu sehen, das bereit ist, das Leben für seine Königin und sein Land herzugeben. Was alles über die Treulosigkeit der Iren gesagt wird, ist leeres Gewäsch. Machen Sie so weiter, Oberst, und ich werde bei der alten Vicky ein gutes Wort für Sie einlegen, und verlassen Sie sich drauf, der St.-Patricks-Orden funkelt auf Ihrer Brust, bevor noch das Jahr zu Ende ist.«

Dann galoppierte er weiter nach der mit Rot und Gold geschmückten Tribüne, um hier den Vorbeiritt der Kavallerie im Schritt, im

Trab, im Galopp abzunehmen. Ihr folgte die Artillerie und dieser die Infanterie im Marschtempo, und tausend und aber tausend Beine schossen vor und zurück, zeigten den Zuschauern, wie man marschiert, und die Schützenregimenter trugen das Gewehr in der rechten Hand am Riemen. Aber keins tat es den Fermanagh-Füsilieren gleich, und die gutgekleideten Iren standen auf der einen und die zerlumpten auf der andern Seite, und alle jubelten, als sie nach den Klängen von ›Lebwohl und vergiß nie die Stunde‹ vorbeimarschierten.

Das Scheingefecht begann, und die verschiedenen Truppenteile gingen in Stellung; die Artillerie und die Infanterie nahmen diesen und die Fermanagh-Füsiliere und die Grahams jenen Weg, sich im Kampf zu begegnen, sobald die Artillerie den Weg dazu vorbereitet hatte, indem sie eine Ansammlung beider Regimenter unter Feuer nahm, die sich an gut sichtbarer Stelle aufgebaut hatten, so daß die Artillerie sie nach Herzenslust beschießen konnte. Der Rest der Grahams und der Fermanaghs aber kroch auf dem Bauch weiter, fiel der Artillerie in den Rücken, stürzte sich mit gefälltem Bajonett auf sie und rief: »Der Teufel hole euch!«, bemächtigte sich der Kanonen, vernagelte sie, ehe ihnen noch klar wurde, was los war. Dann jagten sie sie holterdiepolter der Infanterie in die Arme, was eine Panik und schnellen Rückzug zur Folge hatte. Aber da kam schon die Kavallerie herangesprengt, so daß den Fermanaghs und den Grahams nur Sekunden blieben, das Karree zu formieren und ihr mit dem Bajonett entgegenzutreten; während die inneren Reihen eine Salve nach der andern auf die fluchende Kavallerie feuerten, die mit der Lanze stach und mit dem Säbel dreinschlug, aber sich dennoch keine Gasse schaffen konnte in das Karree, das die feuernden Füsiliere und die Hochländer bildeten. Schließlich machten die erschreckten Pferde nicht mehr mit, sie machten kehrt und jagten hinein in die andern, die herankamen, so daß ein furchtbares Durcheinander entstand, und eine Minute später jagten sie alle von da fort, wo unaufhörlich die Salven krachten und die fliehenden Männer und die Pferde niedermähten.

Der Oberst der Grahams, der erkannte, welche Wendung die Dinge nahmen, sprang auf sein Pferd, zog den Säbel und rief: »Jetzt oder nie, jetzt und für immer« und führte sie in jubelndem Angriff hinter der fliehenden Kavallerie her, die überall Schutz suchte, wo sie ihn zu finden glaubte, und in die Zuschauer hineinfloh. Und die fünfzehn Morgen waren besät mit Säbeln und Gewehren, mit Kalpaks und Helmen, mit Fahnen und Standarten und Lanzen, während die kühnen Fermanaghs sich wie ein Fächer entfalteten und den fliehenden Feind über die Grenzen der Zuschauer hinaus verfolgten. Und die Prinz-Albert-Husaren, die man wegen ihrer roten Hosen die Kirschenpflücker nannte, flohen, von Panik ergriffen, so schnell ihre Pferde es vermochten, dorthin, wo der Vizekönig mit seinem Gefolge auf der Tribüne stand. Und bald herrschte große Aufregung unter den in Seide und Satin gekleideten Damen, als die rotbehosten Husaren vorbeijagten. Hunderte von ihnen wurden ohnmächtig vor Angst, und Tausende zerrissen ihre Mieder und Hosen, um nur ja schnell genug aus dem Bett zu kommen, ehe was passiert. Schnell in die Hose, die auf dem Boden neben dem Bett liegt, und dann die zwei zehnstufigen Treppen hinunter, am Geländer festhalten, wenn's nicht gar zu dringlich ist, dann weiter durch den Flur mit ausgestreckten Händen sich tastend und weiter durch den Hof mit dem eiskalten Pflaster, um endlich den rettenden Hafen zu erreichen. Aber der Sitz ist natürlich wie immer naß, denn die Schweine im Haus denken nie daran, daß andere sich gern gemütlich erleichtern. Tapfer schreiten sie durchs Leben, wenn ihnen der Dreck auch bis an die Knie reicht. Kein Gefühl für andere, denken nur an sich. Vergessen immer wieder ihre Mitmenschen, die sich bemühen, andere so zu behandeln, wie sie selbst behandelt werden wollen, was, wenn man darüber nachdenkt, das einzig Richtige ist.

Sobald ich die Hose zugeknöpft habe, renne ich wieder ins Haus, denn der Regen platscht vom Dach. Und ich kann hier nicht bleiben, bis er aufhört. Jetzt gehe ich den Weg zurück ins Haus, die Treppe hinauf in das Zimmer, aus der Kälte und dem Regen. Schnell die Füße abwischen an der Hose, und dann mit einem Sprung ins warme Bett, und dann höre ich, wie der Regen auf die Steine platscht, und alle Pracht und aller Stolz und alle Federn und Standarten und alle Trompeten und Brustharnische werden glanzlos in dem strömenden Regen, der herabstürzt auf jeden, und mag er noch so fern sein von hier, wo ich jetzt liege.

Johnny war es einerlei, was er aß und wie er angezogen war. Da es mit beidem schlecht bestellt war, nahm er, was ihm gegeben wurde, und vergaß, dem lieben Gott dafür zu danken.

Rückschauend erinnerte er sich der zwei Anzüge, die er neu bekommen hatte: der eine war ein blauer Matrosenanzug mit goldenem Anker und goldener Litze auf den Ärmeln, dazu eine blaue Samtmütze mit einem Band, auf dem in goldenen Buchstaben ›S. M. S. Condor‹ zu lesen war, und der andere Anzug war aus weichem Tweed, den er immer wieder anprobiert hatte, und der schließlich für drei Schilling von einem Juden gekauft wurde, zwei Schilling bei Abschluß des Kaufs und einen Schilling eine Woche später. Diesen Anzug trug er jetzt. Er war immer wieder geflickt und gestopft worden, aber trotz allen Zuredens, es noch etwas länger auszuhalten, machte der Anzug bald nicht mehr mit. Er war dem Zerfall nahe, obwohl die Mutter während der Nacht seine Wunden mit schnellen, geduldigen Fingern nähte. Sein einfacher Glanz war längst dahin, aber er durfte noch nicht sterben, denn er schützte gegen die Sonne im Sommer und gegen den strömenden Regen, den harten Frost und die kalten Winde des Winters.

Auch das Essen war knapp, wenn auch ein Stück Brot immer vorhanden war. Aber das Brot schmeckte oft wie Staub und Asche in seinem Mund. Nach Jahren dieser mageren Kost hatte sein Magen alles Sträuben aufgegeben, geduldig begnügte er sich mit Brot und Tee und dem bißchen Parrishs Sirup, der in ihn geträufelt wurde. Er staunte, wenn mal Kartoffeln auf dem Tisch standen, und war außer sich, wenn ein Stück Fleisch oder Fisch ins Haus kam.

Wie gut hatte es doch Johannes der Täufer gehabt. Immer hatte er Heuschrecken und wilden Honig zur Verfügung. Er tat seine Arbeit und machte sich keine Sorge, wo er die Nacht schliefe. Hatte er den Hut aufgesetzt, dann war er unter Dach und Fach. Und die Juden ...! Wachteln flatterten aus dem Himmel und schrien: »Fangt uns! Fangt uns!«, so daß sie ihnen nur die Hälse umzudrehen und sie zu braten brauchten. (Aber Gott sei gegeben, was Ihm gebührt. Manchmal schickte Er Fische in die Bucht, und die Straßen des armen Dublin hallten wider von dem Ruf: »Dublin-Bucht-Heringe, zwei Pence das

Dutzend; zwei Pence das Dutzend Dublin-Bucht-Heringe!« Und das bedeutete für eine ganze Woche oder mehr ein tägliches Fest mit warmen oder kalten Bratheringen.) Auch das Manna regnete für sie vom Himmel, aber sie murrten dennoch. In die Dubliner Straßen tropfte jedoch kein Manna, das die armen Jungen hätten einsammeln können. In ihnen war nur Schmutz und Dreck, vom Verkehr in Staub verwandelt, der einen ersticken ließ und in den Augen schmerzte, wenn der Wind ihn aufwirbelte.

Einmal wöchentlich, wenn Archie einen Teil seines Lohns zu Hause abgegeben hatte, machten Johnny und seine Mutter sich auf den Weg, den Wochenbedarf an Zucker und Tee einzukaufen. Das bedeutete eine lange Reise zu Lipton in der Damenstraße. Früher kauften sie in der ›London and Newcastle Tea Company‹, die ihren Kunden je nach der Höhe des Einkaufs kleine Münzen aus Messing und Bronze gab, die man, wenn eine genügende Menge gesammelt war, in Porzellan und Haushaltgegenstände eintauschen konnte. Aber dann hatte Lipton einen Laden aufgemacht, und die anderen Läden hatten weniger Zulauf.

So machte sich denn Johnny mit einer Handtasche, die oben durch eine in großen Ösen verlaufende Kordel geschlossen werden konnte, zusammen mit seiner Mutter an einem kalten und regnerischen Abend auf die weite Reise, um bei Lipton Korn und Wein einzukaufen.

Er haßte diese Reise, denn sie war sehr mühsam, bot nichts Erregendes, nichts, das seine Füße leichter oder seine Schritte tänzelnd gemacht hätte. Immer wieder mußte die Mutter ihn ermahnen, die Füße aufzuheben und wie ein Mensch zu gehen. Ohne es zu wissen, hängte Johnny sich an den Arm der Mutter, bis sie sagte: »Laß dich nicht so schleppen, benutze deine Beine, wie der liebe Gott es will.« Dann ließ er den Arm der Mutter los und trabte weiter durch die Wildnis der Straßen, schlurfte mit den Füßen und blieb immer wieder ein gutes Stück hinter der Mutter zurück.

Wie gern hätte er einen guten Mantel gehabt! Dann wäre er durch die Dorsetstraße gegangen, ohne sich um Regen oder Wind zu kümmern, die ihm jetzt das Gesicht peitschten, durch Rock, Hose und das zerlumpte Hemd drangen, so daß er sich ganz krank und elend fühlte, während er hinter der Mutter herschlurfte und sich gegen Wind und

Regen zu schützen versuchte, indem er die Handtasche wie einen Schild vor die Brust hob.

Er hielt das Auge auf die Mutter gerichtet, die, einen Korb und eine Petroleumkanne tragend, vor ihm herging. Sie trug ihr fadenscheiniges, dünnes, schwarzes Kleid und einen Umhang, dazu eine kleine schäbige Haube, deren Bänder sie unter dem Kinn zu einer Schleife gebunden hatte. Und die Jettperlen an der Haube funkelten wie immer. Wacker schritt sie aus, Liptons Laden zu erreichen, kümmerte sich nicht um all die Läden, an denen sie vorbeikamen; sie waren mit allerlei guten Dingen gefüllt, die der liebe Gott leider nicht für sie bestimmt hatte.

Fruchthändler hatten auf dem Trottoir ganze Haufen von Äpfeln und Birnen aus England, Datteln aus Tunis und Tripolis, Feigen aus der Türkei und Orangen aus Spanien ausgestellt. Sie kamen aus sonnigen Ländern in Wagen, die von Ochsen oder Mauleseln gezogen wurden, in Zügen und Schiffen in die windigen Straßen Dublins. Alle wollten gegessen werden; aber Johnny und seine Mutter eilten achtlos an ihnen vorbei auf ihrem ›Weg nach Samarkand‹ und Lipton.

Dann kamen sie durch eine Straße mit Kohl, Blumenkohl, Rüben, mit Kisten voll Kartoffeln, mit Zwiebeln und Karotten, alles fertig abgewogen, so daß man sie nur mitzunehmen brauchte. Aber auch hier gingen Johnny und seine Mutter wieder achtlos vorbei, sahen weder nach rechts noch links, als kümmerten sie die guten Früchte der Erde nicht.

Dann kamen sie durch eine Straße, in der die Metzger ihre Waren feilboten, Schweine- und Hammelkoteletts, Suppen- und Bratfleisch. Die Metzger, die blauweißgestreifte Kittel trugen, priesen laut ihre Waren an. Aber Johnny und seine Mutter gingen achtlos weiter, ihrem Ziel entgegen.

Sie verließen die Dorsetstraße, bogen in die Boltonstraße ein, wo die Mutter den Laden eines Krämers betrat, der die Kanne mit zwei Liter Petroleum und den Korb mit einer Tüte Waschsoda, einem Riegel gelber Seife, zwei Kerzen, einem Päckchen Stärke und etwas Anmachholz füllte. Ganz wie der Prophet gesagt hatte: »Wasche dich, säubere dich und laß das Feuer brennen und zünde ein Licht an für die, die in der Dunkelheit sitzen.«

Als sie dann Spießruten liefen zwischen Ständen mit Käse, Schinken und Eiern, mit herrlichem, goldenem Brot aus süßriechendem Weizen, genug, um fünftausend zu ernähren, heiliges Brot, das Herz des Menschen zu stärken, Brot der Erde, Brot Gottes, das die Bäcker verkauften, sah Johnny, wie die Mutter einem Betrunkenen, der über das Trottoir torkelte, erst nach rechts, dann nach links auswich. Der Mann schoß auf den Laden zu, stieß so hart gegen einen Stand mit Schweinsbeinen, daß alles auf die Straße rollte.

»Was fällt Ihnen ein«, schrie der Verkäufer und bemühte sich, die Schweinsbeine wieder aufzuheben. Schon hatte sich eine Menge gesammelt und lachte über das, was geschehen war. Schnell wie der Blitz ließ Johnny ein Stück Speck in der Handtasche verschwinden und nahm auch noch ein Ei, als er an dem Eierstand vorbeikam. Dann rannte er hinter der Mutter her, die ihm voraus war. Er faßte ihren Arm, sagte, er fröre, und zog sie weiter, bis sie die dunkle, finstere Königshofstraße erreicht hatten. Jetzt war er in Sicherheit, aber dennoch zitterte Johnny am ganzen Leib.

Sie gingen weiter durch die Liffeystraße mit den Läden der Althändler. Die Läden waren geschlossen, die Straße verlassen, nur ein alter Herumstreicher schlurfte durch das nasse Stroh und Papier, die Straße und Bürgersteig bedeckten. Dann weiter über den Kai und die Essexbrücke. Sich gegen den Wind stemmend, der über den Liffey fegte, gingen sie durch die Capelstraße in die Damenstraße und standen dann endlich in dem warmen, hellerleuchteten, großen Lipton-Laden.

Johnny blieb einen Augenblick lang stehen und sah in den Wandspiegeln gleich an dem großen Eingang, wie er und die Mutter dürr und abgemagert den Laden betraten. »Wenn wir wieder rauskommen, sehen wir anders aus«, sagte die Mutter lachend.

Der Laden war dicht gefüllt; weißgekleidetes Personal verabreichte mit schnellen, geübten Händen Tee, Zucker und Margarine. Männer in braunen Overalls schafften auf kleinen Wagen ganze Berge von verpacktem Tee und Zucker herbei. Geschickt bewegten sie sich durch den vollen Laden, um die Lücken in den Regalen wieder zu füllen.

Es dauerte nur kurze Zeit, bis sie ihre sieben Pfund Zucker, ein Pfund Tee für anderthalb Schilling, eine 2-Pfund-Dose von Liptons Spezial-Pflaumen-und-Apfelmarmelade erhalten hatten. Johnny packte die Sachen in die Handtasche, während die Mutter langsam und vorsichtig das zurückerhaltene Geldstück in die gefütterte Tasche ihres Rockes steckte.

»Damit müssen wir die Woche auskommen«, murmelte sie und ließ das Geldstück erst los, als es den Boden der Tasche erreicht hatte.

Johnny schwang die Tasche über die Schulter, und er und die Mutter bahnten sich ihren Weg durch die Menge der Käufer nach der Tür. Sie betrachteten sich wieder in den Spiegeln. Wie fette Schweine sahen sie aus, hatten dicke Backen und runde Bäuche, die Folge der nahrhaften guten Dinge, die man bei Lipton kaufte. Dann tauchten die beiden wieder in die dunkle Nacht, den nieselnden Regen und den eiskalten Wind. Aber das alles kam Johnny viel weniger beschwerlich vor, wenn er an das Ei in seiner Tasche und den Speck im Beutel dachte.

Auf der Straße sahen sie einen alten graubärtigen Mann, der mit kreischender Stimme ein trauriges Lied sang. Er hatte zum Schutz gegen Regen und Wind den Mantelkragen hochgeschlagen, so daß Hals und Kinn in ihm versanken. Aber bei den hohen Tönen mußte er, um sie zustande zu bringen, den Kopf heben, und dann verließ der Hals das warme Nest und versank erst wieder in ihm, wenn die hohen Töne geschafft und die tiefen an der Reihe waren. Viele blieben trotz ihrer Eile stehen, kramten in der Börse oder der Tasche nach einem Penny, und Johnny staunte, wie leicht man das kostbare Geld verdienen konnte. Man brauchte nur wie der Alte zu singen:

»Vergesset die Freuden des Lebens,
Denkt auch an seine Not,
Denkt an die Armen,
Habet Erbarmen,
Ihr Leben ist schlimmer noch
Als der Tod.
Schwer ist das Leben,
Und hart ist die Zeit,
Helft sie ertragen,
Leute, Leut'!«

»Da wir dem Mann nichts geben können, wollen wir seinem Lied auch nicht lauschen«, sagte die Mutter und zerrte Johnny weiter.

Als sie wieder zu Hause waren, stellte Johnny den Zucker, den Tee und die Marmelade auf den Tisch. Legte das Ei und das Stück Speck daneben, daß die Mutter beides sehen mußte, wenn sie sich gleich umdrehte, nachdem sie ihre nassen Kleider abgelegt hatte. Als sie sich umdrehte, machte sie große Augen. »Du lieber Gott, wie sind die Sachen in die Handtasche gekommen?« fragte sie.

»Ich habe sie aufgehoben«, antwortete Johnny froh, »als der Betrunkene den Tisch umstieß, habe ich sie im Vorbeigehen aufgehoben.«

»Das wäre was Nettes geworden, wenn man dich dabei erwischt hätte«, sagte die Mutter mit erschreckter Stimme. »Tu so was nie, nie wieder. Hätte man dich erwischt, man hätte dich fünf Jahre oder mehr in eine Erziehungsanstalt gesperrt. Tu so etwas niemals wieder. Johnny. Vergiß nicht, daß du gelernt hast: ›Sorget nicht für euer Leben, was ihr essen und trinken werdet; auch nicht für euren Leib, was ihr anziehen werdet. Ist nicht das Leben mehr denn Speise und der Leib mehr denn die Kleidung? Denn euer himmlischer Vater weiß, daß ihr des alles bedürfet.‹ So hüte denn deine Hände, daß sie in Zukunft nie wieder etwas nehmen, was dir nicht gehört.« Sorgsam legte sie das Stück Speck und das Ei in den Schrank.

Stumm saß Johnny neben dem Feuer und trocknete seine nasse Hose. Ein paar Minuten später sah er, wie die Mutter den Umhang umnahm und die Haube aufsetzte.

»Wohin willst du, Mutter?« fragte er.

»Ich hole schnell noch ein paar ordentliche Kohlköpfe für das Geld, das ich noch habe. Und morgen gibt's Weißkohl mit Speck«, antwortete sie.

ROT ÜBER GRÜN

Johnny verließ den ganzen Tag über das Haus nicht, außer wenn er etwas holen mußte. Er blickte die Straße auf und ab, nach rechts und links, bevor er nach dem Laden lief, das zu holen, was ihm aufgetragen war. So schnell seine Beine es vermochten, eilte er zurück in die Sicherheit des Hauses, denn er hatte Streit mit seinen katholischen Kameraden. Während der letzten Tage hatten sie ihn, sobald sie seiner ansichtig wurden, beschimpft und mit Steinen nach ihm geworfen. Sie lauerten ihm an den Straßenecken auf, fielen über ihn her, schlugen, stießen ihn und versuchten, ihm das, was er trug, aus der Hand zu reißen. Nur wenn Middleton oder Ecret mit ihm zusammen auf der Straße waren, fühlte er sich sicher. Als er heute mit einem Glas Bier nach Hause kam (seine Mutter hatte gesagt: »Einmal im Leben wollen wir uns einen guten Tag machen« und hatte einen Schilling der Miete zurückbehalten), war er Kelly begegnet, der an dem Laib Brot, den er unter dem Arm trug, knabberte. Kelly blickte geradeaus und tat so, als sähe er Johnny nicht. Aber als Johnny an ihm vorbeikam, stellte er ihm ein Bein. Johnny gelang es, sich vor einem bösen Sturz zu bewahren, und nur ein wenig von dem Bier wurde verschüttet.

Johnny kochte vor Wut und versetzte Kelly einen Schlag ins Gesicht, daß er mit blutender Nase nach Hause lief.

»Halte dich ein paar Tage lang von den Jungen fern, Johnny«, riet ihm die Mutter, als er ihr von dem Geschehenen berichtete, »bis alles vorbei ist. Sie können es nicht vertragen, daß wir dem Thron gegenüber unsere Pflicht tun. Sie werden schon bald alles wieder vergessen. Solltest in ihrer Gegenwart auch die Rosette nicht tragen.«

»Die sind nur neidisch«, erwiderte Johnny und betrachtete das rotweißblaue Abzeichen auf dem Rockaufschlag. »Sie ärgern sich, weil ihre Mütter mit ihnen heute abend nicht zur Illumination gehen, wie wir zwei es tun.«

Denn alle Stadtteile Dublins, in denen die wirklich anständigen Leute wohnten und die wirklich anständigen Leute arbeiteten, feierten etwas, das mit Ihrer Majestät der Königin Victoria von Großbritannien und Irland und der Kaiserin von Indien zu tun hatte, und taten durch Millionen von Lichtern, durch Fahnen und Fähnchen, durch Banner, Standarten und durch vieles andere dazu, das an Pfosten befestigt wurde, die durch schöne Girlanden miteinander verbunden waren, ihre Liebe und Treue kund. Bilder der Königin und der Mitglieder der königlichen Familie waren geschickt dort angebracht, wo sie ohne Mühe von allen gesehen werden konnten.

Alles das geschah, damit ihre Untertanen daran erinnert und dazu aufgefordert würden, tief im Innern ihrer Herzen zu beten, während sie einhergingen und all den lustigen Schmuck betrachteten, daß der Herr, unser himmlischer Vater, der hohe und mächtige König der

Könige, unserer geliebten Herrscherin, der Königin Victoria, Seine Huld zuteil werden ließe, daß sie sich Seinem Willen beugte und auf Seinen Wegen wandelte, daß Er ihr Kraft gäbe, alle ihre Feinde zu besiegen. Und während sie das taten, flochten sie in ihr Gebet die Bitte ein, Gott möchte den Herrn des Hohen Rats und dem ganzen Adel und den hohen Beamten Weisheit und Einsicht verleihen, damit sie gerecht urteilen und der Wahrheit auch zu ihrem Recht verhülfen.

Und es war die heilige Pflicht der Reichen und der Angesehenen, die mit Einwilligung der Lords und des Adels Sicherheit und Wohlstand genossen, sich zu freuen und froh zu sein über das glückliche und leichte Leben, das sie im Reiche Englands und seiner Besitzungen lebten. Und sie gaben dem Ruhm des Reiches und ihrem Jubel Ausdruck, indem sie alles, was ihnen verfügbar war und sich nach Gestalt und Farbe dazu eignete, herabhängen ließen: von Fenstern und von Mauern, von Türmchen und Türmen, von Zinnen und Balkonen, von Giebeln und von allem, das geschmückt werden konnte, als äußeres und sichtbares Zeichen ihres festen Glaubens an ein glückliches Leben und einen geheiligten Tod unter der Herrschaft und der Regierung Ihrer Allergnädigsten Majestät.

Für die Schüler der Sonntagsschule war eine Teetafel und eine Vorführung von Lichtbildern vorgesehen. Aber das Tor zu diesen Freuden war Johnny verschlossen. Johnny war der Sonntagsschule ferngeblieben und damit weder legal noch moralisch oder geistig berechtigt, an dem Spaß teilzunehmen. Wer weder die Kirche noch die Sonntagsschule besuchte, durfte nach Gottes Ratschluß an diesem Fest nicht teilnehmen.

Die Mutter hatte Johnny gestreichelt und gesagt: »Mach dir nichts draus, Junge. Wir fahren mit der Tram rund um die Stadt und sehen die Illumination und die Blumen und die Fahnen. Das ist viel, viel schöner als alle Lichtbilder oder alle Teetafeln mit dem faden Kuchen und dem dünnen Tee.«

Es war nicht leicht, in der Tram einen Platz zu finden, denn es sah aus, als wäre der ganze Bezirk auf den Beinen. Frau Casside stellte Johnny vor sich, schob ihn langsam weiter und rief der drängenden Menge zu: »Machen Sie doch etwas Platz für ein krankes Kind, dessen Augen nur in den ersten Wochen des Jahres etwas sehen. Es wäre ein schlechter Tag für Dublin, wenn keiner auf ein so krankes Kind Rücksicht nähme.«

Der Schaffner beugte sich auf dem Vorderperron der Tram vor, streckte seine Hand aus und zog, die Nachdrängenden zurückhaltend, Johnny und seine Mutter in den Wagen.

»Mit dem Krummstab des heiligen Patrick sollte man euch ein bißchen Anstand einbleuen«, sagte er böse, während er versuchte, etwas wie Ordnung in den wilden Haufen zu bringen. »Laßt doch das Schieben und Drängen. Ihr benehmt euch wie eine Horde Wilder. Möchte nur wissen, weshalb Parnell seine Zeit damit vertut, euch zu anständigen Männern und Frauen zu machen. Bei Gott, ich schäme mich, Ire zu sein, wenn ich sehe, daß keiner von euch auch nur einen Funken Anstand im Leibe hat. Und ihr setzt eure Knochen aufs Spiel, um nur ein paar Lichter zu sehen, die zu Ehren der Hungerkönigin funkeln, die stolz in ihrem Wagen einherfährt, während die Iren dutzendweise in tiefe, verzweifelte Gräber geschaufelt werden.«

»Kümmern Sie sich um Ihre eigenen Angelegenheiten, und ziehen Sie die Glocke für die, die ein- oder aussteigen wollen«, sagte ein Mann mit feuchtem, breitem Mund, über den ein Schnurrbart wie eine Trauerweide herabhing. »Und glauben Sie nur nicht, daß auch nur einer der Fahrgäste etwas für den übrig hat, der versucht, die Bemühungen unserer tapferen irischen Partei zu vereiteln, die für uns im Unterhaus eintritt.«

Johnny drehte sich um und zupfte die Mutter am Ärmel.

»Der Alte ist Georgie Middletons Vater«, flüsterte er. »Wenn er sich auf der Straße zeigt, rufen die Jungen hinter ihm her: ›Bei Middletons hat die Mama und nicht der Papa die Hose an.‹«

»Mag für Sie zutreffen«, sagte eine fette Frau mit einer dicken Turnüre, die sich, so gut sie konnte, einen Weg durch die Menge nach der Tram bahnte. »Wer andern gegenüber so dummes Zeug redet und sie beschuldigt, daß sie die Harfe hinter einer Flitterkrone verbergen, der will nur für sich dabei was herausholen. Man sollte ihm ganz gehörig das Fell verhauen.«

»Ich sprach nur mit mir selbst«, erwiderte der Mann mit dem feuchten, breiten Mund, über den der Schnurrbart wie eine Trauerweide herabhing. »Ich habe in der Stadt wichtige Geschäfte zu erledigen.

Und wenn die Illumination noch heller wäre als alle Kometen, die den Himmel erschrecken, ich würde ihr keinen Blick gönnen. Ich sähe nur die Notwendigkeit der Homerule und die grüne Fahne mit dem plötzlichen Durchbruch der Sonne in der Mitte, die überall da weht, wohin die Tram mich fährt.«

»Seid natürlich alle großartige Patrioten«, antwortete der Schaffner sarkastisch und zog an der Leine, damit der Wagen sich in Bewegung setzte. »Aber ich weiß schon; sobald alle drin sind, steigt keiner aus, bis die Fahrt zu Ende ist. Und wenn die Bahn durch die Straßen fährt, in denen die Fahnen aller Nationen außer der unseren wehen, dann macht keiner die Augen zu, diese Zeichen der Freude nicht zu sehen.«

»Der Schaffner ist ein gescheiter und kluger Mann«, sagte Johnnys Mutter, als sie oben auf der Tram Platz genommen hatten, von wo aus sie alles sehen konnten, was vor und neben ihnen und um sie herum geschah.

»Der Schaffner scheint sich über das, was in der Stadt geschieht, nicht besonders zu freuen«, erwiderte Johnny, »wenn er uns auch einen so guten Platz oben auf der Tram besorgt hat. Vielleicht weiß er gar nicht, was er sagt. Unwissenheit, nichts als Unwissenheit, meinst du nicht auch, Ma?«

»Ja, Unwissenheit, Johnny. Aber er hat sich dennoch uns gegenüber sehr freundlich benommen. Solchen Menschen begegnet man immer wieder. Wenn manche auch falsch denken, so können sie doch sehr gut sein.«

»Auch die katholischen Fenier, Ma?« fragte Johnny.

»Die vor allem. Dein Vater hat so oft gesagt, gerade die Fenier wären anständige Menschen. Einer von ihnen wohnte mit uns im selben Haus. Er mußte fliehen. Du warst damals noch nicht auf der Welt. Er und dein Vater waren sehr befreundet. Den Tisch mit der Schublade, den wir zu Hause haben, haben wir ihm damals abgekauft, als er und seine Frau nach Amerika fuhren. Manche Fenier waren auch Protestanten.«

»Aber wir sind doch eigentlich keine Iren, Ma.«

»Keine Iren?« wiederholte die Mutter. »Natürlich sind wir Iren. Wie kommst du denn auf diese Idee?«

»Als wir mal zusammen spielten, sagte Kelly, nur die Katholiken wären echte Iren. Und als Protestanten hätten wir mit den Iren nichts zu tun.«

Das Gesicht der Mutter wurde rot, und sie atmete schneller.

»Dieser dumme katholische Bengel«, sagte sie böse. »Am liebsten rieb ich dem mal unter die Nase, daß die O'Cassides genauso gute Iren sind wie ihre ganze Sippschaft. Als Irland noch von Iren regiert wurde, waren die Cassides genauso bekannt und angesehen wie die Kellys. Wenn dein Vater noch lebte, würde er durch alte Dokumente beweisen, daß die Cassides bis weit über das Jahr eins zurückgehen. Und die Protestanten sind auch Katholiken, keine römisch-katholischen, sondern ganz einfache Katholiken, und echte Iren ohne das Beiwort ›römisch‹. Wenn dein Vater heute noch lebte, würde er aus den Büchern beweisen, daß der heilige Patrick in Wirklichkeit so protestantisch war, wie ein Protestant nur sein kann, und daß die echten Iren vieles von dem ablehnten, was die Römisch-Katholischen zu ihrem Glaubensbekenntnis machen. Er predigte und lehrte nur das reine, unverfälschte Evangelium, an das wir Protestanten heute glauben.«

Die Tram bog in die Nördliche Frederickstraße ein, und Johnny dachte nicht mehr an den heiligen Patrick und die Protestanten. Die Bürgersteige waren voller Menschen, und viele, die auf ihnen keinen Platz mehr fanden, gingen neben der langsam fahrenden Tram her, die wie ein Schiff auf einem Fluß durch die Straßen wogte. So weit das Auge reichte, sah Johnny helle Lichter und wehende Fahnen. Voller Stolz und Freude empfand er sich als Teil dieser Prachtentfaltung, die verkündete, wie innig das irische Volk mit der mächtigen Königin von England verbunden war.

»Sieh nur mal das Orangistenhaus, Ma«, rief er begeistert, »sieh doch bloß!«

Aus jedem zweiten Fenster wehte eine königliche Standarte und ein Union Jack. Lichter brannten hinter den Fensterblenden in den Farben Orange und Blau, den Farben der Nassauer. In einem Fenster, dessen Blenden hochgezogen waren, sah man die Gesichter mehrerer Orangisten, die auf die große Menschenmenge herabblickten. Quer über die ganze Front des Gebäudes stand in flackernden Buchstaben aus Gasflammen: ›Gott schütze die Königin‹ und darüber, von einem bronzenen Lorbeerkranz umgeben, die Zahl ›1690‹. Auf der andern

Seite erhob sich die herrliche Kirche, die Alexander Findlater, Gentleman-Krämer und Weinhändler in der Stadt Dublin, für die Presbyterianer gebaut hatte. Von ihrem Turm wehte die große Fahne, und ihre hellblauen Geländer mit den goldenen Speerspitzen funkelten glorreich im Schein der brennenden Lichter. Jeder Kopf in der Tram beugte sich vor, und jeder Hals reckte sich, diesen herrlichen Anblick zu genießen.

»Wie wunderbar«, murmelte Frau Casside. Ihr glühendes Gesicht verriet, daß die Besten im Lande und die Ärmsten im Lande eng verbunden waren in Achtung und Treue, die die ganze Stadt zu Ehren unserer Königin in Licht und Farbe tauchten.

»Die verfluchten Orangisten!« schrie draußen eine Stimme, und Johnny sah, wie zwei Polizisten den Mann packten, der drohend die Faust nach einem Fenster des Orangistenhauses erhob.

»Gleich gibt's Krach«, sagte Johnny aufgeregt. »Sieh nur, da wird ein Mann von der Polizei abgeführt.«

»Ein betrunkener Rowdy«, entgegnete die Mutter. »Es gibt immer solche Narren, die von Ruhe und Frieden nichts wissen wollen. Aber einer allein kann Gott sei Dank kein Unheil anrichten.«

Der Schaffner kam mit finsterem Gesicht die Treppe herauf, ging durch die Reihen der Fahrgäste und kassierte das Fahrgeld ein. Die Fahrgäste schauten nach den flammenden Lichtern, den flatternden Fahnen, den hin und her schwankenden Girlanden, reichten dem Schaffner das Fahrgeld, ohne die geschmückten Straßen auch nur einen Augenblick lang aus den Augen zu lassen. Der Schaffner nahm das Geld aus den sich ihm entgegenstreckenden Händen, knipste die Fahrscheine und legte sie in die ausgestreckten Hände. Die Fahrgäste aber schauten unentwegt hinaus, um nichts von der Pracht aus Farbe und Licht zu versäumen. Verächtlich schüttelte der Schaffner den Kopf, während er von einer ausgestreckten Hand zur andern ging.

»Der arme Wolfe Tone, der arme Wolfe Tone«, murmelte er, während er weiterging, »der arme Wolfe Tone.«

Johnny sah, wie der Schaffner, nachdem er das Fahrgeld eingesammelt hatte, oben auf der Treppe stehenblieb, die eine Hand am Treppengeländer, und die Fahrgäste betrachtete, die immer noch hinausstarrten. Dann sang er, halb für sich, halb für die Fahrgäste:

»Einst lag ich auf dem Rasen, der Wolfe Tone bedeckt,
Und dachte, wie er einsam im Gefängnis ist verreckt.
Ungerächt noch die Freunde, und die Heimat nicht frei:
Ein bitteres Los das – ich bleibe dabei.
Mein Traum ward gestört von Stimmen und Tritten,
Von Männern, die durch den Friedhof schritten.
Sie trugen keinen Toten, sie trugen keinen Stein,
Am Grabe Wolfe Tones, da hielten sie ein.
Mein Herz strömte über, ich ergriff jede Hand
Und segnete jeden, der neben mir stand.
Wie herrlich, daß es noch Treue gibt
Zu dem Mann und dem Land, das so sehr er geliebt.«

»Wer war denn Wolfe Tone?« flüsterte Johnny, der voller Staunen sah, wie dem Schaffner, während er sang, die Tränen über die Backen rollten.

»Ein großer protestantischer Rebell, der vor hundert Jahren nach Frankreich ging und mit einer großen Flotte zurückkam, den Iren zu helfen, die Engländer aus dem Land zu jagen. Aber Gott war uns gnädig, er schickte einen gewaltigen Sturm, der die Schiffe vor der Bantry-Bai zerschlug.«

»Und was geschah dann mit Wolfe Tone?«

»Er kämpfte auf einem französischen Kriegsschiff, bis es von den Engländern gekapert wurde. Dann wurde er ins Gefängnis geworfen und von der englischen Regierung hingerichtet.«

»Weshalb haben die Iren ihn denn nicht gerettet?«

»Das weiß ich nicht. Es ist schon so lange her, und er ist von allen längst vergessen.«

»Aber der Schaffner hat ihn nicht vergessen, Ma.«

»Betrachten wir lieber die Lichter und die Fahnen«, sagte die Mutter, »und kümmern wir uns nicht um Dinge, die heute wertlos sind.«

Der Schaffner sang weiter, die eine Hand immer noch am Treppengeländer. Er sang halb für sich, halb für die andern:

»Auf dem Bodenstown-Friedhof, im Winkel, weitab,
Vom Sturmwind umtost ein verfallenes Grab.
Ruinen und Dunkel umgeben es jetzt,
Bis das freie Irland ein Denkmal setzt.«

Eine brodelnde Menge, die auf dem Wege nach der Sackvillestraße war, konnte der Rotunde gegenüber nicht weiter; die Kuppel der Rotunde war eine einzige Masse aus hellen Lichtern, die von einer Krone überragt wurde; darüber prangte der Wahlspruch: ›Honi soit qui mal y pense‹. Die Tram kam in dem Gedränge nicht weiter und mußte halten. Und das tat sie geduldig, wartete, bis das Gedränge sich löste und sie weiterfahren konnte.

»Bei Gott«, sagte der Mann mit dem breiten, feuchten Mund, über den der Schnurrbart wie eine Trauerweide herabhing, und wandte dabei den Kopf, als gälten seine Worte allen, »bei Gott, sie haben es sich was kosten lassen, Dublin in ein glitzerndes, funkelndes Paradies zu verwandeln.«

»Nur für den, der es so sehen will«, erwiderte der Schaffner bissig. »Aber für das irische Auge, das richtig sieht, ist es nur ein Haufen brennender Kerzen, womit sie was hermachen und ihre Freude über den Tod unseres Landes zeigen wollen.«

»Na, wenn schon«, sagte der Mann, der zuerst gesprochen hatte, »es ist aber eine großartige Sache. Die ganze Stadt ist voller Bewunderung, und wenn das ganze Land mitmachte, dann hätten wir Frieden. Aber es kommt schon. Warten Sie es nur ab. Was Dublin heute denkt, das sagt morgen ganz Irland.«

Frau Casside neigte sich zu dem Mann hin, der gesprochen hatte, ihr Gesicht strahlte.

»Sie sagen die Wahrheit«, erwiderte sie. »Man braucht doch nur die Straße zu betrachten, um zu erkennen, daß jeder eifrig darauf bedacht ist, für eine Regierung zu arbeiten, die Gerechtigkeit und Ordnung schafft. Alle wollen nur Ruhe und Frieden. Man braucht so was doch nur zu erleben, um alles andere als Unsinn abzulehnen.«

»Ja«, entgegnete der Mann ärgerlich. »Was wir ersehnen, hätten wir schon längst, wenn dieser Halunke Parnell nicht das ganze Land in Wirrwarr und Aufruhr gestürzt hätte.«

»Nein«, antwortete Frau Casside tadelnd, »was Parnell auch sein mag, ein Halunke ist er nicht. Ich halte ihn für einen vollendeten Gentleman.«

»Vollendeter Gentleman!« höhnte der andere. »Ein Schmierkerl, sonst hätte er nicht die Lumpen des ganzen Landes gegen die Interessen der paar anständigen Menschen, die es hier noch gibt, auf die

Beine gebracht. Der will doch nur der ungekrönte König Irlands werden.«

Frau Casside richtete sich auf und rückte, so weit sie konnte, fort von dem Mann mit dem breiten, feuchten Mund, über den der Schnurrbart wie eine Trauerweide herabhing.

»Wenn man die Wahrheit sagen dürfte, so würde sie lauten: Das Land kann keinen besseren König haben«, sagte sie.

»Hört, hört!« riefen mehrere im Wagen.

»Warten Sie nur ab«, entgegnete der Mann. »Eines Tages werden Sie sich der Worte erinnern, die Ihnen jemand sagte, der lieber heute als morgen das Land verließe.«

»Schade«, murmelte eine Stimme vom oberen Ende des Wagens her, »daß ein gewisser Herr die Tram nicht ebenso schnell verläßt, wie er das Land verlassen möchte.«

»Man darf doch wohl noch ein paar Worte sagen«, erwiderte der Mann mit dem feuchten, breiten Mund. »Das verbietet kein Gesetz. Wäre schlimm, wenn man über ein einfaches Thema nicht mal mehr ein paar einfache Worte sagen dürfte.«

»Wenn diese einfachen Worte aber ein Haufen Lügen sind«, entgegnete die leise Stimme vom oberen Ende der Tram, »dann ist es höchste Zeit, dem Betreffenden das Maul zu stopfen.«

Der Mann mit dem feuchten, breiten Mund erhob sich mit rotem Gesicht und funkelnden Augen.

»Ich sage«, schrie er, »daß ein ungläubiger Protestant nicht zum Führer des irischen Volkes bestimmt ist. Ich lasse mir den Mund nicht verbieten. Die Leute wollen Ruhe und Frieden haben, aber keine Aufgeblasenheit, und jeder soll die Meinung des andern achten. Ich habe keine Angst vor geballten Fäusten. Ich sage, daß Parnell und seine verrückte Bande das Land ruinieren.«

Der Kopf des Schaffners erschien am oberen Ende der Treppe. Sein Gesicht war immer noch finster. Er betrachtete die Fahrgäste im oberen Teil der Tram. Er schüttelte die Tasche, die er am Riemen über der Schulter trug, und rasselte mit dem Geld, um auf sich aufmerksam zu machen.

»Ich kann solche Reden in meinem Wagen nicht dulden. Wenn Sie so loyal sind, wie Sie behaupten, dann stören Sie den Frieden der Königin nicht.«

Der Schaffner ging wieder nach unten, als die Menge sich plötzlich wieder in Bewegung setzte und die Tram weiterfahren konnte. Langsam fuhr sie an der Rotunde vorbei, kreuzte die Großbritannienstraße, gestattete allen noch einen schnellen Blick auf Mooneys Gasthaus mit der bekannten Uhr, die von Lichtern umgeben war, dann weiter hinein in den Schmuck und Lichterglanz der breiten Sackvillestraße, der breitesten Straße im zivilisierten Europa. Millionen von Lichtern brannten, Tausende von Fahnen wehten und flatterten von den unteren und den oberen Fenstern; von flachen und steilen Dächern; blaue, rote, gelbe, grüne und purpurfarbene Fahnen; und Dublins blaues Banner mit den drei flammenden Burgen nahm oft den Ehrenplatz ein.

An manchem Platz wehte auch die Fahne Deutschlands, mit dem schwarzen Kreuz oder dem wildbeschnabelten Adler, bereit, der Welt die Augen auszuhacken; denn Deutschland hatte erst vor ein paar Jahren Frankreich besiegt, und jetzt gingen Deutschland und England Arm in Arm. Und das Haus Sachsen-Coburg-Gotha und das Haus Mecklenburg-Schwerin und all die andern Häuser Deutschlands wurden von allen reichen und armen anständigen Protestanten hochgeschätzt, wie die Mutter Johnny erzählte. Und Johnny erinnerte sich, daß gelegentlich eines Besuchs des deutschen Gesandten in seiner Schule alle Kinder nach mühevoller Vorbereitung und vielen Schlägen ihm zu Ehren gesungen hatten:

»Lieb Vaterland, magst ruhig sein,
Fest steht und treu die Wacht am Rhein.«

Auch die Fahne Dänemarks war vertreten, denn weil der Prince of Wales Alexandra geheiratet hatte, wehten die dänische und die englische Flagge nebeneinander.

Jeder Laden, jedes Warenhaus, jede Bank war mit wehenden Fahnen geschmückt. An den Wänden flammten Rose, Klee und Distel, Harfen und Kronen mit Löwen und Einhorn. Es war ein herrliches Schauspiel, als die Tram langsam durch die Straße fuhr. Rechts und links Wände aus Feuer. Mauerkrönungen, Säulen und Giebel, Balkone und Balustraden waren verhüllt mit purpurnem und karminrotem Tuch, von feinsten Goldlitzen eingefaßt. Weiße, blaue und rote Girlanden vereinten das Ganze zu einer großen Harmonie. Feinstes

Leinen und feinster Taft, feingewebte Seide wurden mit großem Geschick zur Ehre der hehren Königin von England entfaltet.

Weiter kroch die Tram durch die Menge in der Straße, und dauernd gab der Fahrer Warnzeichen, um die Straße frei zu halten. Dann weiter über die Carlislebrücke und in die Westmorelandstraße, und Johnny zeigte auf die hellerleuchtete Uhr, über der eine Krone funkelte, am Geschäftshaus der Irish Times.

»Es ist herrlich«, sagte Johnnys Mutter, »daß eine so große Menge sich so anständig verhält und darauf bedacht ist, die Freude nicht zu stören. Wenn die Regierung hier eine königliche Residenz schüfe, dann würde sie sehen, daß die Iren die treusten und gehorsamsten Untertanen sind. Und nun kommen wir zum Allerschönsten«, fügte sie hinzu, »dem Trinity College und der Bank von Irland.«

Langsam kroch die Tram durch die Menge, hinein in einen weiten Brunnen aus glühenden, glitzernden, funkelnden Lichtern, die die Nacht in einen lachenden Tag verwandelten. In den ersten Straßen hatte Johnny die Juwelen an Dublins Ohren hängen und ein schimmerndes Geschmeide an seinem Hals gleißen sehen. Hier aber sah er die wunderbare Krone auf seinem Kopf. Trinity College und die Königliche Bank von Irland funkelten in einem Meer aus Lichtjuwelen, und die zahllosen Fahnen wehten wie große Blumen, die inmitten der Flammen blühten. Die Menge rührte sich nicht, stand wie verzaubert da inmitten des Wunders. Und das Schweigen war voll ruhiger Achtung und Treue. Es war der Schmuck ihres Rettungsfelsens, und Johnny und seine Mutter drückten einander die Hände.

In einiger Entfernung sah Johnny silbern funkelnde Flecke sich aus dem Dunkel in der Nähe der weniger beleuchteten Häuser abheben. Es waren die mit Silber beschlagenen Helme der Polizisten, die zu kleinen Trupps hier und da in den Torwegen der Häuser standen.

Plötzlich begann eine Schar gutgekleideter junger Männer, die wie Soldaten in Reih und Glied angetreten waren und von denen einer einen großen Union Jack trug, mit lauter Stimme und der ganzen Inbrunst ihrer jungen Herzen zu singen:

»Gott beschütze unsere liebe Königin,
Lang lebe unsere edle Königin,
Gott beschütze die Königin!«

»Die Studenten, die Studenten!« rief der Mann mit dem breiten, feuchten Mund und erhob sich. Er beugte sich weit über den Rand der Tram. »Jetzt werden wir wenigstens ein bißchen Wahrheit erleben.«

Aber die kraftvollen, frohen Stimmen wurden Gemurmel, als sich aus der Menge immer stärker werdendes Murren erhob. Das Gemurmel verstummte, und das Murren wurde drohendes Gebrüll. Glas klirrte, und die Splitter einer getroffenen Fensterscheibe des College fielen auf das Pflaster. Das drohende Gebrüll wurde singende Herausforderung, zuerst leise, dann lauter, wie das Tosen eines wilden Stromes, und während die Menge sang, drückte sie die Polizisten zurück in dem Bemühen, dichter an die Studenten heranzukommen.

»Der böse englische Tyrann hat unser irisch Grün
verbannt,
Wir sollen es verstecken, als hätt' es niemals Ruhm
gekannt.
Beim Himmel, eher werden die Opfer aus den
Gräbern steigen,
Als daß wir lassen von dem Grün und uns vorm
Rot verneigen.«

Jemand hob eine große grüne Fahne hoch. Großes Hallo! Die Menge drängte nach vorn, und die Polizei hatte alle Hände voll zu tun, sie zurückzuhalten. Und immer wieder klirrten die Scheiben der Fenster des Trinity College auf das Pflaster, und die Menge sang weiter:

»Auf uns nur baun wir und auf Gott,
daß er die segnen werde,
Die mehr der eignen Kraft vertraun
als Königen der Erde.
Wir heben unsre Hand zum Schwur,
wir weihen uns dem Tod,
Damit auf ewig gelten mag
der Ruf: Grün über Rot!«

Johnny sah, wie die singende Menge plötzlich vorwärtsdrängte, den Polizeikordon, der die Straße sperrte, durchbrach, die Studenten mit Fäusten und Stöcken angriff, sie zurück, immer weiter zurückdrängte auf die Tore des College zu. Er hörte, wie im Innern des College eine

Glocke ertönte, sah, wie durch das schwere offene Tor eine andere Schar Studenten strömte, mit dicken Stöcken bewaffnet, jubelnd und schreiend, während sie ihren Kommilitonen zu Hilfe eilten, die von den Leuten angegriffen wurden. Er sah, wie die Polizisten mit der Menge rangen, wie sie sich bemühten, zusammenzubleiben, und auf jeden, der ihnen zu nahe kam, mit dem Knüppel einschlugen. Aber einer nach dem andern fiel, geriet unter die Füße der dichten Menge, die wütend nach vorn drängte. Und mitten in dem Getobe stand die Tram wie ein regungsloses Schiff in wilder See, während die gutmütigen Pferde, die sie zogen, sich nicht rührten, nicht regten.

Einige aus der Menge hatten sich einen Strick verschafft, hatten ihn über den Mast einer großen Königsstandarte geworfen, die an einem hohen Bankgebäude flatterte. Hunderte von Händen zogen und zerrten, bis der Mast nachgab und die große Flagge herunterflatterte in die jubelnde Menge, die sich balgte und drängte, denn jeder wollte der erste sein, der die Flagge zerfetzte.

»Jetzt reißen sie die Königliche Standarte 'runter«, stöhnte der Mann mit dem breiten, feuchten Mund, der vor Wut geiferte. Er konnte kaum sprechen. »Wo bleibt die Polizei? Weshalb greift die Polizei nicht ein? Wo bleiben die faulen, vollgefressenen, nutzlosen Kerle? Wenn ich besser angezogen wäre, würde ich denen mal vorhalten, wie man seine Pflicht tut.«

»Wären wir doch zu Hause geblieben«, murmelte Frau Casside, die Johnny fest an der Hand hielt.

Ein lauter Schrei, während die Menge und die Studenten miteinander rangen: »Die berittene Polizei rückt an! Die berittene Polizei!«

Weit oben in der Damenstraße sah Johnny die Silberhelme der berittenen Polizei, die, auf und ab tanzend, mit jeder Sekunde näher kamen. Ein großer Teil der Menge drängte in die Graftonstraße, bahnte sich, die Fäuste gebrauchend, einen Weg, um sich vor der berittenen Polizei zu retten. Frauen schrien, während sie weitergeschoben wurden, und ein paar Männer versuchten, ihre Kinder auf die Schultern zu nehmen. Johnny sah eine Frau, die laut schreiend in die Menge zurückdrängte.

»Ich habe meinen Tommie verloren! Er wurde mir von der Hand gerissen. Ich muß zurück. Ich muß das Kind finden. Bitte, bitte, lassen Sie mich durch!«

Aber die Menge konnte ihr nicht helfen, und die Frau wurde zurückgedrängt, immer weiter zurück, und bald hatte Johnny sie aus den Augen verloren. Immer noch jammerte und flehte die Frau, sie durchzulassen, damit sie ihren Tommie wiederfände.

Der berittenen Polizei folgte eine schreiende, johlende Menge, sie warf mit Steinen, Flaschen und Eisenstücken, näherte sich den Pferden, so gut sie konnte. Dann und wann wandten einige der Polizisten die Pferde, griffen die hinter ihnen Drängenden an, und die Menge zerstob, kam aber gleich wieder zurück, wenn die berittenen Polizisten wieder ihren Kameraden folgten. Einmal sah Johnny, wie einer der berittenen Polizisten in seinem Sattel erstarrte. Er stieß einen Schrei aus, ließ den Gummiknüppel los, so daß er nur noch mit dem Riemen am Handgelenk hing. Er drehte sich um, und man sah, daß seine rechte Backe aufgerissen war von den Scherben einer Flasche, die eine haßerfüllte Hand aus der Menge geschleudert hatte. Andere Polizisten eilten herbei, dem Verwundeten vom Pferd zu helfen, und einer von ihnen verband die klaffende Wunde mit einem Taschentuch, das ihm ein Kamerad reichte.

Einige von denen, die die Studenten bedrängten, schrien eine Warnung, als die Berittenen in die Universitätsstraße einbogen. Der Kampf kam zum Stillstand, und die Gegner der Studenten zogen sich durch die Universitätsstraße und die Westmorelandstraße zurück. Manche von ihnen hinkten, andere liefen mit geneigtem Kopf, über den sie schützend die Hände hoben. Der Mann, der die große, grüne Fahne trug, befand sich unter ihnen, aber das Gewicht des Fahnenschaftes und die Falten des Tuchs, das sich ihm um die Beine legte, behinderten seinen Lauf. Voller Wut über die Verwundung ihres Kameraden galoppierten die Polizisten hinter der fliehenden Menge her. Als sie an dem Mann, der die Fahne trug, vorbeikamen, beugte sich einer von ihnen aus dem Sattel, schwang seinen Knüppel und ließ ihn auf den Kopf des andern sausen, so daß er mitten auf der Straße zusammenbrach, fast verborgen in den Falten seiner grünen Fahne.

Johnny drängte sich dicht an die Mutter, deren Beben er fühlte, als sie sah, was geschah. Ein berittener Offizier näherte sich der Tram, beugte sich seitlich vom Pferd und berührte die Schulter des Fahrers mit seiner Reitpeitsche.

»Fahren Sie mit Ihrer Karre dahin, woher Sie gekommen sind, aber schnell!« befahl er.

Der Fahrer verließ die Plattform, machte mit der einen Hand die Zugstränge los, wandte die Pferde, führte sie am Zügel an das andere Ende des Wagens, hängte die Stränge ein und kletterte wieder auf die Plattform. Der Schaffner zog die Klingelleine, und die Tram fuhr langsam den Weg zurück, den sie gekommen war; heraus aus der glasglitzernden Huldigung für eine Königin; heraus aus all dem Purpur, Karmin und Gold; heraus aus dem Pomp der Wände und dem Blutvergießen in den Straßen; heraus aus dem Glanz der Kronen und dem strahlenden Segen, zurück in die Finsternis der Dorsetstraße und nach Hause.

Das letzte, was Johnny sah, als sich die Tram langsam fortbewegte, war die berittene Polizei, die unter Gejohle und Stein- und Flaschenwürfen in die Damenstraße galoppierte. Und eine einsame Gestalt lag still mitten auf der Straße, zwischen Bank und College, fast verborgen unter dem Tuch einer lustigen, grünen Fahne.

ICH KLOPFE AN

Die Mutter ließ sich Johnnys Bildung sehr angelegen sein. Das tat auch Archie, wenn auch in einer etwas unklaren und einschüchternden Weise. Auch Ella, die ihr erstes Kind bekommen hatte und deren Mann bald seinen Dienst im Heer quittierte, bemühte sich in dieser Hinsicht. Ellas Versuche, ihren Mann weiterzubilden, waren ein arger Mißerfolg gewesen, wie Johnny knurrend sagte, und nun wollte sie ihre Kunst an ihm probieren. Immer wieder sprachen sie und die Mutter über Johnnys Unwissenheit auf allen Gebieten.

Eines Tages kam Ella mit einem Bündel Wäsche, die die Mutter waschen sollte. Als die Wäsche fertig war, tranken sie Tee und aßen ein Stück trockenen Kuchen, und schon bald waren sie wieder bei dem alten Thema.

»Wenn das so weitergeht«, sagte Frau Casside, »kennt er als Erwachsener nicht einmal die eigene Hausnummer. Er muß was lernen, wenn er auch die Schule nicht besuchen kann. Die größte Sorge deines Vaters kurz vor seinem Tode war Johnnys Unwissenheit.«

Ella trank einen Schluck Tee und dachte einen Augenblick lang nach.

»Ich würde ihn trotz seiner Augen in die Schule schicken«, sagte sie. »Wenn die Ärzte es auch verboten haben«, fügte sie schnell hinzu, um der Mutter zuvorzukommen, die etwas erwidern wollte. »Aber die Ärzte haben ihn nicht großzuziehen. Er kann später nur als einfacher Arbeiter sein Brot verdienen.«

Genau wie dein Mann, dachte die Mutter, aber sie sagte das nicht.

»Einfacher Arbeiter«, fuhr Ella fort, »wenn er dazu kräftig genug ist. Es war ein großer Fehler, daß du ihn nicht in die Christus-Hospital-Schule geschickt hast, nachdem der Rektor und Herr Purefoy sich für seine Aufnahme so sehr eingesetzt hatten.«

Der Mund der Mutter wurde hart.

»Davon zu reden, hat keinen Sinn«, sagte sie. »Solange ich lebe, kommt der Junge in keine solche Anstalt.«

»Er hätte dort wenigstens Kleidung und Essen«, entgegnete Ella.

»Mehr aber auch nicht. Der Junge hat hier gewiß nicht viel, aber er hat wenigstens ein Heim.«

Von der Christus-Hospital-Schule für Johnny war immer wieder die Rede gewesen. Ella und Archie hatten ihm immer wieder von der herrlichen blauen Uniform mit dem tiefen Kragen und den gelben Manschetten, der langen Hose, der Hochlandmütze, den Spangenhalbschuhen und dem schmucken Spazierstock erzählt, der unter dem Arm getragen wurde. Die Brüder, die beim Heer waren, hatten geschrieben, es wäre die beste Lösung, und Johnny selbst hatte die Mutter gedrängt, ihre Zustimmung zu geben. Aber die Mutter hatte nichts davon wissen wollen. Und wenn Johnny all das Gute anführte, das die Schule ihm böte, fertigte sie ihn mit den Worten ab: »Hier hast du es besser.«

»Er würde auch Religionsunterricht haben«, fuhr Ella fort.

»Man würde ihm die Religion einbleuen, Ella. Über seine Entwicklung würde genau Buch geführt, und wenn er nicht täte, was man wollte, würde er so lange gezwiebelt, bis er es täte. Und Johnny ist mein Junge und nicht ihrer. Wenn man ihm was zu essen geben will, dann soll man es tun – aber nur hier. Solange ich es verhindern kann, soll ihm das Leben nicht zur Angst werden. Wenn man ihn kleiden will, soll man es tun – aber nur hier. Es hat keinen Sinn, über die

Christus-Hospital-Schule auch nur noch ein Wort zu verlieren. Der Junge kommt nicht in diese Schule.«

»Ich will doch nur sein Bestes«, erwiderte Ella rechthaberisch.

»Das sagen alle anderen auch.«

»Sieh dir den Jungen doch mal an«, erwiderte Ella, »er hat ja kaum eine Stirn.«

»Was das angeht, so tue ich, was ich kann. Es ist schon etwas besser geworden«, sagte die Mutter. »Dreimal täglich bürste ich ihm eine Viertelstunde lang das Haar aus der Stirn. Mit der Zeit wird das schon anders werden. Und abends feuchte ich das Haar an, bürste es zurück und binde ihm ein Tuch um den Kopf. Wenn er seiner Augen wegen auch nicht viel lernen kann, so sorge ich doch dafür, daß er nicht mit einer niedrigen Stirn durchs Leben zu laufen braucht. Ich täte auch gern etwas für seine Zähne, aber das müssen wir mal abwarten.«

Ella kramte in den Büchern, die als unverkäuflich aus der Bibliothek des Vaters noch vorhanden waren. Sie kam mit einer alten Fibel von Sullivan zurück, der behauptete, die Kenntnis der Präfixe und Suffixe, das Wissen um die Herkunft der Wörter aus dem Lateinischen und Griechischen erleichtere besser als alle anderen Methoden die Aneignung eines Wortschatzes; außerdem war noch ein Lesebuch, eine Grammatik und ein Geographiebuch da.

»Mehr braucht er augenblicklich nicht. Laß ihn das lernen, was ich in den Büchern angestrichen habe, und wenn er das ein Jahr lang fortsetzt, dann weiß er schon allerlei.«

Johnny wurde von der Straße ins Haus geholt, und man sagte ihm, was er tun sollte.

»Fällt mir gar nicht ein«, erwiderte er böse. »Ich denke nicht daran. Ich bin mit dem, was ich weiß, ganz zufrieden.«

»Wie du willst«, erwiderte die Mutter streng. »Aber den Penny für die Londoner und New Yorker Jungen bekommst du dann nicht mehr. Also wähle.«

Johnny war geschlagen. Lieber wollte er auf das Leben als auf die Geschichten von Old King Brady, dem Wunderdetektiv, vom Roten Adler, dem Freund der Bleichgesichter, und von dem Stiefelputzer verzichten, der es bis zum Makler brachte; die Mutter half ihm immer bei der Lektüre, wenn er mit dem Blatt nach Hause kam.

Als Ella mit ihrem Gerede fertig war, setzte er seine Mütze auf und lief verdrießlich nach einem leeren Grundstück in der Nähe der Eisenbahn, das mit hartem Gras, Löwenzahn, Gänseblumen, Taubnesseln, Wegerich, Jakobskreuzkraut, mit roten Pimpernellen und rotem Mohn bewachsen war. Er suchte sich eine schöne Stelle mit Mohn und Gänseblümchen aus, setzte sich, öffnete seine Bücher und beobachtete mehrere Bienen auf den Kleeblüten. Dann begann er zu studieren.

Grammatik, so versuchte er zu lesen, ist die Kunst, eine Sprache richtig zu sprechen, zu lesen und zu schreiben. Sie besteht aus vier Teilen: Orthographie, Etymologie, Syntax und Prosodie. Die Orthographie befaßt sich mit der Rechtschreibung, die Etymologie mit der Herkunft der Wörter, die Syntax mit dem Satzbau und die Prosodie mit den Gesetzen und den Regeln der Verskunst.

»Verdammt«, knurrte er, »das ist ja furchtbar.« Er öffnete das Lesebuch, in dem Ella die ersten Verse von Tennysons ›Der Bach‹ angestrichen hatte.

›Wer ist denn dieser Tennyson?‹ fragte er sich, während er las:

»Wo Reiher haust und Wasserhuhn,
Entsprang ich, klar und schmal.
Ich funkle zwischen Farnkraut nun
Und plätschre in ein Tal.«

»Wasserhuhn und Reiher«, murmelte er. »Was ist das? Vielleicht Vögel. Aber was für Vögel?« Spatzen kannte er. Waren nichts wert. Jesus selbst hatte gesagt, daß in Jerusalem zwei Spatzen für einen Heller verkauft wurden. Und in Dublin erhielt man für einen Heller mehr als ein Dutzend. Er hatte einen roten und einen grünen Hänfling, eine Drossel, eine Amsel und einen Fink in Käfigen gesehen. Das waren die einzigen Vögel, die er bisher kennengelernt hatte. Von Wasserhühnern und Reihern hatte er noch nie etwas gehört. Aber diese Gedanken förderten seine Arbeit nicht. Er las weiter:

»An dreißig Hügeln eil' ich dahin,
Vorbei an Felsenrücken,
An Städtchen, Dorf und Meierein
Und unter vielen Brücken.

Dann dort, wo Philipps Häuser stehn,
Streb' ich dem Flusse zu.
Die Menschen kommen, die Menschen gehn,
Ich fließe ohne Rast und Ruh'.

Nur noch eine Strophe«, murmelte Johnny.

»Ich singe über Stock und Stein
Bald Dur, bald Moll im Rieseln.
In Buchten wirble ich hinein
Und plätschre zwischen Kieseln.«

Dur und Moll? Was bedeutet das? Was hatte es mit einem fließenden Bach zu tun? Er seufzte. Wozu all diese nutzlosen, verwirrenden Dinge lernen? Er wußte, was das Meer war, denn er hatte es bei Sandymount gesehen. Wußte auch, was ein Fluß war, denn ein Fluß floß durch die Stadt. Weshalb verlangte man von ihm, sich mit Dingen zu befassen, die er bereits kannte? Und ihr eigener Fluß, der Liffey? Wo entsprang er? Das konnte ihm niemand sagen. Die Mutter wußte es nicht. Auch Ella wußte es nicht. Und Archie ebensowenig. »Irgendwo«, lautete die Antwort auf seine Frage. Das wußte er auch. Sie wurden böse, wenn er etwas nicht wußte, wurden aber auch böse, wenn man sie etwas fragte, was sie nicht wußten. Zum Beispiel die Tolka. So hieß ein Fluß, der nicht größer war als ein Bach, denn er hatte in ihm geplanscht und mit einem Krug Elritzen aus ihm gefischt. Dennoch war er der Fluß Tolka. Immer neue Rätsel. Natürlich wußte er, daß er bei Hochwasser die kleinen weißgetünchten Häuser an seinem Ufer überschwemmte und die Statue der heiligen Jungfrau, die im Schlamm am Ufer stand, mit sich riß. Aber die Statue war gegen den Strom geschwommen wie Brot, das man auf das Wasser wirft; sie schwamm an den Häusern vorbei, bis sie aus dem Wasser gefischt, gesäubert, weiß und blau gestrichen und wieder auf den Sockel gestellt wurde. Ja, wenn die Tolka Hochwasser hatte, dann war sie ein Fluß, sonst aber war sie nur ein Bach.

Ein schlanker Schatten legte sich auf den Mohn und die Gänseblümchen. Johnny blickte auf und sah Jennie Clitheroe neben sich stehen. Verlegen und stumm sahen sie sich ein paar Augenblicke lang an.

»Kommst du aus der Schule?« fragte er.

»Ja«, antwortete sie. »Was tust du denn hier mit Schulbüchern?«

»Hab' mal eben 'reingeschaut.«

Sie setzte sich in den Mohn, glättete ihren Rock und nahm eins der Bücher in die Hand.

»Ich bin jetzt in der fünften Klasse«, sagte sie, »das alles habe ich schon hinter mir. Ich lerne jetzt Geometrie und so weiter.«

Johnny nahm die Bücher und steckte sie in die Tasche.

»Kennst du den Liffey?« fragte er.

»Natürlich.«

»Wo entspringt er?«

»Wo er entspringt?«

»Ja, wo fängt er an? Wo ist er nur ein Rinnsal, bevor er Fluß wird?«

»Das steht in keinem meiner Bücher«, erwiderte Jennie. »Höchstwahrscheinlich ist das nicht wichtig. Weißt du es?«

»Natürlich.«

»Wo denn?«

»Ach«, antwortete Johnny spöttisch, »das muß der große Gelehrte selbst 'rauskriegen.«

Jennie pflückte ein Gänseblümchen, zupfte die Blütenblätter ab und murmelte dabei: »In diesem Jahr, im nächsten Jahr, irgendwann, niemals. In diesem Jahr, im nächsten Jahr, irgendwann, niemals. In diesem Jahr...«, und sie ließ das letzte Blütenblatt ins Gras fallen.

»Was in diesem Jahr?« fragte er.

»Dann heirate ich«, antwortete sie verschmitzt.

»Wen heiratest du?«

»Ach«, erwiderte sie spöttisch, »das muß der große Gelehrte selbst 'rauskriegen.«

Er faßte sie bei den Schultern und zog sie zu sich.

»Sag mir, wen du heiratest, oder ich lasse dich nie wieder los.«

»Keine Minute lang kannst du mich festhalten, wenn ich es nicht will«, erwiderte sie herausfordernd.

Er zog sie noch dichter an sich, bis ihre braunen Locken seine Brust berührten und ihre braunen Augen in die seinen schauten.

»Versuch's doch mal, wegzulaufen«, höhnte er.

Sie versuchte es, aber ohne besonderes Bemühen, und dann lag sie ganz ruhig da, sah ihm lächelnd ins Gesicht.

Plötzlich beugte er sich über sie und küßte sie zweimal auf den Mund. Dann schob er sie, von Scham ergriffen, von sich. Sein Gesicht war puterrot geworden. Er sprang auf und lief durch den Mohn und die Nesseln davon, entsetzt über das, was er getan hatte.

»Das sag' ich meiner Mutter«, rief sie hinter ihm her.

»Sag's nur«, rief er herausfordernd zurück. Sie saß immer noch in dem Mohn, und ein weißer Schmetterling umflatterte sie. »Ist mir ganz egal.«

Mädchen erzählen ihren Müttern alles, dachte er grimmig, während er weiterlief. Weshalb hatte sie sich küssen lassen? Weshalb war sie nicht fortgelaufen? Sie hatte mehr Schuld als er. Sollte sie's der Mutter nur erzählen.

Er nahm das Lesebuch wieder aus der Tasche, öffnete es und las:

»So murmle ich im Wirbeldrehn
Und finde niemals Ruh'.
Die Menschen kommen, die Menschen gehn.
Ich fließe immerzu.«

Er hatte die Dichtung kennengelernt und hatte ein Mädchen geküßt. Wenn er auch nicht zur Schule gegangen war, hatte er doch die Schüler kennengelernt. Wenn er auch nicht in das Haus gegangen war, so hatte er doch an die Tür geklopft.

ANMERKUNGEN

Arabi Pascha, Achmed (1839–1911), ägyptischer Politiker, Begründer der Nationalpartei; 1880–1882 Organisator der Aufstandsbewegung gegen die ausländische Intervention, 1882 Kriegsminister; von den Engländern verbannt.

Boyne, der irische Fluß Boyne wurde zum Symbol der englisch-protestantischen Herrschaft über das katholische Irland. 1690 erzwang das Heer Wilhelms III. bei der Niederwerfung des Aufstandes in Irland den Übergang über den Boyne.

Burke, T.H., britischer Unterstaatssekretär für Irland, fiel am 6. Mai 1882 dem Attentat im Phönixpark (s.d.) zum Opfer.

Burnaby, Frederick, Gustavus (1842–1885), englischer Soldat und Abenteurer. Starb als Brigadegeneral auf Expedition zum Entsatz von Karthoum.

Cavendish, Lord Frederick, britischer Staatssekretär für Irland, fiel am 6. Mai 1882 dem Attentat im Phönixpark (s.d.) zum Opfer.

Chippendale, englischer Möbelgestalter des 18. Jahrhunderts; Synonym für leichte, zierliche Möbel seiner Stilrichtung.

Clan Oliver, offenbar historische Bezeichnung der Iren.

Clan Sassenach, historische Bezeichnung der Engländer (Sachsen).

Crécy, während des ›Hundertjährigen Krieges‹ vernichteten die Engländer 1346 in der Schlacht bei Crécy (Nordfrankreich) die französischen Truppen.

Douai-Testament, englische Bibelübersetzung, die im 16. Jahrhundert in einem römisch-katholischen Seminar für englische Priester in Douai (Nordfrankreich) begonnen wurde.

dum spiro, spero (lat.), solange ich atme, hoffe ich.

Erin, poetische Bezeichnung für Irland.

Fenier, etwa 1858 gegründeter irischer Geheimbund bürgerlicher Nationalisten mit dem Ziel, eine unabhängige Republik zu bilden; durch seine verschwörerische Taktik schließlich zu einer terroristischen Gruppe entartet.

Fermanaghs, ursprünglich und noch heute eine nordirische Truppeneinheit.

Freiheiten, ›liberties‹, Distrikt in Dublin (südlich St. Patrick's Cathedral, heute noch ›Liberty Lane‹). Gehörte im Mittelalter nicht zur Stadt und unterstand deshalb nicht den Dubliner Gesetzen. Auch in vielen englischen Städten ein Bezirk, der besondere Privilegien, vor allem hinsichtlich Steuern, genoß.

Gilderoy, berühmter schottischer Straßenräuber, wurde 1636 in Edinburgh gehängt. Held einer Ballade von Thomas Campell (1777–1844).

Gladstone, William, Ewart (1809–1898), englischer Staatsmann. Viermal englischer Premier zwischen 1868 und 1894. Für Irland von Bedeutung wegen seiner Gesetzgebung (Land Act 1870). Unterstützte die ›Home Rule‹-Bewegung.

God save Ireland, ›Gott schütze Irland‹, irische Nationalhymne von 1867 bis 1916 (Text von T. D. Sullivan).

Gordon, Charles George (1833–1885), britischer General, 1877–1885 Gouverneur des Sudans, unterdrückte grausam die Eingeborenen; im Mahdi-Aufstand erschlagen.

Grahams, eine schottische Truppeneinheit, ursprünglich ein ›Higland clan‹.

Grün über Rot, Refrain eines irischen politischen Kampfliedes; Anspielung auf die irische und die englische Nationalfarbe.

Hahn aus dem Norden, ›Cock of the North‹, britischer Militärmarsch.

Herzen aus Eichen, ›Heart of Oak are our ships, / Heart of Oak are our men: / We always are ready; / Steady, boys, steady; / We'll fight and we'll conquer again.‹ David Garrick (1717–1779).

Homerule (englisch), Selbstregierung; Forderung der irischen Nationalpartei an das britische Parlament seit etwa 1870; 1921 mit der offiziellen Gründung des Irischen Freistaates erreicht.

Homerulers, Anhänger der Homerule-Bewegung, die 1873 die Homerule-Liga begründeten. Ihr gemäßigtes Programm ging nicht über die Forderung der Selbstregierung Irlands im Rahmen des Britischen Empires hinaus.

Honi soit qui mal y pense, ›Schande dem, der Arges dabei denkt‹ (Wahlspruch des englischen Hosenbandordens).

Invincibles, The, wörtlich ›die Unbesiegbaren‹, ›die Unversöhnlichen‹; 1881 in Dublin gegründete Geheimgesellschaft, deren Mitglieder sich terroristischer Methoden bedienten.

Irische Bürgerarmee, Truppe, bestehend aus einigen hundert bewaffneten Arbeitern. Organisiert nach dem Dubliner Streik von 1913, beteiligte sich am Osteraufstand von 1916.

Irische Hungersnot, 1845–1847 wurde die irische Kartoffelernte durch Kartoffelfäule vernichtet. Vieh und Weizen durften, weil sie Besitz der englischen Großgrundbesitzer waren, nicht angetastet werden. Massensterben und Auswanderung reduzierten die irische Bevölkerung um nahezu die Hälfte.

Isandlwana, am 22. Januar 1879 wurde in der Schlacht bei Isandlwana (Isandula, Nordwest-Zululand) eine englische Abteilung von den Zuluregimentern unter Ketschwayo vollständig vernichtet.

Jakobiten, die Anhänger des 1688 vertriebenen englischen Stuartkönigs Jakob II. und seiner Nachkommen, besonders in Schottland.

Kilt, Kurzrock der Bergschotten (›Schottenrock‹).

Limerick, 1691 leistete die Stadt Limerick als letzter Stützpunkt der aufständischen Iren dem englischen Heer unter Wilhelm III. Widerstand. Die Liedverse auf S.42 beziehen sich auf die Belagerung von Limerick.

Mandalay, Anspielung auf die Ballade ›Mandalay‹ von Rudyard Kipling (1865–1936).

Marmion, Versepos von Walter Scott (1771–1832).

Moody und Sankey, Moody, V.L. (1837–1899), amerikanischer Prediger; Sankey, I.D. (1840–1908), Sänger und Organist. Beide veranstalteten mit großem Propagandaaufwand ›Evangelisierungsfeldzüge‹ durch die USA und Großbritannien.

Nassauer, William III., König von Großbritannien und Irland (1698–1702), der letzte Sproß des Hauses Oranien-Nassau (1650–1702).

O'Donnell, alte einflußreiche irische Familie, deren älteste Söhne jeweils die Lords von Tirconnell (s.d.) waren.

Orangisten, Mitglieder einer 1795 gegründeten politisch-protestantischen Geheimgesellschaft in Irland. Der Orange-Orden war Sammelbecken der reaktionären Kräfte aller Gesellschaftsschichten und wurde zur terroristischen Unterdrückung jeder irischen Freiheitsbewegung benutzt. Der Name dieser Gesellschaft ist abgeleitet von Wilhelm von Oranien, der als Wilhelm III. von 1688 bis 1702 englischer König war.

O'Shea, Kitty, Frau des Captain O'Shea, eines politischen Abenteurers. Sie lebte seit etwa 1882 mit Parnell (s.d.) zusammen, wovon ihr Mann und alle Welt wußten. Als Parnells Einfluß um 1890 der englischen Bourgeoisie zu gefährlich wurde, inszenierte man einen Scheidungsskandal, um Parnells Ansehen ›moralisch‹ zu untergraben.

Parnell, Charles Stewart (1846–1891), irischer Politiker, Protestant; Führer der Homerule-Bewegung (s.d.), 1879 Mitbegründer der irischen Landliga.

Patrick (etwa 389–461), Apostel und Nationalheiliger Irlands.

Phönixpark, am 6.Mai 1882 wurden im Dubliner Phönixpark der britische Staatssekretär für Irland, Lord Cavendish, und der Unterstaatssekretär Burke von Mitgliedern der Gruppe der ›Unversöhnlichen‹ ermordet.

Poynter, Edward John (1836–1919), englischer Maler, 1896 zum Präsidenten der Royal Academy gewählt; bekannt durch zahlreiche Aquarelle und Ölgemälde (u.a. ›Besuch bei Äskulap‹, 1880).

Presbyterianer, Anhänger einer Richtung des englischen Protestantismus, die ihr kirchliches Leben auf demokratischer Grundlage nach calvinistischem Vorbild ordnet.

Pulververschwörung vom 5. November, am 5. November 1605 versuchten kath. Verschwörer König Jakob I. und beide Häuser des englischen Parlaments aus Rache gegen die katholikenfeindlichen Gesetze in die Luft zu sprengen.

Quis separabit? (lat.), Wer wird (uns) trennen?

Requiescat in pace! (lat.), Er ruhe in Frieden!

Rotunde, ältestes Geburtenspital der Welt, 1745 in Dublin gegründet; im gleichen Gebäude befinden sich aber auch das ›Gate Theatre‹ und ein Kino, früher die sog. ›Assembly-Rooms‹.

Ruskin, John (1819–1900), englischer Kunsttheoretiker und Sozialreformer, der die moderne industrielle Entwicklung ablehnte.

Salisbury, Marquis of (1830–1903), englischer Staatsmann, konservativer Politiker; mehrmals Ministerpräsident. Das von ihm geleitete Kabinett verstärkte die britische Kolonialpolitik in Irland.

Sarsfield, Patrick, Earl of Lucan (gestorben 1693), irischer Jakobitengeneral.

Schwarzer Prinz, gemeint ist Eduard, Prinz von Wales (1330–1376), der Sohn Eduards III. von England.

Sheraton, englischer Möbelgestalter des 18. Jahrhunderts; Synonym für leichte, zierliche Möbel seiner Stilrichtung.

Steinig ist der Weg nach Dublin, ›Rocky Road to Dublin‹, britischer Militärmarsch.

Taras Schloß, Tara-Hügel. Etwa 10 km südlich von Navan, Grafschaft Meath. Sitz der alten irischen Könige. Nach der Legende vom heiligen Ruadan von Lorrah verflucht und seither von den Königen gemieden.

Tennyson, Alfred (1819–1892), englischer Dichter, literarischer Repräsentant des victorianischen Zeitalters.

Theebaw, letzter König von Burma. Kämpfte im dritten burmesischen Krieg gegen England (1885–1886). Starb 1916 in Indien.

Tirconnell, altes Königreich in Nordwest-Irland; heutige Grafschaft Donegal; gegründet im 5. Jahrhundert n.u.Z. Die Könige von Tirconnell regierten bis 1071.

Tone, Wolfe (1763–1798), irischer bürgerlicher Revolutionär, einer der Gründer und Führer der Gesellschaft ›Vereinigte Iren‹ (›United Irishmen‹).

Victoria, englische Königin (1817–1901), regierte von 1837 bis 1901.

Weg nach Samarkand, Titel eines Gedichts von James Elroy Flecker (1809 bis 1892): ›The Golden Journey to Samarkand‹.

zu gehorchen, zu sterben ..., nach Tennyson, ›Charge of the Light Brigade‹: ›theirs but to do and die‹.

Diogenes Taschenbücher

Alphabetisches Verzeichnis

o Wilde, *Der Sozialismus und die Seele des Menschen* 3
o Wollschläger, *Die bewaffneten Wallfahrten* * 48
o Wollschläger, *Karl May* 112
o Wollschläger, *Die Gegenwart einer Illusion* * 113

detebe-Kassetten

o Balzac, *Die Menschliche Komödie in 40 Bänden* K 10
o Busch, *Studienausgabe in 7 Bänden* K 13
o Chandler, *Sämtliche Romane und mehr in 9 Bänden* K 4
o Čechov, *Das erzählende Werk in 10 Bänden* K 2
Chaval, *Gesammelte Cartoons in 3 Bänden* K 9
o Faulkner, *Gesammelte Erzählungen in 5 Bänden* K 16
o Hammett, *Sämtliche Romane in 5 Bänden* K 3
o Hottinger, *Morde in 3 Bänden* K 1
Hottinger, *Geschichten für den Connaisseur in 6 Bänden* K 14
Keller, *Werke in 8 Bänden* K 17
o D. H. Lawrence, *Sämtliche Erzählungen und Kurzromane in 8 Bänden* K 6
o McCullers, *Werke in 8 Bänden* K 11
o Maugham, *Gesammelte Erzählungen in 10 Bänden* K 5
o Maugham, *Der Menschen Hörigkeit in 2 Bänden* K 15
o Molière, *Komödien und Materialien in 8 Bänden* K 7
o O'Connor, *Gesammelte Erzählungen in 6 Bänden* K 8
o Schopenhauer, *Zürcher Ausgabe in 10 Bänden* K 12

Titel mit * sind Erstausgaben oder deutsche Erstausgaben.
Titel mit o sind auch als Studienausgaben empfohlen.

Diogenes Kinder Taschenbücher

Alphabetisches Verzeichnis

Brunhoff, *Die Geschichte von Babar* 5
Busch, *Max und Moritz* 2
Carroll, *Die kleine Alice* * 3
Collodi, *Pinocchios Abenteuer* 17
Gorey/Levin, *Er war da und saß im Garten* 8
Hoffmann, *Der Struwwelpeter* 1
Leaf, *Ferdinand der Stier* 4
Murschetz, *Der Maulwurf Grabowski* 10
Potter, *Die Geschichte von Peter Hase* 13
Sendak, *Hühnersuppe mit Reis* 6
Sendak, *Herr Hase und das schöne Geschenk* 15
Spyri, *Heidis Lehr- und Wanderjahre* 11
Spyri, *Heidi kann brauchen was es gelernt hat* 12
Timmermans, *Henne Blanche, Soldat des Kaisers* 14
Ungerer, *Die drei Räuber* 7
Ungerer, *Der Hut* 16
Zimnik/Axmann, *Die Geschichte vom Käuzchen* 9

Catamarán

LOS CORREDOIRAS

Juan Farias

Primera edición: octubre 1988
Segunda edición: diciembre 1988
Tercera edición: julio 1989

Ilustraciones: *Jesús Gabán*

Colección dirigida por **Isabel Cano**

Ediciones SM
Joaquín Turina, 39 - 28044 Madrid

Distribuidor exclusivo: CESMA, S.A.
Aguacate, 25 - 28044 Madrid

ISBN: 84-348-2520-1
Depósito legal: M-22331-1989
Fotocomposición: Grafilia, S.L.
Impreso en España / *Printed in Spain*
Imprenta SM - Joaquín Turina, 39 - 28044 Madrid

A Luis y Antonio,
aquella tarde en que los vi llegar
a través del campo.

Cuaderno 1

ANDRÉS era pescador. Estaba casado con Manuela, una buena mujer que le dio dos hijos, Pedro y Marta.

La familia se apellidaba Corredoiras y vivía en San Benito, que es un pueblo a la orilla de la mar.

El trabajo de Andrés era de marinero a bordo del María Segunda, el barco del Rapaciño, un patrón de muchos años que nunca volvía de vacío.

Andrés, antes de casarse, fue medio aventurero, corrió mundo, tanto por mar como por tierra, y no le tuvo miedo a casi nada, pero de casado se hizo prudente.

Andrés, cuando salía a la mar, dejaba dicho:

—En caso de desgracia, iros a San Julián, a casa del tío José, que él sabrá cómo ayudaros.

Manuela se enfurecía:

—Tú cuida de volver y no digas bobadas.

Andrés, cuando volvía de la mar, traía el jornal y un cubo lleno de pescado, rodaballo o sardinas, cuando no centollos. Entonces Manuela cocinaba aquellas caldeiradas que, en cuanto empezaban a hervir, ya no te dejaban pensar en otra cosa, que el olor tenía hechizo.

Cuando Andrés estaba en tierra, se iba con su hijo, por ahí, a la playa o al monte, a coger pulpo o robar manzanas.

Andrés decía:

—Me gusta ver cómo te haces hombre.

Con la hija era distinto:

—No me crezcas muy rápido, rapaza, que cuando quieras a otro, voy a llorar.

Manuela reía.

Al ir entrando la tarde, si no había faena, Andrés y Manuela salían a esconderse en las rocas o en el monte, a reír cogidos de la mano, que aún eran gente joven y les gustaba estar solos. Luego, Manuela volvía a casa y cocinaba la cena para todos mientras Andrés se dejaba caer por la taberna de Edelmiro, a terminar el día con un vaso de vino, una partida de cartas y algo de charla, no mucho, que por aquí, señor, somos de poco hablar.

Un invierno, el día de Santa Leocadia, se enfureció el viento, arboló la mar y fue temporal del noroeste, que siempre es de temer.

Era la medianoche y Andrés no había vuelto. Faltaba su barco y otros también faltaban. Manuela quiso estar tranquila. Dijo:

—El barco es bueno y el patrón sabe.

Le duró poco. Dijo:

—Dios nos valga.

Y corrió a la Punta de la Nécora, que es la que más se adentra en la mar. Allí estaban las otras mujeres, y todas esperaron bajo la lluvia y el viento, durante el día y la noche, a veces iluminadas por el destello del faro de San Cidrián, a veces por el relámpago.

El señor cura, que ya iba para viejo, fue con ellas, a darles ánimo. Dijo:

—Calma, rapazas, que Dios no ha de querer.

Pero las mujeres tenían miedo y una, la señora Carmen, preguntó:

—¿Y si esta noche quiere, señor cura?

Entonces todas se pusieron a gritar y, en medio del temporal, parecía el gritar de las gaviotas.

El señor cura, por ayudar dentro de sus posibilidades, mandó a Pedro al campanario. Le dijo:

—Haz que la Antigua doble hasta el alba, por si pueden oírla y eso les sirve.

Pedro fue y, allí arriba, envuelto en el temporal, se sintió importante.

A veces creía ver una luz y gritaba el aviso, pero nadie alcanzaba a oírlo.

Pasó la noche, y al alba, con la marea baja, saliendo la luna casi a la par que el sol, amainó el viento. Los barcos pudieron hacer la maniobra, dejar la capa y aproar a tierra.

Primero entró el Benito Gómez y todos venían bien. Hicieron sonar la sirena y algunas mujeres empezaron a reír.

Poco después, por la Radio Costera, se supo que el San Eulogio había entrado de arribada en Porto Novo.

El María Segunda llegó muy tarde, ya de atardecida, después de que a Manuela le salieran las primeras canas.

El María Segunda venía con escora y a media carga. Los hombres trabajaban en el achique y la sirena sonó para pedir ayuda. Era que Andrés estaba lastimado, con algunas costillas rotas, una herida en la cabeza y sin habla. Un golpe de mar lo había tirado contra los chigres de popa. Hubo que llevarlo a San Cosme, al médico, y de allí a la ciudad, al hospital, y en el hospital murió.

Cuaderno 2

PEDRO quedó muy dolido.

Vino una vecina y dijo:

—Mira por tu madre, rapaz, que ahora eres el hombre de la familia.

Vino el señor cura y dijo:

—Reza, pequeño, que eso ayuda.

Vino Silveria y dijo:

—Sal esta noche, recoge tomillo y ponlo en la tumba del que se ha ido.

Vino el Rapaciño y dijo:

—Abrir las ventanas, que entre el aire.

Pedro no podía creérselo.

Pedro pensaba: «Ahora viene papá y me dice: busca un cesto, Corredoiras, que esta noche vamos a robar manzanas».

La casa de los Corredoiras entristeció.

Marta no pudo seguir siendo la niña que no iba a crecer. Marta tuvo que dejar la escuela. Se fue de aprendiza con la señora Maruja, la sastra, que también hacía boinas.

Manuela no subió a ver al tío José, que le daba vergüenza pedir, y él, digo yo que por no dar, no bajó ni al entierro.

Los Corredoiras vivían en la parte alta del pueblo. Su casa estaba pareja a la del señor cura.

Manuela, por guardar el luto, dejó de cuidar sus tiestos, que eran más de veinte, todos cuajados de hortensias y geranios. El abandono trajo la mala hierba y a poco parecía que a la casa le faltase luz.

Pedro, desde la ventana, veía el espigón del puerto y los barcos.

Pedro dijo:

—Mamá, si embarco con el Rapaciño algo ganaré.

Manuela dijo:

—Tú come y calla.

Era un día largo, gris, todo bajo una sola nube que se llovía despacio.

Manuela, por dar de comer a los suyos, se hizo pescadera. Todos los días subía al pueblo de arriba, a San Julián, con la cesta en la cabeza, descalza por andar mejor, a vocear pescado por las calles, de calle en calle.

El Rapaciño, que siempre fue buen patrón y de viejo más, tenía dicho que antes de sacar el pescado a subasta echasen en la cesta de las viudas unos puñados de lo mejor.

De que lo hicieran como es debido se encargaba Paco Beiras, uno que, cuando veía a Manuela, enrojaba y era por estar enamorado.

Paco Beiras, cuando tenía una copa de más, perdía la timidez y entonces buscaba a Pedro.

—Pedro –decía–, dile a tu madre que me mire bien.

Una tarde, el Rapaciño pasó por casa de los Corredoiras a ver cómo iba todo y a consolar. Manuela le ofreció vino y también asiento, pero dejó la puerta abierta, como está mandado.

—Mira, Manuela –dijo el Rapaciño–; tu chico ya puede ganarlo. Si te parece bien, lo meto a bordo y le doy un jornal.

SB-55

Manuela bajó la cabeza, a mirar al suelo, juntó las manos y dijo:

—Si es por el pescado, no se duela, patrón, que yo veré la forma de pagárselo.

Para mí que el Rapaciño se ofendió, dijo una palabrota, dejó el vino sin beber y se fue. Pedro marchó tras él y, cuando Manuela no podía oírlos, dijo:

—Insista, patrón, que quiero salir a la mar.

El Rapaciño lo cogió de una oreja, lo miró despacio, muy serio, y dijo:

—Tú cuida de hacer lo que dice tu madre y molesta poco, rapaz.

Pedro se quedó rumiándolas.

Pedro y el señor cura eran amigos.

El señor cura se llamaba don Rogelio y olía a viejo, sólo le quedaba un diente y se le había ido un ojo, renqueaba de una pierna y aun así tenía la sonrisa fácil.

El señor cura fue quien le enseñó a Pedro el nombre de las estrellas y cómo encontrarlas. También le enseñó a leer y los pocos latines de ayudar a misa.

El señor cura y Pedro subían al campanario para desde allí verlo todo, de día las cosas y las personas, de noche las estrellas y las luces en el cielo, en el suelo y como hundidas en el agua.

—Cuando tengas un problema –decía el señor cura– , lo dejas en la plaza y subes a verlo desde aquí. Verás qué pequeño te parece.

Lo malo es que le gustaba arreglar las cosas rezando, y rezando Pedro no iba a conseguir nada.

—Yo rezo para irme a la mar y mamá reza para que me quede; yo a Dios Padre y ella a la Madre de Dios Hijo.

—Te lo pone difícil.

—Pleito con mujeres, señor cura.

—Ya me doy cuenta.

—¿Qué hago?

—Paciencia.

—¿Más aún?

—La que haga falta.

Pedro nunca tuvo mucha paciencia, y por aquel entonces aún menos, que era rapaz y no sabía estarse quieto.

Pedro anduvo pensándolo y una noche escapó de casa. Saltó por la ventana de la cocina y bajó la calle, descalzo, con los zuecos en la mano para no meter ruido. El pueblo aún era pequeño, las calles tres y estrechas, el suelo de piedra y el ruido de pisar rebotaba y parecía que, en vez de pasar uno, pasara un ciento. No tenías cuidado, y se enteraban todos los vecinos de que «alguien va» y a lo mejor alguno se asomaba a la ventana, te veía y empezaban las bofetadas.

En el puerto no había nadie, sólo un perro, hambriento, sin amo fijo.

Pedro fue a esconderse en el tambucho de proa del María Segunda. Se escondió entre la cabuyería y otras cosas. Su intención era no salir de allí hasta que el barco llegase a los caladeros.

Primero vino Lisardo y encendió el motor. Después, de uno en uno, bostezando todos, llegaron los otros hombres. El último fue el Rapaciño, que aún no tenía los pies en la cubierta cuando ya mandaba largar amarras.

El María Segunda zarpó de madrugada. Iba a la tarrafa, que es una forma de arrastre.

Era la temporada de la sardina.

Pedro estaba seguro de que le iban a dar bofetadas por todos lados, en la mar y en tierra al volver a casa, pero no le importó.

Pedro se dijo: «Estaré en la mar un día y una noche».

Merecía la pena.

Aún no habían doblado la bocana del puerto cuando Pablo, el carpintero tartaja, fue al tambucho a buscar no sé qué cosa y encontró a Pedro.

Pablo cogió a Pedro por una oreja y lo sacó a cubierta.

—Patrón –dijo–, mire qué clase de rata llevamos a bordo.

El Rapaciño se enfadaba poco. Miró a tierra, calculó a ojo y dijo:

—Sesenta brazas sí que las nadas, rapaz.

Y sin más, cogió a Pedro y lo tiró por la borda vestido y con zuecos.

Claro que Pedro nadó las sesenta brazas. Llegó a casa empapado y con tiritona. Manuela le dio un sopapo y le hizo tomar un vaso de leche caliente.

Marta también se puso seria.

—Eres un chico imposible –dijo.

A Marta le gustaba parecer mayor.

Después, Manuela se fue a vender pescado, Marta a hacer boinas y Pedro a la iglesia, con el señor cura, a poner ratoneras cebadas con queso rancio.

Cuaderno 3

ERAN tiempos difíciles, y los hijos de las casas de poco pan empezaban a trabajar con muy pocos años, doce o trece, por hacerse al oficio de la mar y traer algo para la olla.

De vivir Andrés, Pedro hubiera hecho lo que todos, pero Manuela le había cogido miedo a la mar.

Pedro quería ser marinero, como su padre, salir a la sardina y aún más lejos, ir a Vigo y embarcar en un barco grande, de los que suben al Gran Sol o bajan a los caladeros de África.

Pedro sabía que algunos barcos aún iban más lejos, que oyó hablar de sitios donde todo es hielo y del Mar de las Tormentas, que está, dicen, en el fin del mundo.

Pedro decía que no le iba a tener miedo al temporal ni al ángel que ves cuando ha llegado tu hora:

—Si ves un ángel luminoso, no ha de ser para mal, señor cura.

—Tienes razón, Corredoiras.

A Pedro no le dejaban salir a la mar, y anduvo avergonzado. Los otros chicos se reían de él y hasta le sacaron una copla, que había uno, Juan Cacholas, con mucha facilidad para hacerlas.

En los pueblos pequeños, ya usted sabe, la burla es larga, y difícil escapar de ella.

El señor cura, cuando veía a Pedro llorar de rabia, le hacía un mimo y le daba consejo:

—No hagas caso, que así los aburres antes.

Paco Beiras tampoco se burlaba, pero era por adular y pedir:

—Rapaz, dile a tu madre que me mire bien.

Pedro dio en esconderse.

Una mañana, Pedro, por estar donde nadie pudiera verlo, se metió en la corredoira que sube al Monte de Penitencias.

Como no fuese alguna vieja a recoger piñas para la lumbre, por allí no iba a pasar nadie, que era camino de poco pasar, a no ser el Día del Perdón, en la Cuaresma, que entonces sí subían muchos, unos cargados con la cruz de Cristo y todos con sus lamentos, rezando a gritos para que Dios pudiera oírlos.

Pedro se sentó al pie de un pino manso y vio el pueblo, abajo, pegado a la roca, gris y más aún por la niebla que se iba entrando.

Pedro pensaba que era marinero y volvía a casa con el jornal en el bolsillo y un cubo de pescado: «Mira, mamá, esto gané».

Y la madre iba a decir: «Ya hay un hombre en la casa».

Pedro pensaba cosas agradables cuando algo hizo ruido en las zarzas. Era una cría de lechuza con pedazos de cascarón en las alas, aún pegajosa, recién roto el huevo. Pedro la cogió con mucho cuidado y se puso a buscar el nido en los huecos de los árboles, entre las piedras y por los sitios donde pudiera ser, pero no pudo dar con él. Entonces hizo un nido en la boina, puso allí al lechucillo y se fue a casa.

Marta, que venía de la costura, dijo:

—Déjalo ir o te traerá desgracia.

Y a lo peor alguna le trajo, pero cuidó al animal, que se hizo grande y aún vive, señor. Si quiere puede verlo; pasa de los cincuenta años y anida en el mismo sitio

donde le dieran de comer, en una saetera tapiada, en los muros del caracol de subir a la torre, dentro de la iglesia, casi siempre quieto, de noche con los ojos muy abiertos por si algo se mueve. También se bebe el aceite de la lámpara de Dios, pero ni Dios ni el señor cura se enfadan porque, gracias a la lechuza de Pedro, los ratones no volvieron a comerse los cirios ni los libros de anotar muertos, partos y bodas.

No sé si tengo dicho que en el pueblo todos eran gente de poco tener, pescadores de bajura, mariscadores de roca y alguno con oficio de tierra, carpintero, calafate, y un jubilado de la Marina que hacía cestas y contaba batallas.

El tendero tampoco tenía mucho. Se llamaba Edelmiro y olía como su tienda, a tabaco picado, vino, melaza y más cosas.

Edelmiro era viudo y tenía una hija que

por un tiempo jugó a ser la novia de Pedro, la niña con la que andar cogido de la mano y decir: «Cuando sea hombre tendré un barco y lo voy a llamar como tú te llamas».

Diciendo ella: «Lo dices tan bonito».

Cosas de rapaces.

Edelmiro se enteró de estos amores y empezó a reír.

—Mira tú por donde ya tengo medio metro de yerno.

El Cacholas, que era de bromear con todo y con su propia madre si venía a cuento, se lo fue a contar a Manuela. Le dijo:

—Ríe, mujer, que eso es bueno para la tristeza.

Pero Manuela no rió, que no sabía cómo, que lo tenía olvidado.

Manuela aún vestía de luto riguroso y llevaba dos años sin darse agua de manzanilla para enrubiecer los pelillos del bigote.

Paco Beiras había estado tomando unos vinos.

Paco Beiras encontró a Pedro que venía de comprar pan.

Paco Beiras suspiró:

—Dile a tu madre que soy un buen hombre.

Pedro dijo:

—Lo sabe.

—Pero tú dile, anda.

—Déjala estar, Paquiño, que está de luto.

—Dile que muero por verla reír.

—¿Y mi padre?

—De ése no he de tener celos, rapaz.

Y por desenfadar a Pedro, lo invitó a gaseosa manchada con un poco de ribeiro tinto.

La taberna estaba frente al puerto. Por la ventana entraba un aire cargado de *peixe* seco y marea baja. También llegaba el ruido de un cabrestante que tiraba de una dorna para subirla al varadero. Enredaban las gaviotas y Pedro entristeció.

—Quiero ir a la mar –dijo.

La hija de Edelmiro se llamaba Raquel. A Pedro le gustaba verla reír y por eso le llevó su lechuza.

—Le hablas despacio y te mira fijamente.

A Raquel le dio miedo.

—Ahógala, que no me gusta verla.

Vino Edelmiro, que también era supersticioso, y se enfadó.

—Saca de aquí ese pájaro de mala sombra, que me dejas sin clientela, cabrón.

Desde aquel día, Pedro no tuvo novia; ya no estuvo enamorado, que es mejor tener una lechuza «y te divierte pensar que algunos creen que eres amigo del diablo, pero tú sabes que el señor cura tiene razón: el diablo no come musarañas, ni bichos pequeños, ni otras cosas que no sean azufre hirviente y almas de pecadores sin arrepentir».

Paco Beiras dijo:

—Claro que sí, Corredoiras, no hagas caso, que son muy brutos.

Pero tocó madera y aun rezó por lo bajo una jaculatoria contra lechuzas, meigas y duendes enredadores.

Cuaderno 4

EL señor cura era bien casamentero. Tenía una libreta en la que llevaba anotados mozos, mozas, viudas aún de buen ver y todo lo que se pudiera casar.

El señor cura decía:

—Los pobres no deben quedarse solteros.

No tenía apuros en hacer de mediador. Esto le trajo disgustos con Silveria, la remediadora, arreglahuesos, mendiga en San Julián los días feriados y comadrona.

Si el señor cura mediaba en un negocio de casorio, Silveria se metía a incordiar, «que me roba cliente y ganancia».

Una mañana, María, la hija de Jacinto el de la quincalla, encontró un alacrán clavado en la puerta y la puerta rociada con agua de muerte, recogida de sobre la tumba de uno que todos sabíamos condenado. Esto le pasó por echar a Silveria y pedir la mediación de San Antonio.

María se asustó, que por aquí la gente es supersticiosa. Puso ajos encima de la puerta, lavó la puerta con agua bendita y fue a contarle todo al señor cura.

El señor cura dijo:

—Echa los ajos en la cazuela y no creas bobadas.

El señor cura salió al encuentro de Silveria.

—Mujer –le dijo–, un día me cabreo y te excomulgo.

Ella protestó:

—No se meta a mediar, que me arruina el negocio.

Él dijo:

—En los partos te ayudo con una misa para que todo salga bien.

Ella dijo:

—Evangelio según San Juan, capítulo dieciséis, versículo veintiuno.

A él le pareció raro.

—¿Te lo sabes?

Ella recitó: «La mujer, en los dolores del parto, está poseída de tristeza, mas una vez que ha dado a luz ya todo es alegría».

—¿Lo dices por conjurar?

—No, señor. Lo rezo al cocer la ruda para la parturienta.

—¿Y lo del alacrán?

—No me diga que cree en brujerías.

—Tú sí.

—Yo no.

—¿Y entonces?

—Es por meter miedo.

Uno de los empeños del señor cura era casar a Manuela.

—Es joven y no tiene por qué seguir ni sola ni triste.

Pedro protestó:

—En casa somos tres, y mi hermana ayuda con algo.

El señor cura guiñó un ojo.

—Calla, que yo sé lo que digo, Corredoiras.

El señor cura, cuando quería adular a un niño, le daba pan de higos, nueces, pan de hostia sin consagrar y hasta un *pouquiño* de aquel moscatel engarrafado que guardaba en la sacristía.

De tanto verlo con el señor cura, los vecinos empezaron a decir que Pedro iba a ser sacristán.

Y a Manuela:

—Piénsatelo, mujer, que no es mal trabajo. Cuando sea mayor le da casa la parroquia. Luego, a cobrar por asistir a entierros y bautizos, aparte de lo que robe en los cepillos.

Manuela pensaba:

—Sacristán y a ver los temporales desde la torre.

Pedro lo supo y enfureció:

—O salgo a la mar o al camino a ser ladrón.

Paco Beiras, que se enteró de estas rebeldías, buscó a Pedro y le dijo:

—Si me caso con tu madre, te dejo ir, rapaz, que algo mandaré en la casa.

A Pedro le dio risa.

—Claro que mandarás, Paquiño, como mandaba mi padre, que en gloria esté.

No rió solo.

Pedro tenía por seguro que su madre no estaba por tener amores, que el difunto seguía siendo el padre, y aquélla su casa y su familia.

Pedro no hizo caso de las intenciones de Paco Beiras, ni al señor cura.

Lo que sí inquietó a Pedro fue saber que Silveria andaba metida en el negocio.

Pedro creía que Silveria era bruja capaz de asociar al diablo en sus trapicheos.

El señor cura solía decir que un padrenuestro le quita la respiración al diablo «y a meigas y meigachos los dejas inútiles con sólo no creer en ellos, Corredoiras».

Pedro decía:

—Yo, creer no creo.

Pedro pensaba: «Claro que una cosa es el diablo y otra la comadre Silveria».

Así, sin que nadie supiese, fue a buscarla y le dijo:

—Déjalo estar.

Silveria lo miró despacio, lo miró por dentro y por fuera, muy por dentro, que sabía cómo hacerlo, y preguntó:

—¿Tú crees que al muerto, si fue hombre de ley, va a dolerle que la viva se busque otro cariño?

Pedro se quedó pensativo.

Era el final de un día sin sol. La mar estaba quieta y los barcos ya se iban a la faena.

Pedro estaba lleno de dudas y por eso fue a esconderse en la iglesia, en los escalones del caracol de subir a la torre, le llevó migas de tocino a la lechuza y le pidió consejo:

—Lechuza, ¿qué puedo hacer?

La lechuza no parpadeó.

En la iglesia, el señor cura y las viejas rezaban la novena de la Candelaria.

Olía a velas encendidas.

Pedro se quedó allí, agazapado.

La idea de ver casada a su madre hizo que le doliese el estómago y también la cabeza.

Pedro deseó que Paco Beiras muriera ahogado, y se lo dijo a la lechuza:

—Míralo fijo –pidió–. Échale tu mal de ojo.

Se fueron las viejas y la luz de las velas. El señor cura anduvo un rato por la sacristía, a lo mejor quitándose la humedad con un trago de vino moscatel. Después cogió su breviario y salió a pasear por el jardincillo del cementerio.

Pedro se quedó solo en la iglesia, a oscuras, haciendo rencor hasta que le vino el hambre.

Cuaderno 5

FUE un día de fiesta, no recuerdo si por lo santo o lo político, pero sí día de no trabajar, que de otra forma Edelmiro no saca el perol para cocer pulpo en medio de la calle y así tentar a los parroquianos.

El señor cura ya tenía dicha la misa y emparejaba, al dominó, con el jubilado, los dos en partida contra el Rapaciño y Tenorio, el municipal que no se quitaba la gorra ni para dormir.

Pedro y los otros chicos jugaban al frontón contra el muro de la iglesia.

En las casas se cocinaba pote con magro y empanada de sardina con pimiento, cebolla y lo que hace falta para que sea comida de fiesta.

Marta, que ya tenía cumplidos los quince, estaba con sus amigas paseando el malecón, todas vestidas de fiesta y a presumir, a que las viesen los mozos tiernos, los que aún eran tímidos y las miraban de reojo.

La marea iba baja, el día despejado y las gaviotas enredaban entre las barcas.

De pronto se oyó bronca, y todos quisieron saber qué pasaba. Los gritos venían bajando la calle de Santiago Pescador y eran de Manuela, que corría a Paco Beiras para darle con un zueco en la espalda, que quería desgraciarlo, y si lo coge lo desgracia, señor, puede creerme.

Manuela gritaba:

—Como te ponga la mano encima, te enseño a decir impertinencias a una pobre viuda.

Paco Beiras, sin dejar de correr, preguntaba:

—¿Y yo qué te dije?

Pasaron por delante de los peroles de Edelmiro, dieron la vuelta alrededor de la iglesia, y Manuela perdió el resuello, tiró el zueco a dar, no dio y se fue a casa murmurando palabrotas, que se sabía unas cuantas.

Paco Beiras vio que todos lo miraban y escapó para esconderse.

El señor cura dio en la mesa, fuerte, a colocar el pito seis.

—Y cierro, que tengo prisa –dijo, y dejó la partida para ir detrás de Paco Beiras; pero, eso sí, despacio, con las manos en los bolsillos de la sotana, «que ya se cansará de escapar».

El Rapaciño preguntó:

—¿Va a meter las narices en lo que no le importa, reverendo?

Pedro dijo:

—Si mamá le pega con el zueco, lo mata.

El señor cura sonreía.

Entonces empezó a llover despacio. Edelmiro abrió un paraguas encima del fuego, y las mozas se vinieron para el atrio de la iglesia, los hombres a la taberna y los chicos a seguir con la pelota, que la lluvia era menuda y les importaba poco.

Pedro, al volver a casa, encontró a Manuela revolviendo en el baúl de los trapos. Se había quitado la pañoleta negra y a lo mejor quería ponerse una verde, la que le regaló Andrés por no sé qué fiesta.

Pedro preguntó:

—¿Quieres dejar el luto, mamá?

Vino Marta y dijo:

—Ni se te ocurra.

Manuela cerró el baúl y fue a encerrarse en la cocina.

Paco Beiras recogió el zueco de Manuela y lo guardó como si fuera la reliquia de una santa.

Paco Beiras pensó que nadie se había dado cuenta, pero todo el pueblo lo supo, y Pedro también.

Maruja, la sastra, vino a contar que había visto a Manuela quitando las malas hierbas de sus macetas.

El señor cura pensó: «Empieza a coquetear».

Francisca, la viuda vieja, dijo:

—Abrió todas las ventanas y la casa se le llenó de sol.

Parece nada, pero era mucho para un pueblo tan pequeño.

Empezó a decirse que la viuda Corredoiras, la señora Manuela, no miraba mal a Paco Beiras.

Había maldad, sobre todo en las mujeres que no pudieron casarse nunca y se les iba la vida en suspiros de amargura. Las viejas también miraban de reojo y decían en voz baja, pero éstas era por reír.

Pedro andaba molesto.

Un día, la señora Josefa, más de treinta años viuda, y los treinta de luto, dijo:

—No iba a ser yo quien le faltara a la memoria de mi difunto marido.

Pedro no pudo contenerse:

—¿Cuántos dientes le quedan, señora Josefa?

Ella se puso furiosa, lo llamó mal nacido y quiso pegarle, pero él salió corriendo.

Tanto oír hablar dolía y avergonzaba lo suyo.

Hablaban y hablaban, a lo mejor porque no tenían otra cosa que hacer.

Más de una vez, Pedro quiso apedrear a los habladores.

El Rapaciño, que no se metía en la vida de nadie, también perdió la paciencia y salió a defender a los Corredoiras.

—Dejar a la gente en paz, maldita sea mi alma.

Algunos le hicieron caso, y otros, cuando él estaba delante, disimulaban, que el Rapaciño era persona de mucho respeto.

Quien no parecía enterarse de nada era Paco Beiras, que si no estaba suspirando por Manuela, acariciaba el zueco.

Manuela tampoco oía, o no quería oír.

Y verdecieron los tiestos, se abrió la flor grande de la hortensia y la pequeña y roja del geranio. En la casa entraba la luz, y a veces se reía.

Pedro perdía el ánimo, y el señor cura fue en su busca para dárselo.

—No te enfades, Corredoiras.

—Señor cura, que es mi madre.

—Pues alégrate de verla reír.

—Llora más que ríe.

—Descuida, que es de nervios.

—¿Y la memoria de mi padre?

—Ése, si le dan licencia en el purgatorio, viene a la boda.

—¿Qué boda?

El señor cura le dio un trozo de pan de higo.

—Come y calla –dijo.

Pedro, una tarde que andaba escondido, se encontró con Silveria, que venía de bañarse en la primera marea de mayo.

Silveria dijo:

—Rapaz, pon esto debajo de la almohada de tu madre y te daré seis reales.

Y le dio un ramito de perejil y salvia.

Pedro preguntó:

—Silveria, ¿qué hierba tienes que cocer para que no embromen más?

Silveria lo cogió de las orejas.

—A lo mejor es la envidia que se los come –dijo.

Cuaderno 6

PEDRO ya estaba acostumbrado a ser huérfano, que a todo se hace uno. Pero, de pronto, Manuela empezó de dejarse rondar y entonces a Pedro se le vino el padre a la memoria y empezó a darle vueltas, tanto como si aún estuviese vivo, y más cuando Manuela y Paco Beiras se descararon. A Pedro se le hizo muy difícil verlos sentados en la banca del puerto, uno al lado del otro, los dos callados y mirando al suelo.

Manuela, poco a poco, se quitó lo negro, al principio sólo los domingos y a diario el pañuelo de la cabeza, repeinó el moño y enrubeció los pelillos del bigote.

A veces, por parecer de edad más tierna, se pellizcaba los carrillos hasta hacer un rubor en cada uno.

Manuela estaba contenta, y a ratos se la oía cantar. Esto alegraba al señor cura, que era su vecino, pero entristecía a Pedro.

Pedro pensó que Manuela había olvidado y sintió daño y ganas de hacerlo. Por eso, una tarde que Manuela y Paco Beiras hablaban de no sé qué, a lo mejor de Pedro, Pedro se acercó y dijo:

—Echo de menos a papá.

Manuela volvió a vestir de negro. Miró a Pedro con ojos de haber llorado y no dijo nada.

Pedro preguntó:

—¿Qué te pasa, mamá?

Marta dijo:

—Se ha quedado sin novio, y me parece bien.

Marta se recogía el pelo para luego ponerse la pañoleta verde de Manuela y salir a pasear.

Pedro se sentó en la artesa de guardar el pan. Quería decir algo, pero no sabía qué.

Manuela dijo:

—Come algo y acuéstate, que ya es tarde.

Al día siguiente, Pedro tuvo que ir a la iglesia. El señor cura lo había mandado llamar. Tenían que poner braseros debajo de los altares de madera y al pie de algunos santos, sobre todo de una Purísima, que estaba vestida con ropa de algodón y con la humedad desteñía.

Paco Beiras supo que Pedro estaba en la iglesia y subió a buscarlo. Le miró a la cara, le hizo bajar la cabeza y mirar al suelo; le dijo:

—Eres mala persona.

A Pedro le supo mal, porque nunca lo habían tratado de aquella forma.

El señor cura tampoco estuvo amable y sonriente como otras veces.

Pedro se dio cuenta de que algunas personas no lo querían como antes. Se acercó a su madre, y ella fue buena pero triste. Se acercó al Rapaciño, y el Rapaciño lo llamó «pequeño cabrón egoísta». Se acercó a su hermana y ella dijo:

—Déjalos que digan y no les pongas buena cara, o mamá se nos casa con ese desgraciado.

A Pedro le dolía vivir así y por eso, una mañana, se fue por el camino de salir del pueblo. Antes cogió sus botas de calzar los domingos y también quiso llevarse la lechuza, pero ella voló por el caracol y escapó a lo alto de la torre.

Pedro iba triste. El día era de lluvia, de nubes bajas, de nieblas que subían monte arriba, un día sin pájaros, silencioso.

El frío y la tristeza, si juntos, duelen y asustan.

Pedro se encogió contra una roca y empezó a llorar.

«No volveré nunca», decía; pero al frío y la tristeza se les sumó el hambre, y entre los tres le hicieron volver a casa.

Pedro entró en casa con la cabeza baja, esperando la bofetada que no le dieron. Manuela ni siquiera preguntó: «¿Dónde estuviste, hijo?»

Las cosas iban de mal en peor; entristeció la casa, se ensombrecieron las hortensias, y Manuela no tenía ánimos ni para ganarse el pan.

Así, llegó el Día de Difuntos, que es festivo de tener en cuenta, ya usted sabe, día de recordar a nuestros mayores.

Manuela, Pedro y Marta fueron a limpiar la tumba de la familia. Pedro llevaba un cubo y Manuela unas flores. La tumba estaba algo descuidada y con hierbas.

Manuela dijo:

—Pedro, hijo, pídele una azada a alguien y limpia un poco todo esto.

Pero vino Silveria, que ese día rondaba las tumbas para vender oraciones de ánimas.

Silveria oyó y dijo:

—No quites esa hierba, Manuela, que es mejorana.

Manuela le dio una peseta y dijo:

—Rézale algo, hechicera.

Vino el señor cura y se enfadó:

—Cualquier día de éstos te amarro a un leño ardiendo, Silveria.

Pedro preguntó:

—¿Quito las hierbas, señor cura?

El señor cura dijo:

—Déjalas, que están florecidas y no hacen daño a nadie.

Silveria le guiñó un ojo a Pedro. Dijo:

—La mejorana sólo florece si el difunto consiente que ella tenga amores.

El señor cura agarró el cubo y quiso darle a Silveria en la cabeza, pero ella fue a esconderse detrás de un ángel de piedra que velaba la tumba de un niño.

De vuelta a casa, y mientras se guisaban las patatas para la comida, Manuela decidió:

—Voy a casarme con Paco Beiras.

Marta no podía creerlo:

—Creí que lo tenías olvidado.

—Pues ya ves que no.

—Mamá, que estás vieja para esos bailes.

DEP
RIP
R.I.P.

Pedro, que andaba arrepentido, dijo:

—Déjala, que no te hace caso.

Manuela dijo:

—Ni a ella ni a nadie que se meta por medio.

A Pedro se le quitaron las penas.

—Tengo hambre –dijo, y escapó a la taberna, a pararse delante de Paco Beiras y sonreír. Él entendió, que era fácil, y pagó vino para todos.

Hay quien dice que aquella tarde el señor cura y la bruja se tomaron juntos una copita de moscatel, que invitó la Iglesia y que la lechuza los vio reír.

Cuaderno 7

MANUELA y Paco Beiras se casaron, pero años más tarde, cuando Manuela ya tenía muy cumplidos los treinta, que quiso guardar el luto y aun el alivio, que es de morado y clareando por semanas.

En este tiempo, Pedro fue de niño a mozo y pasó a filas. Para asistir a la boda, que le tocó ser padrino y decir: «Yo entrego», tuvo que pedir permiso a un capitán de Regulares, en Ceuta, en la quinta puñeta, al Sur, tan lejos de su pueblo que en el viaje se tardaba cuatro días, primero en barco y luego en tren y en tren.

Manuela se casó de negro, vestido nuevo, comprado en la feria de San Julián, pero negro. Paco Beiras tampoco vistió de novio. Iba con traje de domingo, pero sin boina.

El señor cura estaba contento y dijo que todo era bendito de Dios y bendijo más de lo necesario.

También quiso bendecir el vino de la comida de bodas, pero aquí ya empezaron las bromas, algunas irreverentes.

La convidada fue delante de la iglesia, que el día era luminoso, de mucho sol y calima en el horizonte, sobre la mar.

Después de la ceremonia y antes de reír y beber con todos, Manuela y Paco Beiras se dieron una escapada al cementerio, Manuela a darle noticia a Andrés y Paco Beiras a pedir perdón por si ofendía.

Pedro tuvo que volver a Ceuta, ponerse otra vez el gorrito rojo y jugar con el fusil.

Pedro, en Ceuta, pudo ver soldados, judíos que vendían de todo, moros, un camello y barcos.

El puerto de Ceuta es de mucho tráfico, y entraban barcos de China, Alemania y de otros sitios. Incluso llegó uno de Argentina con marineros gallegos, que tentaron a Pedro tanto como para quitarle el sueño haciéndole pensar en América, en coger la licencia y emigrar, hacerse rico y volver para construirse casa, ponerle candelabro de plata a Santiago Pescador y tener barca propia.

Uno le dijo:

—Anímate, que eres mozo y la morriña se ahoga con dinero.

—¿Qué es la morriña?

—Una pena que te da.

Pedro ya la tenía. Le tiraba la tierra, que quizá no era la tierra donde nació Dios, pero sí la que Dios quiso darle, pobre, gris, roca más que tierra, frente a una mar dura, llovida de aguas y de penas.

Pedro terminó el servicio militar. Le dieron un pasaporte y unos duros. Con los duros compró dos relojes en la tienda de un judío y volvió a casa. Desde entonces es marinero a bordo del María Segunda y mañana, a lo que se dice, Pedro será el patrón, que el Rapaciño, señor, ya ve poco y mal.

El Rapaciño tiene dicho:

—Cuando me llegue la de quedar varado, le paso la caña al que más sepa.

Y ése es Pedro, que aprendió de él y otras cosas que le enseñó el saber leer.

Pedro nunca pudo ir al Gran Sol, a la pescada grande, ni a esos sitios donde quería ir de niño. Vive aquí, en el pueblo, y no quiere ir más lejos. Tiene novia, una rapaza de San Julián que lo mira bien.

Cualquier día de éstos se casa y forma familia, como está mandado y debe hacerse.

Del segundo matrimonio de su madre Pedro tiene tres hermanos y una hermana, Xoubiña, rubia como Paco Beiras, que siempre fue buen hombre y se lo tiene merecido.

Podría seguir contándole, señor, pero es tarde y ya me entró la pereza.

Índice

Catamarán

1. *Los Corredoiras.* Juan Farias
2. *Un puñado de miedos.* Concha López Narváez
3. *El Talismán del Adriático.* Joan Manuel Gisbert
4. *Una de indios y otras historias.* Miquel Obiols
5. *La Recaraba.* Paloma Bordons
6. *Las alas de la noche.* Emili Teixidor
7. *La boina del Contador de Cuentos.* Avelino Hernández
8. *Chipana.* Víctor Carvajal
9. *La segunda infancia de don Honorato.* Ricardo Alcántara
10. *De la Tierra a Halley.* Lucía Baquedano
11. *Benezén, el pescador.* Jordi Sierra i Fabra
12. *El habitante de la nada.* Joles Sennell
13. *La rebelión de los duendes Alegres.* Braulio Llamero
14. *Los peces no se peinan.* Gabriel Janer Manila
15. *El secreto de la flauta de piedra.* Fernando Alonso